हिन्द पॉकेट बुक्स

समय साक्षी है

हिमांशु जोशी हिन्दी के ख्यातिलब्ध कहानीकार, उपन्यासकार और पत्रकार थे। उन्होंने अपने पेशेवर जीवन की शुरुआत पत्रकारिता से की थी। वे लंबे समय तक हिंदी पत्रिका *कादम्बिनी* और *साप्ताहिक हिन्दुस्तान* के संपादन से जुड़े रहे। बाद के दिनों में उन्होंने *वागर्थ* के संपादन का भी दायित्व संभाला। देहावसान से कुछ समय पूर्व तक वे नार्वे से प्रकाशित पत्रिका *शांतिदूत* के सलाहकार संपादक रहे। उन्होंने हिंदी फिल्मों के लिए भी लेखन कार्य किया। हिमांशु जोशी के उपन्यास *सु-राज* पर आधारित फिल्म 'सु-राज' ने 'इंडियन पेनोरमा' के अंतर्गत अंतर्राष्ट्रीय फिल्म समारोहों में भारतीय फिल्मों का प्रतिनिधित्व किया। उनके चर्चित उपन्यास *तुम्हारे लिए* पर दूरदर्शन धारावाहिक बना। साथ ही *तर्पण*, *सूरज की ओर* आदि पर टेलीफिल्में बनी। जोशी ने आकाशवाणी पर शरतचंद्र चट्टोपाध्याय के सुप्रसिद्ध बांग्ला उपन्यास *चरित्रहीन* का रेडियो-सीरियल निर्देशित किया।

समय साक्षी है

हिमांशु जोशी

हिन्द पॉकेट बुक्स
पेंगुइन रैंडम हाउस इम्प्रिंट

हिन्द पॉकेट बुक्स

यूएसए। कनाडा। यूके। आयरलैंड। ऑस्ट्रेलिया। सिंगापुर
न्यू ज़ीलैंड। भारत। दक्षिण अफ्रीका। चीन

हिन्द पॉकेट बुक्स, पेंगुइन रैंडम हाउस ग्रुप ऑफ़ कम्पनीज़ का हिस्सा है,
जिसका पता global.penguinrandomhouse.com पर मिलेगा

पेंगुइन रैंडम हाउस इंडिया प्रा. लि.,
चौथी मंजिल, कैपिटल टावर -1, एम जी रोड,
गुड़गांव 122 002, हरियाणा, भारत

पेंगुइन
रैंडम हाउस
इंडिया

प्रथम संस्करण हिन्द पॉकेट बुक्स द्वारा 1986 में प्रकाशित
यह संस्करण हिन्द पॉकेट बुक्स में पेंगुइन रैंडम हाउस द्वारा 2022 में प्रकाशित

10 9 8 7 6 5 4 3 2

ISBN 9789353493806

मुद्रकः रेप्रो इंडिया लिमिटेड

www.penguin.co.in

This is a legitimate digitally printed version of the book and therefore might not have certain extra finishing on the cover.

समय साक्षी है

'नहीं, नहीं, यह नहीं होगा। आइ से न्नो!' दांत पीसते हुए तिमिर वरन गरजे। आंख अंगारे की तरह धधक रही थीं। चेहरा तमतमा आया था। आवेश में सारा शरीर कांपने-सा लगा था।

मुट्ठी भींचते हुए वह दहाड़ने लगे, 'मेरी प्रतिष्ठा पर आंच आई तो सबकी इज्जत धूल में मिला दूंगा। देखता हूं, मुझे मंत्रिमंडल से हटा-कर कौन सत्ता में टिका रहता है!' अन्तिम चेतावनी देते हुए वह उठे और फाइल बगल में दबाकर, धोती का पल्लू संभालते हुए फटफट बाहर की ओर चल पड़े।

उन्हें इस तरह उत्तेजित देखते ही धूप में बैठा ड्राइवर घबरा उठा और सिगरेट का टोटा फेंकता हुआ गाड़ी की ओर लपका।

चमचमाती हुई, एक नीली-सी लम्बी कार फर्राटे से गेट की ओर मुड़ी और हवा को चीरती हुई, वारीन्द्र घोष मार्ग पर निकल पड़ी।

बैठक में भाग लेनेवाले संसदीय दल के सभी सदस्य क्षण-भर के लिए सन्न रह गए। तिमिर वरन का यह विकराल रौद्र रूप सबके मन में एक अजीब-सी दहशत पैदा कर गया था, एक भयावनी आशंका कि कहीं दल का विघटन फिर न हो जाए! इस बार दल के विघटन का अर्थ था, घोर अराजकता, सैनिकशासन या पूर्ण तानाशाही!

पर देश इसमें से किसी भी स्थिति के लिए तैयार न था।

तिमिर वरन के पीछे-पीछे पन्द्रह-बीस और सदस्य उठ खड़े हुए। एक-एक कार में पांच-पांच, छह-छह जने लदकर उसी दिशा में बड़े,

जिधर से तिमिर वरन की विदेश से आयात की गई, कीमती गाड़ी अभी-अभी गुजरी थी।

सत्तर वर्ष के तिमिर वरन आज न जाने किस तरह एक ही छलांग में तीन-तीन, चार-चार सीढ़ियां पार कर गए थे। और दिन थोड़ा-सा पैदल चलने में उनका दम फूलने लगता था। वह बुरी तरह हांफने लगते थे। आवेश के कारण आज उन्हें कुछ भी सूझ न रहा था।

तीर की तरह वह सीधे बैठक में गए। सचिव बर्मन पीछे-पीछे दौड़ता हुआ आया। सोफे पर फाइल पटककर वह धम्म से कुर्सी पर बैठ गए। 'यस्सर' की भंगिमा बनाए बर्मन हाथ में स्लिप वाली सफेद नोट-बुक उठाए, सिर झुकाए सामने खड़ा था।

'जिन संसद-सदस्यों की सूची तुम्हें कल दी थी, उन्हें गाड़ियां भेज-कर बुलाओ। अबरार से कहो कि एक नया ड्राफ्ट तैयार करे फौरन।'

बर्मन चला गया, तो उन्होंने एक लम्बी सांस ली। पांवों को दूर तक पसारा और टोपी उतारकर मेज पर रख दी। देर तक उनका हाथ यों ही टोपी के ऊपर रखा रहा, फिर उनके गंजे सिर पर पहुंच गया, आंखें मूंदकर वह कुछ सोचने लगे। अब भी उनका चेहरा तमतमा रहा था। अब तक उनका दम फूल रहा था। कभी इस तरह अपमानित किया जाएगा, उन्होंने सपने में भी न सोचा था।

तिमिर वरन देर तक उसी मुद्रा में बैठे रहे। उनके विरुद्ध षड्यंत्र का जाल निरंतर बुना जा रहा है, उन्हें इसका अहसास था। वह जानते थे, दल के लोग सरकार की नीतियों के कारण बहुत-से छोटे-छोटे गुटों में बंट रहे हैं। दूसरी पार्टियों से भी बहुत-से लोग आ गए थे, जिनका एक अलग समुदाय बन रहा था। वे सत्ता को हथियाने के लिए किसी भी सीमा तक जाने के लिए तैयार थे। तिमिर वरन के लिए यह सबसे बड़ा खतरा था। इस चुनौती का सामना करने के लिए उन्होंने भी कम चालें न चली थीं। अपनी तरफ से कहीं कोई कसर न रखी थी, किन्तु अब पासा पलट रहा था। धीरे-धीरे तिमिर वरन को शक्तिहीन करने की सुनियोजित योजना चल रही थी। उपचुनावों में उनके ही दल के लोगों ने, उनके समर्थक उम्मीदवारों को हराने के लिए विपक्ष के उम्मीदवारों का छिप-छिपकर समर्थन किया था। इस अभियान में उन्हें

काफी हद तक सफलता भी मिली थी।

किन्तु तिमिर वरन भी कोई कच्चे खिलाड़ी न थे। विपक्ष के बहुत-से नेताओं से उनके आत्मीयता के गहरे सम्बन्ध थे। उन्होंने अपने ही दल के कम सदस्य-उम्मीदवारों की जमानतें जब्त नहीं करवाई थीं। बहुत-से लोग उनका आशीर्वाद प्राप्त कर, संसद तक पहुंचने में सफल हुए थे। विपक्ष की बेंचों पर बैठने के बावजूद वे उन पर अगाध श्रद्धा रखते थे।

उनका व्यक्तित्व बर्फ से ढके ज्वालामुखी जैसा था। बाहर से जितने सौम्य-सन्त लगते थे, भीतर से उतने ही रीति-नीति के धनी कूटनीतिज्ञ। खादी के साधारण-से कपड़े, पांवों में बेडौल-सी चप्पलें और सिर पर हिम-शृंग की तरह जगमगाती शुभ्र स्वच्छ टोपी! जब वह समाजवाद या गरीबी दूर करने के नारे लगाते थे, तब लगता था, वाकई कोई भुक्तभोगी किसान अपने ही दुख-दर्द की बातें कर रहा है! किसान-परिवार में अपने पैदा होने का उन्हें गर्व था। मौके-बेमौके इस तथ्य का उद्घाटन करना भी भूलते न थे।

सोफे से धीरे से उठकर वह कमरे में ही चहलकदमी करने लगे। कमरे में किसी के भी प्रवेश की उन्होंने मनाही कर दी थी।

नयी व्यूह-रचना के विषय में वह गम्भीरता से सोचने लगे। उन्हें लगा, इस बार की पराजय का अर्थ है, राजनीति से पूर्ण संन्यास! यानी कि उनकी राजनीतिक हत्या!

राजनीति से हटने से उन्हें ऐतराज न था। उम्र भी काफी हो गई थी। दस्तखत करते हुए हाथ कांपते थे। देर तक मीटिंगों में बैठना भी कठिन लग रहा था। उस पर दिन-रात टूर-प्रोग्राम! जन-सभाओं में भाषण तथा नित उठ खड़ी होने वाली नयी-नयी उलझनें! पर, देश-सेवा और जनहित के नाम पर वह वर्षों से इन यंत्रणाओं को सहते आ रहे थे। उनकी अन्तिम आकांक्षा थी कि कभी ऐसा संयोग हो, और जनता उन्हें प्रधानमंत्री के पद पर सुशोभित कर, अपने पर किए गए उनके उपकारों का बदला चुकाए, तो संभवतः वह इस गरीब देश की कुछ और सेवा कर सकेंगे।

पर, उनके ही साथी, उनके ही सहयोगी उनके मार्ग के रोड़े बन रहे थे। वे चाहते थे कि तिमिर वरन राज्यपाल का पद लेकर, हमेशा के लिए

राजनीतिक प्रतिद्वन्द्विता से हट जाएं।

इसके लिए अब तक क्या-क्या नहीं किया था उनके विरोधियों ने! विपक्ष के राजनीतिज्ञों को वे सारे रहस्य दे दिए थे, जिनके आधार पर उनपर भ्रष्टाचार के आरोप आसानी से लगाए जा सकते थे।

और एक दिन उन आरोपों की सूची भी तैयार हो गई थी। वह लम्बी-सी छपी हुई सूची, जिसे देखते ही उनकी बूढ़ी आंखें खुली की खुली रह गई थीं!

सुर्खी थी—वरिष्ठ मंत्री द्वारा सवा पांच करोड़ रुपये की धांधली!

सारे समाचार-पत्रों में दूसरे दिन आरोपों की चर्चा थी। संसद के ग्रीष्म-कालीन सत्र के समय इसकी प्रतियां सभी संसद-सदस्यों में वितरित की गई थीं। तिमिर वरन का यह 'समाजवादी स्वरूप' देश की आम जनता को कम चौंकाने वाला न लगा था। स्वयं तिमिर वरन क्षण-भर के लिए स्तब्ध रह गए थे। वह जानते थे, इस सारे काण्ड के पीछे उनके ही दल के लोगों का हाथ है।

अपने को इन आरोपों से मुक्त सिद्ध करने के लिए उन्होंने एड़ी से चोटी तक का प्रयास किया था, किन्तु...!

सारे कमरे में निस्तब्धता छाई हुई थी। वह फिर सोफे पर धंस गए।

बाहर काफी गहमा-गहमी थी। कोठी के सामने सड़क के किनारे-किनारे कारों की कतारें लग गई थीं। गेट के आगे हरी-हरी दूब में बेंत की कुछ कुर्सियां पड़ी थीं। उन्हें गोल दायरे में रखकर बहुत-से उनके अनुयायी गुप्त मंत्रणा में लीन थे। बार-बार अपने बगल वाले के कान के पास मुंह ले जाकर कोई 'रहस्य' की बात कह देते। चारों ओर कानाफूसी का वातावरण बना हुआ था।

अलग-अलग टोलियों में लोग विभाजित हैं। पांच-पांच, सात-सात एक साथ खड़े। जो भी कार लाल बजरी पर धंसती हुई मेन गेट से भीतर प्रवेश करती है, सबकी निगाहें उस ओर मुड़ जाती हैं। कार को दूर से देखते ही लोग आने वाले की हैसियत का जायजा ले लेते हैं। यदि कोई महत्त्वपूर्ण व्यक्ति हुआ, तो अनायास सब उधर लपकने लगते हैं। शक्ति-संतुलन की इस घड़ी में हर व्यक्ति विशिष्ट लग रहा था। यदि

कोई विशेष महत्त्व का होता, तो सबको कहीं संतोष का आभास होता कि चलो यह भी हमारे पक्ष में है।

बरामदे में रखा सोफा-सेट और कुर्सियां भी लोगों से घिरी हैं। भीतर का ड्राइंग-रूम भी। महत्त्वपूर्ण व्यक्तियों से मिलने का एक कमरा अलग है, जहां अंतरंग बातें होती हैं। बहुत कम लोगों की वहां तक पहुंच है। इस समय वह भी भरा हुआ है।

कोठी से जुड़े हुए दो-तीन कमरों का एक ट्रेलर-नुमा सेट है, जहां निजी सचिव आदि बैठते हैं। उनका कार्यालय है वहां। उसीसे जुड़े कमरे में मंत्री महोदय के निर्वाचन-क्षेत्र से आए मेहमान ठहरते हैं।

तभी दो-तीन कारें एक साथ आई, तो सारी भीड़ उनके इर्द-गिर्द इकट्ठी हो गई। ये सत्तारूढ़ दल के महामंत्री तथा अध्यक्ष थे।

कार से उतरकर वे सीधे अन्दर चले गए।

अब एक नयी हलचल शुरू हो गई थी। लोग तरह-तरह की अटकलें लगा रहे थे। कुछ लोगों का अनुमान था कि तिमिर बाबू को त्यागपत्र देने के लिए अब विवश किया जाएगा। इसके विपरीत यह अनुमान भी कम संभाव्य नहीं लग रहा था कि दल को विघटन से बचाने के लिए कोई नया फार्मूला निकाल लिया गया है। दल के विघटन होते ही सरकार एक दिन भी न टिक पाएगी, इतना निश्चित था।

अब तक पत्र-प्रतिनिधियों की भीड़ भी इकट्ठी हो गई थी। बगल में कैमरे लटकाए बहुत-से लोग इधर-उधर भटक रहे थे।

लगभग साढ़े तीन घंटे बाद दल के अध्यक्ष तथा महामंत्री बाहर निकले, तो उनके साथ-साथ तिमिर वरन भी थे। सबके चेहरे गम्भीर थे, फिर भी सब हंसने-मुसकराने का अभिनय बड़ी खूबी से कर रहे थे।

सीढ़ियों से नीचे उतरकर तिमिर वरन ने अभ्यागतों को बड़ी आत्मीयता के साथ विदा किया।

और दिनों जैसा होता, तो वह सीधे लान पर निकल पड़ते और एक-एक, दो-दो मिनट में सभी मिलने वालों को निबटा देते। पत्र-प्रतिनिधियों को भी कुछ समय अवश्य देते, लेकिन आज इस सबके लिए न तो उनका मूड था और न उस तरह की स्थिति ही।

बड़ी शालीनता से भीड़ से मुक्त होकर वह भीतर चले गए। बाहर

से प्रशान्त, तटस्थ लगने के बावजूद उनके मन का अन्तर्द्वन्द्व रह-रहकर आंखों से झांक रहा था।

अब तक लगभग साठ संसद-सदस्य इकट्ठे हो गए थे। शिवसुन्दरम, राय चौधरी तथा छोटन प्रसाद मंत्रियों के अलावा कुछ और प्रभावशाली व्यक्ति भी थे। राज्यों से अपने पक्ष के भी कुछ सत्रिय नेताओं को ट्रंककाल से राजधानी आने की हिदायत दे दी गई थी।

जिस तरह की हलचल तीस नम्बर की कोठी में थी, वैसी ही, ठीक उसी तरह की जोड़-तोड़, दो-तीन अन्य खेमों में भी हो रही थी। वहां भी एक के बाद एक कारें आ-जा रही थीं। फोन पर महत्त्वपूर्ण आदेश दिए जा रहे थे तथा संसद-सदस्यों का जमघट लगा था। वहां उनसे भी अधिक संख्या में पत्रकार और अन्य तमाशबीन लोग थे।

समाचार-पत्रों में सत्तारूढ़ दल के विघटन के समाचार को बड़े-बड़े अक्षरों में बढ़ा-चढ़ाकर छापा जा रहा था। महारथियों के फोटो दिए जा रहे थे। पूरी राजधानी में एक विचित्र-सी तनाव की स्थिति थी। 'स्पाट-न्यूज' के नीचे लोगों की भीड़ जमा थी। लोग तरह-तरह की आशंकाएं प्रकट कर रहे थे।

आज कहीं भी महंगाई की बातें, रेलों की हड़ताल की बातें, अन्न के अभाव की बातें नहीं हो रही थीं। वर्तमान मंत्रीमण्डल टूटा और सरकार गई, तो फिर मुल्क का क्या बनेगा? हर किसी की ज़ुबान पर यही जिक्र था।

कुछ लोग वामपन्थियों को कोस रहे थे। इस अराजकता के लिए उन्हें ही दोषी ठहरा रहे थे। इसके विपरीत अन्य लोगों की मान्यता थी कि दक्षिणपन्थी ही देश की प्रगति में बाधक हैं। वे चाहते नहीं कि देश तरक्की करे। उन लोगों के निहित स्वार्थ हैं।

जो बात अब तक कुछ लोगों तक, केवल राजधानी तक सीमित थी वह अब देश में दूर-दूर फैल गई थी। हर शहर, हर शहर की हर गली में यही चर्चा थी। राष्ट्रपति का शासन लागू कर दुबारा चुनाव भी कराए जा सकते थे, किन्तु इस बार इस घोर अशान्ति के बावजूद लोग अन्दर-ही-अन्दर कहीं विरक्ति-सी, ऊब-सी, अनुभव करने लगे थे। स्वाधीनता

के इतने वर्षों बाद भी मुल्क अब तक अपने पांवों पर खड़ा न हो पाया था। हर जगह अकाल, हर जगह अभाव, हर जगह अराजकता, अशान्ति!

जनता का साहस दम तोड़ रहा था। अब तक जो बड़े-बड़े सब्ज-बाग उसे दिखाए गए थे, वे सब पीले पड़ते जा रहे थे। समाजवाद और समता के नाम पर क्या-क्या नहीं हुआ था!

टेलीफोन-वार्ता के टेप होने की पूरी-पूरी आशंका थी, अत: फोन के माध्यम से कोई भी महत्त्वपूर्ण मन्त्रणा नहीं की जा रही थी। रथीन शंकर ने अपनी कोठी पर एक मीटिंग का सुझाव दिया था, जिसे लोगों ने फिल-हाल टाल दिया था।

तिमिर वरन सबके सुझावों को चुपचाप सुनते जा रहे थे। इस्पात-से सख्त उनके चेहरे की ओर देखकर कुछ भी अनुमान नहीं लग रहा था कि वह अब कौन-सी करवट लेंगे! उनका अगला कदम क्या होगा!

शिवसुन्दरम चाहते थे कि तिमिर वरन को अगर दल की सदस्यता से हटा दिया जाए, तो सब लोग दल से ही सामूहिक इस्तीफा दे दें। राय चौधरी इस पक्ष में न थे। वह बार-बार इसी बात को दुहरा रहे थे कि सामूहिक त्यागपत्र देना आत्मघात करना है। हमारे कुछ लोग हर स्तर पर सत्तारूढ़ दल के साथ चिपके रहें और उस अवसर की तलाश में रहें, जब हम लोग फिर सत्ता हथिया लें। केवल केन्द्र या प्रान्त ही नहीं, जिला स्तर पर भी हमें यही नीति अपनानी चाहिए। तिमिर वरन को अगर मंत्रिमंडल से हटाया जा सकता है, तो उन्हें इस समय चुपचाप चले जाना चाहिए।

छोटन प्रसाद संसदीय दल की बैठक में यह मामला फिर उठाना चाहते थे, ताकि दूसरे मंत्रियों द्वारा किए गए भ्रष्टाचारों का उद्-घाटन हो सके। इस पर भी यदि तिमिर वरन को मंत्री पद से हटाया जाता है, तो सारे भ्रष्टाचार के मामले, विपक्ष के नेताओं के माध्यम से, हमें भी सदन में रखवा देना चाहिए, फिर देखते हैं कि सत्ता पर कौन, कितने दिन टिका रहता है! मुल्क इधर-या-उधर, इस बार निर्णय हो ही जाना चाहिए। ऐसे लोग भी कम न थे, जिनकी सहानुभूति दोनों ओर थी। जो दोनों का समर्थन कर रहे थे। पता नहीं कौन-सा गुट कब शक्ति-शाली हो जाए!

इन सबके अलावा भी कुछ लोग थे, जो चाहते थे कि तिमिर वरन दल के दूसरे नेताओं से मिलकर मनमुटाव दूर कर लें। इस संघर्ष से दल की स्थिति कमजोर होगी, जिसका लाभ प्रतिपक्ष की पार्टियों को मिलेगा। हमें सारी शक्ति इस समय देश के विकास में लगानी चाहिए।

रात के तीन बजे तक मंत्रणाओं का दौर चलता रहा। अलग-अलग लोगों से अलग-अलग बातें हुईं। रथीन शंकर ने संसद-सदस्यों के हस्ताक्षरों का अभियान चला दिया था, ताकि यह तो पता चल सके कि पक्ष-विपक्ष की स्थिति क्या है। हस्ताक्षर अभियान ने एक नया ही तथ्य प्रकट करना शुरू किया। हस्ताक्षरों की बिक्री-खरीद का दौर दोनों पक्षों ने आरम्भ कर दिया और खुलेआम सौदेबाजी होने लगी।

जब सब लोग चले गए, तब तिमिर वरन अकेले रह गए। बर्मन जा चुका था। कृपाराम इस वक्त भी टाइप-राइटर पर बैठा टप्-टप् अंगुलियां चला रहा था। शीत से बचने के लिए उसने गर्दन पर कसकर ऊनी मफलर बांध रखा था। कमरे में हीटर जलने के बावजूद सर्दी लग रही थी। बच्चे सो गए थे। मीटिंग के बीच में ही डाक्टर सूद इंजेक्शन देकर चले गए थे। बांह पर उन्हें अब दर्द महसूस हो रहा था। अब तक क्यों महसूस नहीं हुआ होगा, वह कपड़े बदलते हुए सोचते रहे।

सामने आदमकद शीशा था। उसमें ज्यों ही अपने चेहरे का प्रतिबिम्ब देखा, उन्हें भय-सा लगा। सारा सिर तांबे की उलटी पतीली की तरह चमक रहा था। केवल कुछ सफेद बाल तिनकों की तरह कानों के ऊपर, कनपटी के पास भटक रहे थे। अपने चेहरे पर अब तक उन्हें तनाव-सा लगा।

इतना अपमानित अपने जीवन में उन्होंने कभी भी अनुभव नहीं किया था। दल के एक साधारण-से अदने सदस्य ने उनपर भ्रष्टाचार का ही नहीं, हत्या और बलात्कार तक का आरोप लगाने का प्रयत्न किया था। तब वह आपे से बाहर हो गए थे। उस बौखलाहट में किस-किस से न जाने क्या-क्या कह गए थे!

उनके दल के विरोधी अब तक उन पर छिप-छिपकर घात लगाकर आक्रमण किया करते थे। किन्तु कुछ दिनों से वे उन्हें सीधा अपमानित करने पर तुल आए थे कि अपने दामाद के नाम से उन्होंने निर्यात के

लाइसेन्स लिए हैं। राजधानी में बासठ लाख की तीन आलीशान कोठियां बनवाई हैं। विदेशी बैंकों में लाखों रुपये जमा हैं। रिश्तेदारों के नाम से कारखाने चल रहे हैं। कई सिनेमा घरों में उनके हिस्से हैं।

उन्होंने करवट बदली। आंखें मूंदीं, पर नींद न आई। विचारों के पता नहीं किस बहाव में आज वह बहे जा रहे थे! आवेश में बार-बार वह बड़बड़ाने लगते। बार-बार उनकी शिथिल मुट्ठियां भिंच जातीं और सारा शरीर कांपने लगता।

पास ही, चन्द्रशेखर आजाद चौक थाने का घण्टा बजा। मालूम नहीं कितने बजे! यों ही पड़े-पड़े चैन न मिला तो वह धीरे से उठ खड़े हुए। कश्मीरी ऊन का मुलायम, मोटा कम्बल उन्होंने ओढ़ा और ड्राइंग-रूम की ओर चल दिए।

अंधियारे में कमरा बहुत बड़ा लग रहा था। छत भी बहुत ऊंची। वह इसी तरह कमरे में चहलकदमी करते रहे। गत पचास साल के राज-नीतिक जीवन में ऐसा घोर संकट कभी न आया था। उनका ही नहीं, उनके कितने ही समर्थकों का भविष्य अधर में लटक गया था। रथीन शंकर के हस्ताक्षर-अभियान से क्या होगा? छोटन प्रसाद की बात में कुछ वजन तो था, लेकिन दूसरे भ्रष्टाचारों का उद्घाटन करने से क्या वह स्वयं आरोप से मुक्त हो जाएंगे? शिवसुन्दरम् कहते तो ठीक थे। ऊंचे आदर्शों की बातें हैं। दल के लिए अपना अस्तित्व मिटा देने में कोई हानि नहीं; किन्तु दल की एकता का ठेका क्या उन्होंने ही लिया है? उनके लिए दल सब कुछ है, क्या दल के लिए वे कुछ भी नहीं? आज की दुनिया में चुपचाप पद से मुक्त हो जाना क्या मूर्खता नहीं?

कोने में रंग-बिरंगे पोस्टरों का ढेर अब तक रखा था। करुणा ने इकहत्तरवें जन्मदिन के अवसर पर राजधानी तथा उनके निर्वाचन क्षेत्र की बड़ी-बड़ी दीवारों-चौराहों पर चिपकाने के लिए छपवाए थे। 25 लाख पोस्टरों के वितरण की योजना थी। पोस्टर तरह-तरह के थे।

बीच में उनका एक बहुत बड़ा फोटो था और ऊपर बड़े-बड़े रंगीन अक्षरों में लिखा था—'समाजवाद के सच्चे समर्थक तिमिर वरन'····'जन नेता तिमिर वरन'····'खेतों में हल चलाते हुए तिमिर वन'····'बाढ़-पीड़ितों से मिलते हुए तिमिर वरन'····'आदिवासियों के साथ नाचते-गाते

तिमिर वरन'...'देश की दीन-हीन जनता की आशाओं के प्रतीक तिमिर वरन!'

खिड़की के पास स्टैण्ड पर गांधी जी की एक आदमकद मूर्ति रखी थी, जिसे राजधानी के एक प्रमुख मूर्तिकार ने उन्हें भेंट-स्वरूप दिया था, उनके किसी जन्मदिन पर। तिमिर वरन उस संगमरमर की मूर्ति की ओर देखते रहे।

—जब तक देश के प्रत्येक आदमी को पूरे वस्त्र उपलब्ध नहीं होंगे, मैं पूरे कपड़े नहीं पहनूंगा। जब तक देश के प्रत्येक आदमी के सिर ढकने के लिए मकान नहीं बनता, मैं झोंपड़ी में रहूंगा। मैं वही खाना खाऊंगा, जो जो मेरे देश का आम आदमी खाता है। ये दरिद्रनारायण ही मेरे आराध्य, मेरे भगवान हैं।

गांधी जी की जीती-जागती करुणामयी प्रतिमा उनकी आंखों के आगे घूमने लगी। वह विचलित-से हो उठे। खिड़की के पास झुककर खड़े होकर बाहर की ओर निर्निमेष ताकते रहे। सारा संसार सोया है। सड़के एकदम सूनी हैं। ठण्डी दूधिया रोशनी चमक रही है।

जब वह संसद-सदस्य निर्वाचित होकर राजधानी आए थे, तब अल्बुकर्क रोड के एक मंजिले फ्लैटों में रहते थे। वे बैरकनुमा घर अंग्रेजों ने सम्भवतः दूसरे महायुद्ध के दिनों अंग्रेजी फौजों को ठहराने के लिए बनवाए थे। बाहर हरी-हरी दूब का छोटा-सा मैदान था। रात को देर तक वह उसमें घूमते रहते थे। अजित वरन तब अमरीका से दर्शनशास्त्र की डिग्री लेकर स्वदेश लौटा था। कितना मेधावी था वह! अजित वरन का नाम आज कितने वर्षों बाद सहसा उन्हें याद हो आया।

अंधेरे में, उजियाले में अजित वरन का ढांचा आज भी कभी-कभी उन्हें दिखाई देता है।...जब वह गृहमंत्री के पद की शपथ-ग्रहण कर राष्ट्रपति-भवन से खुशी से झूमते हुए लौट रहे थे, तब बांस की झाड़ी से वही कंकाल हंसता हुआ जैसा दीखा था। उन्होंने देखा सामने अंधियारे में आज भी वही खड़ा है। बढ़ी हुई दाढ़ी, रूखे, सेवार-से बाल, जलते अंगारे जैसी लाल आंखें! अट्टहास करता हुआ चेहरा!

उनका शरीर भय से कांप उठा। झट से खिड़की बन्द कर, वह कमरे में लौट आए। बिस्तर में घुसकर हिसाब करने लगे, अजित वरन को मरे

कितने दिन बीत गए!

दो

आग की लपलपाती लपटें आकाश को छू रही थीं। जलती लकड़ियों के चटकने की आवाज आ रही थी। चिंगारियों के छींटे-से चारों ओर बिखर रहे थे। बटी हुई गीली रस्सी की तरह ऐंठती धुएं की काली लटें फैलती चली जा रही थीं। धीरे-धीरे आग पांवों की ओर सरकने लगी थी।

मातमी चेहरे लटकाए, घेरे की शक्ल में खड़े लोग एक-एक, दो-दो कदम पीछे हट गए थे। ज्यों-ज्यों लपटें बढ़ रही थीं, आग का दायरा बढ़ रहा था, त्यों-त्यों घेरा फैलता जा रहा था।

गीली मिट्टी पर नंगे पांव खड़े, त्रिपुण्डधारी, निरीह-से लगने वाले किसी अधेड़ व्यक्ति ने मंत्रोच्चारण के साथ बांस की टिकटी के पास पड़े मुट्ठी-भर सूखे पयाल को सिरे की तरफ से पकड़ कर दो-तीन बार तोड़ा-मरोड़ा। अक्षत-चन्दन के छींटे के साथ-साथ पिघलते हुए घी की सफेद धार उस पर उड़ेलकर, श्रद्धा से झुककर उनकी ओर बढ़ाया और फिर स्वयं दीयासलाई की तीली दिखाकर, जलते पयाल को चिता की तरफ बढ़ाने का आदेश दिया तो उनका हृदय चीत्कार कर उठा। हाथ कांपने-से लगे और आंखों के आगे अंधियारा छाने लगा···।

खुले मुंह के टुकड़े को किसी ने गीले कफन से ढक दिया था। इधर-उधर गुलाब के फूलों की लाल पंखुड़ियां बिखरी थीं। होंठों की जगह, ठीक ऊपर चन्दन के अंगुल-भर के छोटे-छोटे टुकड़े थे। मोटी-मोटी लकड़ियों के पहाड़ के नीचे मुट्ठी-भर हड्डियों का ढांचा!

'साथ कुछ नहीं जाएगा बड़के भैया! जे कारें, जे कोठियां, जिनके लिए करम-अकरम क्या-क्या नहीं करते, सब धरी-की-धरी रह जाएंगी। कोई पानी देने वाला तक नहीं होगा!' अजीत वरन की-सी आवाज उन्हें साफ सुनाई दी। जैसे भिंची हुई मुट्ठी हवा में तानकर गरज रहा रहा हो, 'एक दिन प्राई-पाई का हिसाब चुकाना पड़ेगा! समय किसी को माफ नहीं करता बड़के भैया···! हाऽ, हाऽहाऽ, !'

दिल को दहला देने वाला अट्टहास! घास-सी उगी दाढ़ी! गड्ढे में

धंसी जलती हुई लाल आंखें! तिमिर वरन ने झटके से मुंह फेरा और पागलों की तरह इधर-उधर झांकते हुए, कुछ खोजने-से लगे!

भीड़ उमड़ती चली आ रही थी। यद्यपि उन्होंने इस समाचार को दबाए रखने का भरसक प्रयास किया था, तथापि—लोग दिन-रात खुशामद में लगे रहने वाले चरणसेवक, अपनी आत्मीयता जतलाने के लिए भाग-भागकर चले आए थे।

जनसाधारण ही नहीं, बड़े-बड़े मंत्री, संसद-सदस्य तथा राजधानी के अनेक सम्भ्रान्त लोग उपस्थित थे। कुछ संसद-सदस्यों को उनके चरण पकड़कर मंत्री बनने की आशा थी। कुछ मंत्री, जो उनके सहारे अब तक मंत्रिमण्डल से चिपके थे, उनकी अनन्तकाल तक चिपके रहने की आकांक्षा थी। अन्य लोगों के दूसरे निहित स्वार्थ थे। मात्र औपचारिकता निभाने-के लिए सब मूर्तिवत् खड़े थे। भीड़ में से छिटककर, उस कोण पर खड़े होने की चेष्टा कर रहे थे, जहां तिमिर वरन आसानी से देख सकें।

जो मरा है यानी कि अभी-अभी मर गया है, उसके बारे में जानने की किसी की भी जिज्ञासा न थी। सब तिमिर वरन को जानते थे, उन्हें जानने की वजह से ही यहां तक दौड़-दौड़कर आये थे।

पुरोहित बड़ी तत्परता से सारा कार्य कर रहा था। मंत्रों के उच्चारण में भी अतिरिक्त उत्साह जतला रहा था। अभी कुछ दिन पहले उसका भाई दिन-दहाड़े डकैती के अपराध में पकड़ा गया था। हत्या का भी आरोप था। किसी तरह मंत्री महोदय को प्रसन्न करके उसे फांसी के तख्ते से वापस लाना चाहता था।

निगम बोध घाट पर आज बड़े-बड़े लोगों के एक साथ आ जाने से सुरक्षा-अधिकारियों का दायित्व कुछ अधिक बढ़ गया था। वर्दीधारियों से अधिक ऐसे लोग थे, जो जनसाधारण के वेश में भीड़ में दूध-पानी की तरह घुलमिल गए थे। वह चौकन्ने होकर देख रहे थे कि कोई देशद्रोही अवसर का अनुचित लाभ न उठा ले! उन्हें बड़े लोगों के प्राणों से अधिक चिन्ता अपनी नौकरियों की थी।

अपने घुटे सिर पर दुग्धफेन-सा स्वच्छ, मक्खन-सा मुलायम तौलिया रखे, इस भीड़ से परे पहुंचकर तिमिर वरन न जाने क्या खोज रहे थे!

इस समय भी उनके मस्तिष्क में वह विचार बार-बार कौंध रहा था, जिसका सम्बन्ध हाल में होने वाले किसी उपचुनाव से था! उनके उम्मीदवार को टिकट न मिला तो फिर क्या होगा? विपक्ष के उम्मीदवारों से जोड़-तोड़कर अपने दल के उम्मीदवार को ही क्या पटकनी देनी पड़ेगी?

निकट ही लाठी के सहारे झुककर वृद्ध पिता अवाक्-से खड़े थे। विस्फारित नेत्रों से जलती चिता की ओर देख रहे थे। आंखें मूंदकर भी तिमिर वरन को इस समय जलती चिता स्पष्ट दीख रही थी। कमरे की सफेद दीवारों पर धधकती लपटों का प्रतिबिम्ब!

इस प्रतिबिम्ब के उस पार, सूखी लकड़ी की तरह वे हाथ जल रहे थे, जिनके द्वारा अजित वरन देश के नव निर्माण के सपने साकार करना चाहता था, जिनके द्वारा इस रुग्ण देश में नयी चेतना का संचार करना चाहता था, दीन-दुखियों के कसकते घावों पर फाहे लगाना चाहता था।

पर तिमिर वरन के इशारे पर, उठने से पहले ही उन हाथों को किसी निर्मम ने डंस लिया था। वे डंसे, हुए मरे हुए हाथ हवा में झुलते हुए, उन्हें अपनी ओर आते हुए जैसे लगे! पसीने से तिमिर वरन का सारा शरीर नहा आया और वह जोर से चीख पड़े!

तीन

रंग-बिरंगे पोस्टरों के गट्ठों से लदी एक भूरी जीप अंधियारे में भागी चली जा रही थी। पौ फटने में अभी काफी समय था। सड़कें सूनी थीं।

यादराम के सर्दी से ऐंठते हुए हाथ स्टियरिंग को जकड़े हुए थे। बगल में गुमसुम-सा बैठा करुणा, सिगरेट का धुआं उगलता हुआ, शून्य दृष्टि से कुहासे के उस पार कुछ देख सकने की असफल चेष्टा कर रहा था। ठण्डी हवा के झोंकों से नाक एकदम लाल हो गई थी। आंख के कोरों से पानी टपक रहा था। वह सोच रहा था, बड़े साहब को इस्तीफा देना पड़ा, तो उसका क्या होगा?

बच्चे थे, छोटे-छोटे। पत्नी गुजर गई थी। पन्द्रह-सोलह साल साहब की चाकरी में लगाकर भी क्या मिला? मीतसिंह ने जमुना-पार मकान खड़ा कर लिया है। साहब की कृपा से सारे रिश्तेदारों को अच्छी-अच्छी

नौकरियों पर चिपका दिया है। पिछले आम चुनावों में साहब के साथ घूमकर उसने खूब चांदी बटोरी थी। कहते हैं, साहब की बड़ी लड़की चन्द्रा उस पर बड़ी मेहरबान थी। ससुराल जाते समय नोटों का बण्डल थमा जाती थी। परिवार के ही किसी सदस्य से उसके अंतरंग सम्बन्धों का पता सम्भवतः मीतसिंह को चल गया था। रंगे हाथों एक दिन उन्हें अंधेरे में पकड़ लिया था। इसके बदले उसने हर तरफ का फायदा उठाया था, यहां तक कि···!

करुणा ने झटके से सिर हिलाया और यादराम से दियासलाई मांग-कर दो सिगरेटें एक साथ सुलगाने लगा।

यमुना-पुल पार करते ही गाड़ी हवा से बातें करने लगी। पोस्टरों का वितरण ठीक समय पर न हुआ, तो सारे किए-कराए पर पानी फिर जाएगा। ये पोस्टर कब तक चिपक जाने चाहिए? तब तक कहीं बड़े साहब ही हट गए, तो फिर क्या होगा? शायद बाबा शेषगिरि कुछ कर सकें! वह भी इस बार कुछ न कर पाए तो!

सुबह से ही आज बाहर कारों का तांता लग गया था। वारीन्द्र घोष मार्ग में अन्य सड़कों की अपेक्षा अधिक चहल-पहल थी। भागम-भाग-सी मची थी। कोठी के बाहर लान पर एक विशाल शामियाना तन गया था। सौ-सवा सौ फोल्डिंग कुर्सियां पड़ गई थीं। अभ्यागतों के लिए चाय-काफी की व्यवस्था का भार भी किसी पर डाल दिया था।

इस समय तिमिर वरन अपने पूरे रंग में थे। दल के अध्यक्ष का पूरा-पूरा समर्थन प्राप्त कर लेने के कारण उनकी बूढ़ी रगों में नयी चेतना आ गई थी। अलग-अलग कमरों में बैठे भिन्न-भिन्न स्तर के नेताओं से वह अंतरंग मंत्रणाओं में लीन थे।

एक-सी परेशानी, समान चिंता के भाव घर के सब बूढ़े-बच्चों, नौकरों-चाकरों के चेहरों से रह-रहकर झांक रहे थे। सुप्रभा रात-भर सोई न थी। पटना से चन्द्रा बार-बार ट्रंक काल कर रही थी। मन्दा को पति के साथ अगले महीने विदेश-यात्रा पर जाना था। बड़ी मां अब तक पूजा-पाठ के कमरे से बाहर न निकली थीं।

बर्मन के बदले इस समय अनंगपाल ड्यूटी पर था। मिस मीना माखे-जानी की अंगुलियां टप्-टप् टाइपराइटर पर दौड़ रही थीं। अबरार पुरानी

फाइलों में से कुछ टटोल रहा था। बेहद परेशान-सा एक के बाद एक धूल-भरी फाइलें फर्श पर पटक रहा था।

फोन का रिसीवर रखते ही अनंगपाल ने मिस माखेजानी को इशारे से पास बुलाया। उसके कान के पास अपना मुंह ले जाकर धीरे से कुछ कहा, जिसे सुनते ही माखेजानी का चेहरा एकदम उतर आया।

प्रधानमंत्री के सचिवालय से फोन था। पाल उसे रखकर सीधा ड्राइंग-रूम की ओर लपका। थोड़ी ही देर में, सारे वातावरण में अजीब-सा तनाव छा गया। मंत्रणाओं का अब एक नया दौर शुरू हुआ।

तिमिर वरन का आदेश पाते ही पाल स्वयं ही कार चलाकर केन्द्रीय सचिवालय की दिशा में दौड़ा। अबरार नोट-बुक थामे तिमिर वरन के विशेष अंतरंग कक्ष में था, जहां देश के कई सुविख्यात राजनीतिज्ञ गोपनीय बातों में अब तक संलग्न थे।

मिस माखेजानी कमरे में अकेली थी। टाइपराइटर पर अंगुलियां चलती-चलती रुक जातीं या एक ही वाक्य को वह दुबारा-तिबारा टाइप कर जाती अथवा पूरा-का-पूरा पैराग्राफ ही टाइप करना भूल जाती। एक अजीब-सी बेचैनी उसे अनुभव हो रही थी। अपने दोनों हाथों को चील के डैनों की तरह दूर तक पसारते हुए, भरपूर अंगड़ाई ली और फिर टाइप-राइटर पर माथा टिका दिया।

ऐसी विकट स्थिति में कहीं 'अक्का जी' को त्याग-पत्र देना ही पड़ा, तो उसका क्या होगा? क्या फिर बम्बई वापस जाना पड़ेगा? भाइयों के नाम से आयात-निर्यात का जो नया व्यापार शुरू किया है, उसका क्या बनेगा? तिमिर वरन के बच्चों की तरह वह भी उन्हें 'अक्का जी' के सम्बोधन से पुकारती थी। तिमिर वरन भी सबके सामने उसे मुनिया कहा करते थे; किन्तु गत सात साल से उनके सम्बन्धों के विषय में बड़ी मां जी, सुप्रभा, चन्द्रा, मन्दा से लेकर बर्मन, पाल, अबरार सबकी अलग-अलग धारणाएं थीं।

तिमिर वरन के कमरे में बिना अनुमति के किसी को भी आने की आज्ञा न थी, चाहे कितना ही जरूरी काम क्यों न हो! कमरे के बाहर ठीक दरवाजे के ऊपर लाल और हरे रंग के दो बल्ब लगे थे। लाल के

जलते रहने पर किसी भी स्थिति में प्रवेश वर्जित था। हां, हरी रोशनी के समय अत्यावश्यक कार्य होने पर, पूर्व अनुमति लेकर कोई सचिव या सहायक आ सकता था।

यह कमरा तिमिर वरन ने विशेष रूप से सजाकर रखा था। इस कोठी में आते ही सारा फर्नीचर नया खरीदवाया था। लम्बी-चौड़ी चम-चमाती आबनूसी मेज, दाहिनी ओर सफेद, लाल और काले रंग के तीन प्रियदर्शिनी फोन, विदेश का बना ऊंचा-सा ऊंट की गर्दन जैसा कीमती टेबल-लैम्प, हाथी-दांत का कलात्मक कलमदान, जिसके आस-पास दो-तीन कीमती फाउण्टेन-पेन यों ही बिखरे पड़े रहते थे। पीछे रैक पर सुनहरे फ्रेम के भीतर से झांकती प्रधानमंत्री की मुसकराती रंगीन तसवीर, सामने की दीवार पर केरल और कश्मीर के विशाल लैण्डस्केप, फर्श पर बहुत ऊंचा मोर के पंखों के रंग का चमचमाता ईरानी कालीन, जिसपर पांव रखते ही धंसने-से लगते थे। दाईं तरफ सुनहरे रेशमी कपड़े से ढका गुदगुदैला सोफा-सेट, साधारण सोफों की अपेक्षा जो लम्बाई-चौड़ाई में ड्यौढ़ा बड़ा था। दरवाजों, खिड़कियों पर फर्श को छूते हुए रेशमी खादी के खूब लम्बे-चौड़े, मोटे-मोटे सोफियाने पर्दे! और मेज के पीछे की दीवार पर 'समाजवाद' के नारे वाले रंगीन पोस्टर।

अबरार को एक दिन किसी अत्यावश्यक पत्र की खोज थी, जो कहीं भी मिल नहीं रहा था। उसका अनुमान था कि बड़े साहब की मेज पर रखे कागजों में ही सम्भवतः कहीं इधर-उधर हो गया है! इस समय साहब अन्दर न थे। जल्दी आने की सम्भावना भी न लगती थी। तभी अवसर का लाभ उठाकर वह कमरे में घुसा और पहली ही फाइल खोलकर टटोल रहा था कि दरवाजे पर आहट-सी हुई। अबरार को कुछ सूझा नहीं। वह सहसा उछलकर पर्दे के पीछे जा छिपा।

उसने भयत्रस्त दृष्टि से देखा, साहब हाथी की जैसी मस्त चाल से चलते हुए कमरे के भीतर आ रहे हैं। उनके पीछे-पीछे कागजों का बस्ता उठाए चपरासी और उसके बाद नोट-बुक लिए सचिव पाल!

साहब बड़े शान्त भाव से कुर्सी पर बैठे। चपरासी अदब से बस्ता रखकर बाहर चला गया। पाल भी दो-तीन अत्यावश्यक आदेश लेकर विदा हुआ और तभी उनका हाथ मेज से लगे स्विच को अनायास टटोलने

लगा।

बाहर दरवाजे पर लाल रोशनी सहसा भक्क से जल उठी। फोन का बजर दबाकर उन्होंने मिस माखेजानी को किसी विदेशी फर्म से हुए 'व्यापार-समझौते' की फाइलें अन्दर लाने का आदेश दिया, तुरन्त!

फुर्र-से चिड़िया की तरह फुदकती मिस माखेजानी कमरे में आई। हलके गुलाबी रंग की साड़ी में वह बड़ी मोहक लग रही थी। साहब अब, इस समय, कुर्सी पर नहीं, आराम करने के जैसे मूड में सोफे में धंसे थे, पांवों को दूर तक पसारे। दाहिना हाथ सोफे की पीठ के पीछे झूल रहा था। बायें की ऊपर उठी अंगुली पर टोपी टंगी थी। सुदर्शन-चक्र की तरह उसे गोल दायरे में रुक-रुककर घुमा रहे थे।

मिस माखेजानी के अन्दर आते ही उनकी मुख-मुद्रा सहसा बदल गई। सारी बुजुर्गियत ताक पर रखकर वह छिछोर लड़कों की-सी अश्लील दृष्टि से उसकी ओर आंखें फाड़कर देख रहे थे, निगल जाने का जैसा भाव था।

माखेजानी को क्षण-भर में स्थिति का आभास हो गया कि इस समय वह क्या चाहते हैं! इसलिए सहसा उसके चेहरे का रंग उड़ गया, फिर भी मुसकराने का अभिनय करती वह छुई-मुई की तरह नारी-सुलभ लज्जा से सकुचा रही थी। दांतों के बीच टेढ़ी अंगुली दबाकर, खी-खी करती, डर-डरकर, रुक-रुककर आगे बढ़ रही थी।

साहब ने लात से 'अत्यावश्यक' लाल स्लिप लगी फाइलें परे पटक-कर उसे झटके से अपनी ओर खींचा था। अबरार की सांस रुकने-सी लगी, दम घुटने-सा लगा। साहब ने उस समय उसे कहीं देख लिया तो!

वह पसीने से तर हो गया। एक-एक क्षण उसे युग जैसा लग रहा था। सांस रोके खम्भे की तरह खड़ा था, दोनों हाथों को अपने सीने पर मोड़े। कुछ समय बाद मिस माखेजानी कपड़े संभालती हुई पता नहीं कब बाहर निकली, साहब कब संसद की ओर गए, उसे कुछ मालूम नहीं।

चूहे की तरह दौड़ता हुआ उछलकर न जाने कब वह बाहर आया! सकुशल कमरे से बाहर निकलकर भी उसका कलेजा धड़क रहा था। अभी नया-नया ही इस कार्यालय में आया था, इसलिए भी भय कुछ अधिक लग रहा था। उस सारे दि अजीब-सी झेंप लगती रही उसे। चाहकर भी वह

मिस माखेजानी से नजरें न मिला पाया। वह भोली-भाली, गऊ-सी सीधी-सादी कन्या। कसाई के सामने जिस तरह मेमना डरता है, उस तरह बेचारी कांप रही थी। उस सारा दिन वह उखड़ी-उखड़ी-सी रही। चेहरा एकदम स्याह रहा, जैसे काले सांप ने काट लिया हो!

सरो के पेड़ जैसी इकहरे बदन की तन्वंगी, बड़ी-बड़ी काली आंखें, कजरारे-घुंघराले घुटनों तक को चूमते लम्बे बाल, पतले रेशमी होंठ, मिस माखेजानी के चेहरे में अद्‌भुत लावण्य था। अनोखी मासूमियत। जो देखता, पल-भर के लिए ठगा-सा देखता रह जाता!

विभाजन के पश्चात थड्डालाल माखेजानी का परिवार अपने रिश्ते–दारों के साथ बम्बई में आ बसा था। अभी वह छोटी ही थी कि पिता का हृदयगति रुकने के कारण एक दिन सहसा देहावसान हो गया था। दो छोटे-छोटे भाई थे। सट्टे के व्यापारी मामा की सहायता से अंधी मां ने किसी तरह अपने बच्चों का पालन-पोषण ही नहीं किया, जहां तक सामर्थ्य हो सकती थी, पढ़ाने-लिखाने का प्रयास भी किया।

मैट्रिक पास करते ही मिस माखेजानी किसी प्राइवेट फर्म में टाइ-पिस्ट हो गई थी; किन्तु यहां मन न लगता था। दुनिया में ऐसा कोई ऐब न था, फर्म का मालिक आर० आर० टोपीवाला जिससे मुक्त हो। घोर शराबी! घनघोर जुआरी! औरतों के मामले में और भी ज्यादा कम–जोर!

इस नरक से मुक्त होने के लिए माखेजानी छटपटा रही थी कि दिवं-गत पिता के किसी दयालु मित्र की सहायता से सूचना-प्रसारण मंत्रालय के क्षेत्रीय कार्यालय में उसे अस्थायी नौकरी मिल गई थी।

अभी तीन महीने भी न बीते थे कि नौकरी स्थायी कर देने का आश्वासन किसीने दे दिया था। कुछ एक्स्ट्रा इंक्रीमेण्ट्स भी मिलने की संभावना थी। यद्यपि वह आफिस में बहुत कम बैठ पाती, उससे ठीक ढंग से टाइप भी न हो पाता, तथापि कार्यालय के सब लोग उससे प्रसन्न थे, क्योंकि वह मजबूर थी। किसी को भी नाराज करने की स्थिति में न थी। इस मंत्रालय में तब तिमिर वरन आए ही थे।

उन्हीं दिनों किसी 'अन्तर्राष्ट्रीय फिल्म समारोह' का उद्‌घाटन करने

वह वहां पहुंचे। कार्यालय का निरीक्षण करते समय टाइप राइटर से जूझती इस फूल-सी कोमल कन्या को देखकर उनका हृदय द्रवीभूत हो उठा था। तभी सहसा उन्हें किसी अत्यावश्यक कार्य की स्मृति हो आई, जिसका पूरा होना हर हालत में आज जरूरी था।

'किसी स्टेनो का अरेंजमेंट करो अभी। डेरे में जाकर मुझे कुछ अर्जेंट डिक्टेशन देने हैं!' उन्होंने स्टेशन-डाययेक्टर से कहा, तो पल-भर वह अपनी गंजी खोपड़ी खुजाता रहा। उसके बाल धूप में सफेद न हुए थे। काफी खेला-खाया सयाना आदमी था।

अत: बड़े ही विनम्र भाव से झुक-झुककर, डर-डरकर बोला, 'सर, अभी भेज देते हैं। बहुत एक्सपीरियंस्ड तो नहीं, एकदम रॉ हैण्ड है!'

वह देख रहा था, साहब ने मिस माखेजानी की ओर बड़ी ललचाई दृष्टि से देखा था। स्टेशन-डायरेक्टर ने पी० ए० से तनिक एकान्त में पल-भर कोई बात की और साहब के साथ ही माखेजानी को भी लम्बी गाड़ी में बिठला दिया। गठरी की तरह सिकुड़कर, दुबककर, कार के एक कोने में वह डरी-डरी-सी बैठी थी। देश के इतने बड़े मंत्री के पास कभी बैठने का सुयोग मिलेगा, उसने सपने में भी कल्पना न की थी।

गांधी जी के विषय में उसने पढ़ा था। नेहरू जी की महानता के विषय में भी कम न सुना था। इन सबसे उसके मन में खादी के कपड़े पहनने वालों के लिए विशेष सम्मान ही नहीं, श्रद्धा भी थी। इसलिए अपने कमरे में ले जाकर तिमिर वरन ने जब उसे बैठने का आदेश दिया, तब वह उनके चरणों के पास कालीन पर सिकुड़कर बैठ गई थी।

उनके बार-बार कहने पर भी जब वह कालीन से उठने को तैयार न हुई, तब विवश होकर उन्हें स्वयं उसका हाथ पकड़कर उठाना पड़ा था, 'तुझे कितना वेतन मिलता है मुनिया?' नन्ही बच्ची की तनह उसकी पीठ सहलाते हुए, बड़े ममत्व के साथ पूछा था।

'जी, कुल साढ़े तीन सौ रुपये मिलते हैं इस समय···!' झिझकते-झिझकते मिस माखेजानी ने उत्तर दिया था।

'स्ट्रैंज!' सहज ही आश्चर्य से उनके मुंह से बोल फूटा था, 'इस महंगे शहर में इत्ते थोड़े पैसों से गुजारा चल जाता है? घर में कौन-कौन हैं?'

मिस माखेजानी से इस तरह की अपनत्व-भरी बातें आज तक किसी ने नहीं की थीं। पिता का प्यार कैसा होता है, उसने कभी जाना न था; किन्तु आज उसे लग रहा था, वह शायद ऐसा ही होता होगा, कुछ-कुछ इसी तरह का!

उसने अपने पारिवारिक संघर्षों की सारी कहानी संक्षेप में डरते-झिझकते उन्हें बतलाई तो वह द्रवित हो उठे, 'तुम राजधानी क्यों नहीं चली आतीं! तुम्हारा वेतन सात सौ कर देंगे। सरकारी मकान की व्यवस्था हो जाएगी। आफिस की गाड़ी तुम्हें रोज लाएगी, ले जाएगी। तरक्की के और भी अवसर वहां मिल सकते हैं। तुम्हारे भाइयों को भी किसी प्राइवेट फर्म में काम दिला देंगे!'

इतनी उदारता, इतने ममत्व के भार से मिस माखेजानी दबने-सी लगी। असीम कृतज्ञता आंखों की राह बाहर झलकने लगी।

'अरे, तू रो रही है मुनिया!' उन्होंने उसे और पास खींच लिया। वह सिसकने-सी लगी तो उसका सिर अपनी गोद में रखकर उसके बिखरे बालों को सहलाने लगे!

तिमिर वरन धीरे-धीरे उसे अपनी ओर समेटने लगे, तो उसकी आंखें फटी-की-फटी रह गईं! ऐसा भी कहीं हो सकता है! इतने बड़े आदमी! झुर्रियों से ढके उनके मुंह से उसे भयंकर बदबू-सी आती लगी। लगा कोई उसका गला दबोच रहा है। उसके सारे शरीर में रह-रहकर जहर घोल रहा है।

उनसे परे हटने के बाद वह देर तक सिसक-सिसकर रोती रही थी। घर जाकर उसने कमरे में टंगे पिता के चित्र को तोड़कर कूड़े में फेंक दिया था। वह पागल-सी हो उठी थी। बाद में मां के समझाने पर उसे अपना रवैया बदलना पड़ा था। बड़ी मुश्किल से वह सुस्थिर हो पाई थी। पूरे दो दिन तक तिमिर वरन वहां रहे और उसे छाया की तरह दिन-रात अपने साथ फिराते रहे। उसके तलादले की सारी औपचारिकता पूरी करने के पश्चात् ही वह राजधानी लौटे थे।

उनके आने के कुछ ही दिनों बाद मिस माखेजानी पूरे परिवार के साथ राजधानी चली आई थी। तिमिर वरन ने जो-जो आश्वासन उसे दिए थे, उन्हें पूरा ही नहीं किया, बल्कि इनके अतिरिक्त और भी बहुत कुछ

कर दिया था उसके लिए। राजधानी के दक्षिण भाग में, डिफेंस कालोनी में मिस माखेजानी के लिए मकान बनवा दिया था। उसके भाइयों को आयात-निर्यात का लाइसेंस दिला दिया था। उनके दरवाजे पर दिन-रात कार खड़ी रहती थी।

उनके सम्बन्धों को लेकर तिमिर वरन के परिवार में कलह भी कम न मचा था। बड़ी मां जी रुष्ट होकर कुछ दिनों के लिए गांव चली गई थीं; किन्तु तिमिर वरन झुके नहीं। उनका विरोध करने की शक्ति थी ही किसमें!···पर तिमिर वरन स्वयं अब तन से शिथिल थे, फिर भी विदेशों से आयात की गई ओषधियों से किसी तरह काम चला लेते। किसी तरह मीटिंग में जा रहे थे। डाक्टर सूद रोज इन्जेक्शन लगा जाते थे।

लेकिन तिमिर वरन ही नहीं, उनका बेटा सुबोध वरन भी अब मिस माखेजानी में रुचि लेने लगा था। इन गर्मियों में तिमिर वरन सरकारी दौरे पर यूरोप गए, तो सुबोध वरन उसे घसीटकर श्रीनगर ले गया था।

तिमिर वरन को त्याग-पत्र देना पड़ा, तो क्या होगा? क्या सचमुच उन्हें मंत्रिपद से हटा दिया जाएगा?

चार

बजरी पर जीप धस्स से रुकी। करुणा उछलकर उतरा। विस्मय से देखा, आश्रम में आज सुबह-सुबह बड़ी भीड़ है। बाहर पुलिस की वायर-लेस गाड़ियां खड़ी हैं। मधुमक्खी के छत्ते की तरह गेट पर लोगों का जम-घट लगा है। कुछ लोग जामुन के पेड़ पर चढ़कर, अतिरिक्त जिज्ञासा से भीतर झांक रहे हैं। क्रुद्ध सिपाहियों द्वारा ढेले मार-मारकर उन्हें उतारने का असफल प्रयास किया जा रहा था। दूसरे गेट के पास सीमेंट की ऊंची टंकी पर एक मोटा सिपाही अपने प्राणों से खेलता हुआ, वहां जमे उद्दण्ड लड़कों को खींच-खींचकर नीचे धकेल रहा है, गन्दी गालियां बकता हुआ।

सिर पर लोहे का स्लेटी टोप, एक हाथ में बेंत की बुनी बड़ी ढाल, दूसरे में छोटा-सा मोटा डण्डा लिए बहुत-से सिपाही किसी बूढ़े पीपल के पेड़ की आड़ में मोर्चा-सा संभाले हुए हैं। समीप ही अड़ियल घोड़ी की

लगामें कसकर पीछे की ओर खींचते हुए, झुंझलाए घुड़सवार!

सड़क का यातायात रुक गया है।

देश में नई जागृति लाने के उद्देश्य से शेषगिरि ने कभी इस आश्रम की नींव डाली थी। तिमिर वरन ने ये सरकारी पुरानी इमारतें उन्हें आश्रम के लिए दिलवा दी थीं। बाद में जिन्हें तुड़वाकर आधुनिकतम रूप दिया गया था। धीरे-धीरे आश्रम ने अपने पांव दूर टक पसार दिए थे। कुछ बीघे जमीन, एक पार्क, तरण-ताल इसकी सीमा-रेखा के अन्तर्गत और आ गए थे।

बीच में संगमरमर की गोल इमारत 'चिन्तनालय'। इधर-उधर दूर तक छोटे-छोटे कमरे, जिनमें देश-विदेश के उनके कई शिष्य एवं शिष्याओं के निवास थे। शेषगिरि आधुनिकतम और प्राचीनतम, पौर्वात्य और पाश्चात्य, सबका समन्वय चाहते थे, इसलिए आश्रम में जहां साधना पर विशेष बल दिया जाता था, वहां युवक और युवतियों के मिलने पर तनिक भी प्रतिबन्ध न था। मुक्त भाव से सब रहते और सहज भाव से सारा कार्य होता।

तरुण साधकों के निवास के पीछे एक अलग भवन था 'साधना-निकुंज' जहां शेषगिरि अपने प्रमुख शिष्यों के साथ रहते थे। आदमकद दीवार के ऊपर कंटीले तारों की आड़ी-तिरछी रेखाएं-सी दूर तक चली गई थीं। द्वार पर एक पहलवान-सा मुछन्दर योगी बैठा रहता, जिसकी आज्ञा के बिना कोई भीतर झांक तक नहीं पाता था।

तिमिर वरन को जब भी एकान्त की चाह होती, चुपचाप यहां चले आते। उनके अलावा रथीन शंकर, छोटन प्रसाद, मनुहार सिंह भी यदा-कदा चक्कर काटते रहते। कुछ संसद-सदस्यों का आना-जाना भी लगा रहता और भी कई सम्भ्रान्त लोग पहुंच जाते।

अलग-अलग ढंग के अतिथियों के लिए अलग-अलग तरह के सुविधा-युक्त कमरे थे। किसके कमरे मैं कब कौन आता है, कौन जाता है, सारी बातें गोपनीय रखी जातीं।

शेषगिरि सन्त ही नहीं, राजनीतिज्ञों के महन्त भी थे। कुछ महत्त्वा-कांक्षी संसद-सदस्य तथा मंत्रियों के चरण-सेवक रात-दिन वहां पड़े रहते, जहां उन्हें नित नये षड्यन्त्र के लिए मन्त्रणाओं की विशेष सुविधाएं थीं।

राजधानी से लगभग तीन मील की दूरी पर स्थित होने पर भी यहां निरन्तर जमघट लगा रहता। करकराती, चरमराती बजरी पर रात के दो-दो बजे तक लम्बी-लम्बी कीमती कारों के पहिये मचलते रहते।

बहुत-से राजनीतिज्ञों के भाग्य का यहां निर्णय होता, बहुत-से विधायक 'बेचे' और 'खरीदे' जाते। बड़े-बड़े लाइसेंसों की सौदेबाजी होती। समाज-वाद के नाम पर कितने ही अवसरवादी राजनीतिज्ञों की चांदी हो रही थी। बहुतों के द्वार से गरीबी नंगे पांव, बेसुध भाग रही थी। बहुतों को भीख मांगने के लिए सड़कों पर बड़ी बेरहमी से छोड़ा जा रहा था। कुछ लोग पानी की बूंद-बूंद के लिए तरस रहे थे और कुछ को अथाह जल में डूब मरने के लिए धकेला जा रहा था।

शेषगिरि तटस्थ दर्शक की तरह स्थितप्रज्ञ की-सी मुद्रा में मन्द-मन्द मुसकराते हुए ताकते रहे। उन्हें वे दिन याद आते, जब वह लखनऊ में रहते थे। डालीगंज के निकट उन्होंने अपना आश्रम बनाया था। तत्कालीन मुख्यमंत्री उनके परम भक्त थे। उनकी देखा-देखी कई अन्य मंत्री एवं विधायक उनकी चरण-रज माथे पर लगाने पहुंच जाते। शेषगिरि कुछ अफसरों के तबादले करवाते तो कुछ के तबादले रुकवा देते। बहुत-से विधायक उनकी कृपा के कारण ही उपमंत्री और मंत्री बन बैठे थे।

तिमिर वरन जैसे एकदम नये विधायक को उन्होंने कुछ ही समय में मुख्यमंत्री पर प्रभाव डालकर उपमंत्री का ओहदा दिला दिया था और फिर बाद में एक दिन 'लखनऊ-मेल' में लदवाकर उन्हें संसद के द्वार तक पहुंचा दिया था, फिर तो तिमिर वरन का सौभाग्य-सितारा ऐसा चमका कि वह पूरे राष्ट्र के ही भाग्य-विधाता बन बैठे थे। अजित वरन को वजीफा दिलवाकर उन्होंने ही अमेरिका भिजवाया था। तिमिर वरन तब विधायक से अधिक न थे। तभी एक दिन गोदावरी को वह उनके आश्रम में लाए थे। डरते-झिझकते उन्होंने प्रार्थना की थी कि इस समाज-सेविका को लखनऊ में ही किसी महिला-संस्था का काम मिल सके, तो यह दुःखी नारियों की अधिक सेवा कर सकेगी। बरेली यह वापस जाना नहीं चाहती, क्योंकि वहां सेवा के अवसर सीमित हैं।

उसकी मछली जैसी आंखों में शेषगिरि ने झांककर जाने क्या देखा था कि उन्होंने सप्ताह-भर में ही 'महिला मण्डल' नाम की किसी नयी संस्था

की अध्यक्षा बनवा दिया था।

शेषगिरि का व्यक्तित्व तब कम आकर्षक न था। तिमिर वरन का रंग भी निखर रहा था। पति से सम्बन्ध-विच्छेद करने के बाद गोदावरी की महत्त्वाकांक्षाएं आकाश को छूने लगी थीं। एक ज्वार-सा मचल रहा था जीवन में, और उसने सारे कूल-कगार, सारे बन्धन तोड़कर तहस-नहस कर दिए थे।

धीरे-धीरे तिमिर वरन उसके संरक्षक ही नहीं, सब कुछ बन बैठे थे। शेषगिरि के आश्रम में भी वह कभी-कभी उनके साथ आशीर्वाद लेने चली जाती। एकमात्र पुत्री मेघना को गोदावरी ने किसी शिशु-सदन में भर्ती करा दिया था। कुछ वर्ष बाद अपनी छोटी बहन ताप्ती को भी वहीं बुला लिया था। उसके भविष्य-निर्माण में भी तिमिर वरन ने कम योगदान नहीं दिया। दिनों तक उसे घुमाते रहे। शाहजहांपुर के किसी बालिका विद्यालय में अध्यापिका के रूप में उसकी नियुक्ति हुई, तो तिमिर वरन महीने में एक-दो बार उसकी खोज-खबर लेने अवश्य पहुंच जाते। स्वयं जाकर देखते कि कहीं उसे कोई कष्ट तो नहीं!

किसी तरह तिमिर वरन मंत्री बना चाहते थे, इसलिए दिन-रात विधायकों के जोड़-तोड़ में लगे रहते। मुख्यमंत्री की कोठी की परिक्रमा भी कम न करते। बच्चे कहां हैं? पत्नी कहां है? उन्हें तनिक भी सुध न थी। जब भी घर की स्मृति आती, वह अंधियारे में भयभीत-से खड़े 'महिला-मण्डल' की नवनियुक्त संरक्षिका के द्वार खटखटाते नजर आते।

गोदावरी की मछली जैसी बड़ी-बड़ी आंखों में न जाने क्या था कि शेष-गिरि उस दिन चकित-से देखते रह गए थे, दो अंतहीन महासागर! जिनके ओर-छोर का कहीं कुछ अता-पता न था। जाते समय उसके झुके सिर पर उन्होंने हाथ रखकर आशीर्वाद दिया था। अपनी नाजुक तप्त अंगुलियो के पोरों से उसने संगमरमर-से शुभ्र, निर्मल, विशाल चरणों को छुआ, तो वह सहसा सिहर उठे थे। देर तक उन्हें धधकती अंगुलियों के स्पर्श का अहसास होता रहा था।

उस रात समाधि में मन लगा नहीं। जब भी पलकें मूदते, ध्यान किसी दिव्य आकृति पर केन्द्रित करते, उन्हें एकाएक नीली आंखे याद हो आतीं।

छत पर, दीवार पर वे ही बड़ी-बड़ी आंखें, अथाह गहराई लिए धनुष की प्रत्यंचा-सी कान के कोनों को छूती हुईं!

गोदावरी की गदराई सारी देह जैसे आंख में सिमट आई थी। जैसे सारी गोदावरी आंख बन गई हो। मछली की तरह उछलती हुई, फिसलती हुई, छलकती हुई आंख!

तब बरसात थी। रात का समय। दो दिन से झमाझम पानी बरस रहा था। शेषगिरि बरामदे में टहल रहे थे। गेरुआ झीनी खादी की चादर यों ही शरीर पर डाले। रात बहुत बीत गई थी; पर उन्हें नींद आती न थी। एक अजीब-सी बेचैनी मन को मथ रही थी। किसी विकट समस्या के निदान में वह बुरी तरह उलझे हुए थे।

तभी बाहर मेन गेट के पास कार के जैसा हार्न सुनाई दिया, अंधियारे से झांकती दो लाल आंखें! शेषगिरि उसी तरह टहलते रहे, तटस्थ। विस्मय से तभी उन्होंने देखा, दो बड़ी-बड़ी आंखें भय से कांपती सामने खड़ी हैं, सिर से पांव तक नहाई! हाथी-दांत-से गोरे, चिकने दो हाथ चरण छूने के लिए झुक ही रहे थे कि उन्होंने बीच ही में उन्हें थाम लिया।

तेज बरसात! आधी रात! तार-तार फटे गीले कपड़े!

'इस समय कहां से, इस तरह··· ?' शेषगिरि ने आश्चर्य से पूछा तो अपने निचले होंठ को दोनों दांतों के बीच भीचती, वह उसी तरह काठ-सी खड़ी रही, कांपती लौ की तरह।

'क्या हुआ गोदावरी!' पास आकर उसके झुके कन्धों को सहलाते हुए उन्होंने फिर पूछा तो वह अपने दोनों हाथों में मुंह छिपाकर फफककर रो पड़ी। अपनी बांहों का सहारा देकर शेषगिरि उसे कमरे के भीतर ले आए।

'कपड़े किस तरह फट गए? क्या कोई दुर्घटना···!' शेषगिरि उसे सहलाते हुए पूछ रहे थे कि वह उनके चट्टान-से चौड़े सीने में मुंह छिपाकर फूट पड़ी। रात को कहीं से आते समय किस तरह कुछ गुण्डों ने घेरा और किस तरह उनके चंगुल से छूटकर वह मरती-जीती यहां तक आ पाई, रोते-रोते गोदावरी ने सारी कहानी सुना दी।

शेषगिरि ने अपनी बलिष्ठ बांहों का सहारा देकर उसे आश्वस्त किया। उन्हीं बांहों का सहारा जब-तब उसे फिर निरन्तर मिलता रहा।

तिमिर वरन के साथ जब वह राजधानी में स्थायी रूप से रहने के लिए आ गई, तब शेषगिरि ने भी नये आश्रम की योजना शुरू कर दी। कुछ ही महीने बाद वह भी राजधानी चले आए थे और एक नयी इमारत उन्होंने खड़ी करवा दी।

तिमिर वरन को राजधानी की राजनीति में जमाने के लिए शेषगिरि ने क्या-क्या नहीं किया! कितनी राजनीतिक हत्याओं में योगदान दिया। तिमिर वरन के विरोधियों को आश्रम में आमंत्रण देकर हर तरह से भ्रष्ट किया। सुकुमारी कन्याओं के साथ उनके विलास के फोटो गुप्त रूप से खींचे। राजनीतिक षड्यन्त्रों की कुटिल योजनाओं के टेप-रिकार्ड इकट्ठे किए, ताकि मौके पर उनके पेश कर देने की धमकी देकर अनुचित लाभ उठाया जा सके!

तिमिर वरन और उनके समर्थकों के चुनाव-अभियान में शेषगिरि सक्रिय रूप से भाग लेते। जीपों में लाद-लादकर पैसे से खरीदे गए 'स्वयं-सेवको' को चुनाव क्षेत्र में झोंकते। स्वयं पोस्टरों के प्रकाशन की व्यवस्था करते। करुणा उनके पीछे-पीछे दिन-रात छाया की तरह लगा रहता।

इस उम्र में भी उनमें अभी अपार शक्ति थी। गेरुआ चादर के नीचे भरी हुई पिस्तौल लटकाकर सिंह की तरह सीना तानकर निर्द्वन्द्व घूमते! उनके सहायक भी कम सबल, साहसी न थे। शेषगिरि के इंगित मात्र पर कुछ कर सकते थे!

कल्पवृक्ष की तरह थे, शेषगिरि! उनकी अनुकम्पा से आश्रम में पानी की तरह पैसा बहता था। नित नयी-नयी तरुणियां आतीं। शेषगिरि के आशीर्वाद से कई कन्याएं विदेशों में भ्रमण कर चुकी थीं। अपने पतियों के उज्ज्वल भविष्य की कामना लिए कई सुन्दरियां उनके चरणों पर दिन-रात लोटी रहतीं। जिस पर भी शेषगिरि प्रसन्न हो गए, उसकी सारी मनोकामनाएं पूर्ण!

बड़े-बड़े मंत्री, सचिव उनके द्वार पर जमे रहते। शेषगिरि को कभी भी बोलने की आवश्यकता अनुभव नहीं हुई, केवल इशारे-भर से क्षण-भर में सब सम्भव हो जाता! राज्यों में विपक्षियों की सरकार गिराने तथा दूसरे दलों के विधायकों की 'खरीद' के समय शेषगिरि स्वयं वहां उपस्थित होते। उनकी झोली में लाखों के नोट भरे रहते। कब, किसे कितने लाख

में खरीदा-बेचा, कोई हिसाब न था।

जनतंत्र के प्रबल प्रहरी, जनतंत्र की रक्षा के नाम पर खुलेआम राज्यों को बेच-खरीद रहे थे। विधायक ही नहीं, मंत्री तथा उनकी कुर्सियों की कीमत कूती जा रही थी। अपने प्रभाव के अनुचित दबाव से काले धन को एकत्र कर, सत्तारूढ़ दल इस तरह की 'राजनीतिक कालेबाजारी' पर खुलेआम उतर आया था।

अभावों की दुहरी आंच में झुलसती, निरीह जनता नारों के भ्रम-जाल में भटक रही थी। यदा यदा हि धर्मस्य—शायद इस देव-भूमि पर मनुष्यों के दुखों से द्रवित होकर फिर किसी भगवान ने जन्म ले लिया है। तिमिर वरन उन्हीं साकार देवताओं में से थे और शेषगिरि उनके सहचर!

अनाज की दुकानें जनता ने लूट लीं। विद्यार्थियों ने विश्वविद्यालय जला दिया। कर्मचारियों की हड़ताल के कारण देश की यातायात व्यवस्था टूट गई। देश को कमजोर करने के लिए पड़ोसी शत्रु, राष्ट्रों का षड्यन्त्र! पंचमांगियों ने उन्हें रहस्यमय दस्तावेज तथा नक्शे बेचे!

इन सबके ऊपर समाचार प्रकाशित था, प्रधानमंत्री ने इस घोर अराजकता के लिए तिमिर वरन तथा उनके सहयोगियों को दोषी ठहराया है जो देश की प्रगति में बाधक हैं! तिमिर वरन ने अपने पर लगाए गए आरोपों का एक जन-सभा में उत्तर दिया और चेतावनी दी कि उन सारे रहस्यों का भण्डाफोड़ कर देंगे, जिनसे प्रधानमंत्री तथा सत्तारूढ़ दल सम्बद्ध थे। पिछली बार दल के विघटन के समय जो कुछ किया गया, उसे जनता के बीच प्रकट कर देंगे। इस बार दल के विघटन का अर्थ होगा देश का एक और विभाजन!

उनके संकेत पर कुछ राज्यों ने स्वायत्त-शासन की मांग फिर दुहरानी शुरू कर दी थी। कुछ विदेशी सरकारें इसमें अपना भरसक योगदान दे रही थीं। विशेष रुचि ले रही थीं, इनके प्रचार-प्रसार में।

इन समाचारों के आतंक से भी बड़ा एक और आतंक यहां ब्याप रहा था। करुणा दीवार फांदकर किसी तरह भीतर प्रविष्ट हुआ, तो वहां का दृश्य देखकर उसके रोंगटे खड़े हो गए।

'साधना-निकुंज' के प्रांगण में किसी गौरांग तरुणी का शव पड़ा था,

निर्वसन! जगह-जगह ताजे घाव थे। रक्त की लकीरें फर्श पर दूर तक चली गई थीं। संगमरमर के ठंडे, सफेद फर्श पर बिखरे रक्त का रंग काला पड़ गया था। सुनहरे 'बाब-कट' बाल खून से बुरी तरह चिपके हुए थे। युवती की भयत्रस्त भूरी आंखें खुली थीं। आंखों के नीचे जमे हुए खून का लोथड़ा लटक रहा था। मक्खियां भिनभिना रही थीं, ऊपर। रुद्राक्ष की माला टूटकर बिखर गई थी; लेकिन गले में टूटा धागा अब भी साफ दीख रहा था।

शव के चारों ओर रंगीन चाक से घेरा-सा बना दिया गया था। बाद में पुलिस ने एक बारीक चादर उस पर डाल दी थी। पुलिस का फोटोग्राफर अलग-अलग कोणों से शव के फोटो खींच रहा था। आश्रम के सभी सदस्य स्तब्ध-से खड़े थे। पुलिस के अफसर उनसे तरह-तरह के प्रश्न पूछ रहे थे। बाहर से भी कुछ लोग भीतर घुस गए थे। सभी शव को अधिक निकट से देखने का प्रयास कर रहे थे। इसलिए पुलिस के उत्तेजित सिपाही उन पर डण्डे बरसा रहे थे। उस समय तो डरकर भीड़ हड़बड़ाती हुई तितर-बितर हो जाती; लेकिन बाद में, देखते-देखते फिर वैसा ही जमघट!

शेषगिरि दूर खड़े थे। पाषाण-प्रतिमा की तरह तटस्थ, मौन। खोई-खोई दृष्टि से कभी भीड़ की ओर यों ही देखते अन्यथा उसी तरह गहन चिन्तन में लीन! करुणा के हाथ-पांव फूल रहे थे। उसकी समझ में नहीं आ रहा था कि सहसा यह सब क्या हो गया?

कुछ लोग कह रहे थे, युवती ने आत्महत्या की है। कुछ लोगों का अनुमान था कि आश्रम के ही किसी सदस्य ने आवेश में घातक अस्त्र से आक्रमण किया है। इसके अलावा ऐसे लोग कम न थे, जो हत्या का आरोप कुछ समाजविरोधी तत्त्वों पर लगा रहे थे।

आश्रमवासियों का कथन था कि शेषगिरि के शत्रुओं ने उन्हें बदनाम करने के लिए यह जाल रचा है। रात को कुछ सशस्त्र व्यक्तियों ने आश्रम पर आक्रमण किया। अन्नदा के शयन-कक्ष में प्रकाश था। इसलिए धोखे से पहला आक्रमण उसी पर किया गया। ज्यों ही वह चीखी-चिल्लाई, धांय-धांय पिस्तौल के चलने की आवाज हुई, और सब लोग एकत्र हो गए।

लोगों के इकट्ठा होते ही हमलावर अंधियारे में दीवार फांदकर भाग निकले। शव के समीप फर्श पर एक खुला चाकू मिला। और दीवार के पास कंटीले तारों में उलझा काला मफलर। शेषगिरि ने फोन का रिसीवर उठाया, तो वह भी 'निष्प्राण' पड़ा था। सम्भवतः फोन का तार पहले ही काट दिया गया था।

चार-पांच संसद-सदस्य तथा समीप के ही किसी राज्य के एक उप-मंत्री भी उस रात आश्रम में ठहरे थे। बदनामी के भय से इस शोर-शराबे में वे कब, किधर निकल भागे, किसी को कुछ पता नहीं। सुबोध वरन किन्हीं संसद-सदस्या की पुत्री के साथ जिस कमरे में ठहरा था, वह इस समय एकदम खाली था। खूंटी पर केवल एक पजामा लटक रहा था।

ज्यों-ज्यों समय बीत रहा था, भीड़ बढ़ती चली जा रही थी। आश्रम के व्यवस्थापक को गिरफ्तार कर लिया गया था। कुछ और लोगों के भी पकड़े जाने की सम्भावना थी। शेषगिरि पर हाथ लगाने का साहस किसी को भी न था। अतः दूर से ही प्रश्न पूछकर सब चले जाते।

इस तरह की दुर्घटना किसी भी समय हो सकती है, शेषगिरि को इसका अहसास था। इधर बहुत दिनों से वातावरण विस्फोटक बना था। तिमिर वरन, शिवसुन्दरम और राय चौधरी आदि को बदनाम करने के लिए जो साजिशें की जा रही थीं, उन्हें उनकी पूरी-पूरी जानकारी थी। इसलिए उन्होंने भी मोर्चे मजबूत कर लिए थे।

सूचनामंत्री अमोलक और संचारमंत्री होतीलाल 'सुयश' ने खुलकर विद्रोह आरम्भ कर दिया था। आकाशवाणी से प्रधानमंत्री के वक्तव्यों के वे सारे विवरण प्रसारित किए जाते। घुमा-फिराकर जिनमें तिमिर वरन आदि का जिक्र रहता। जिनमें यह प्रदर्शित किया जाता कि देश की प्रगति में ये सारे लोग बाधक बन गए हैं। मुल्क को आगे ले जाना है, तो ऐसे प्रति-क्रियावादी तत्त्वों से मुक्त होना ही पड़ेगा।

इन लोगों ने तथा इनके सक्रिय सहयोगी संसद-सदस्यों ने अब आश्रम में आना छोड़ दिया था। आश्रम के विरुद्ध भी कम प्रचार नहीं किया जा रहा था। प्रधानमंत्री के संकेत पर किसी भी समय छापा पड़ सकता है—शेषगिरि जानते थे। इसलिए उन्होंने सारे टेप, सारे रहस्यमय चित्र ऐसे अंधेरे, गुप्त तहखानों में छिपा दिए थे, जहां उन्हें हवा तक न

लग सके। संसद-सदस्यों या विधायकों की 'खरीद-फरोख्त' के लिए एकत्रित की गई राशि भी इधर-उधर छिपा दी थी। अफसरों पर तिमिर वरन का कम रोब न था, किन्तु प्रधानमंत्री की शक्ति के सामने ठहर पाना सम्भव न था, फिर भी बहुत-से मंत्रालयों के सचिव तिमिर वरन का प्रच्छन्न रूप से समर्थन कर रहे थे। केन्द्र सरकार के उच्चतम अफसर भी इस बार दो गुटों में बंट गए थे। अन्नदा को प्रतिपक्ष के मंत्रियों के बहुत-से रहस्य ज्ञात थे। लोगों ने पहले से ही उसपर बहुत-से आरोप लगाने आरम्भ कर दिए थे, तरह-तरह के।

लगभग तीन वर्ष पूर्व शेषगिरि जब यूरोप और अमेरिका की 'आध्यात्मिक यात्रा' पर अपनी शिष्यमण्डली के साथ गए थे, तब न्यूयार्क में ऐनी से भेंट हुई थी। शेषगिरि के चरणों पर गिरकर उस विचित्र बाला ने नमन किया था और उसी दिन से स्कर्ट त्यागकर, जोगिया धोती तन पर लपेट ली थीं। शेषगिरि ने एक रुद्राक्ष की माला उसे भेंट की थी, जिसे सदैव उसने अपने गले से लगाए रखा।

क्षण-भर में ऐनी से वह अन्नदा बन गई थी और कुछ ही दिनों में शेषगिरि की सबसे प्रिय शिष्या। यहां आने पर उसने आश्रम का नक्शा ही बदल दिया था। रात-रात-भर सामूहिक कीर्तन होता। उसने सारे देश में 'शेष अध्यात्म केन्द्रों' के निर्माण की योजना बनाई, जिससे ज्ञान का दिव्य प्रकाश घर-घर में पहुंचाया जा सके।

देश-विदेश के जो विशेष अतिथि आश्रम में आते, उनके स्वागत-सत्कार, देख-रेख का सारा भार अन्नदा पर ही होता। तिमिर वरन उसके सबसे बड़े प्रशंसक थे। आश्रम के ही प्रांगण में अशोक वृक्षों की सघन छाया में उन्होंने अन्नदा के लिए एक अलग कुटिया बनवा दी थी, जहां टेलीविजन, कूलर आदि की सारी सुविधाएं थीं। ध्यान के लिए पूर्ण एकान्त भी।

आश्रम के बाहर भी अन्नदा का कुछ कम प्रभाव न था। जो मंत्री या नेता आश्रम में न आ पाते या न आना चाहते थे, वे भी अन्नदा के परिचित एवं प्रशंसक थे। जनता में यह धारणा दिन-प्रतिदिन प्रबल होती चली जा रही थी कि अन्नदा का किसी विदेशी गुप्तचर विभाग से सम्बन्ध है। हो सकता है, महत्त्वपूर्ण रहस्य उन तक पहुंचाती रही हो!

शेषगिरि ने उसके माध्यम से बहुत-से मंत्रियों की अंतरंग बातों का पता लगाया था। आज उन्हें लग रहा था कि कहीं उन्हीं मंत्रियों का इस हत्या काण्ड में हाथ न हो! एक ढेले से दो शिकार!

किन्तु उनके कुछ विरोधियों का मत इससे बिल्कुल भिन्न था। उनका कहना था कि शेषगिरि के अंतरंग रहस्यों का किसी दुर्बलता के क्षणों में, विपक्षियों के प्रभाव में आकर वह उद्‌घाटन न कर बैठे, इसलिए शेषगिरि के सहयोगियों ने स्वयं ही यह नाटक रचा है, क्योंकि पिछले दो-तीन महीनों से अमोलक से उसके सम्बन्ध बहुत गहरे हो रहे थे। अमोलक उसके लिए एक नये आश्रम की योजना भी बना रहे थे।

अन्नदा की मृत्यु का कारण कुछ भी रहा हो; लेकिन शेषगिरि के पांवों तले जमीन इस बार खिसक गई थी। दिन में तारे नजर आ रहे थे। लग रहा था, जीवन की निर्णायक घड़ी अब आ गई है।

अन्नदा का शव अभी दफानाया भी नहीं गया था कि आग की तरह यह समाचार राजधानी में फैल गया कि शेषगिरि के समर्थकों ने थाने को जला दिया है।

पांच

हत्याकाण्ड के बारे में तरह-तरह की अटकलें लगाई जा रही थीं। कोठी नम्बर 30 का वातावरण बहुत तनावपूर्ण था। बाहर भीड़ थी। तिमिर वरन लोगों से घिरे थे।

मेघना मिलाने-जुलाने की व्यवस्था कर रही थी। लम्बी बीमारी से अभी-अभी उठकर आई थी, इसलिए चेहरे पर थकान का भाव था। अजित की मृत्यु के बाद तिमिर वरन ने उसे फिर से कोठी पर बुला लिया था। किन लोगों से तिमिर वरन को कब मिलना है, कब नहीं, सब मेघना की इच्छा पर निर्भर था। उसका अनुशासन सब पर चलता था, इसलिए तिमिर वरन तक पहुंचने से पहले लोग मेघना की चरण-वन्दना करते।

ऐसे बहुत-से लोग घिर आए थे, जिनके लिए इस कोठी के कपाट सदैव खुले रहते। मेघना तक पहुंचने में ये लोग माध्यम का काम करते थे। 'समाजवाद' के नारे के दौर में बहुत-से व्यवहार-कुशल लोगों का दारिद्रय

इन माध्यमों की अनुकम्पा से दूर हो गया था। कारखाने चल रहे थे। नित नयी कोठियों के नक्शे पास किए जा रहे थे। खुलेआम लाइसेंसों की बिक्री चल रही थी।

ऐसे नाजुक मामलों में तिमिर वरन कभी नहीं पड़ते थे। उनके चरण श्रद्धा से छूकर लोग चले जाते और बाद में घर बैठे ही उन्हें पुण्य लाभ प्राप्त हो जाता। तिमिर वरन के स्नेह-भाजन बनने की उद्दाम लालसा के कारण कुछ 'नेता किस्म' के महत्त्वाकांक्षी लोगों ने मेघना को कुछ कमेटियों की अध्यक्षा बनवा दिया था। लोगों का तो कहना यहां तक था कि तिमिर वरन के नाम से क्या-क्या किया जाता है, इसका स्वयं तिमिर वरन तक को आभास नहीं होने दिया जाता।

सचिव एवं अन्य सरकारी उच्चाधिकारियों को कोठी से जो भी भले-बुरे आदेश, जब भी मिलते, उन्हें पूरा करना पड़ता। जो अफसर समझ-दार थे, जमाने की हवा का रुख पहचानते थे, वे लगे हाथ अपना भी काम निकाल लेने से चूकते न थे। अफसरशाही का एक और कुचक चल रहा था। नेताओं की सारी शक्ति अपनी कुर्सियों की सुरक्षा में लग रही थी, जिसका अनुचित लाभ वे जमकर उठा रहे थे।

पहले विघटन के समय दल के पास अर्थ का घोर अभाव था। उस समय तिमिर वरन ने चन्दा बटोरने का जो अभियान 'युद्ध-स्तर' पर शुरू किया था, वह इतने वर्षों बाद भी निरन्तर उसी गति से चल रहा था। एक हाथ में लाइसेंस, दूसरे में नोटों के बण्डल। करोड़ों की माया इधर-उधर हो रही थी। वही तिमिर वरन जब जन-सभाओं में भाषण देते तो लगता कोई महान् त्यागी, तपस्वी देश के दुख-दर्द की करुणकहानी सुना रहा हो। निर्मल, स्वच्छ, शुभ्र वसन, विशाल दिव्य देह, जैसे कोई देवदूत आकाशवाणी कर रहा हो!

जब-जब मन अशान्त होता, वह राष्ट्रपिता की समाधि के सामने करबद्ध खड़े हो जाते। तब उनके नेत्रों से अजस्र अश्रु-धार बहने लगती।

इतनी वृद्धावस्था के बावजूद वह कुछ दिन और सेवा करना चाहते थे इस दरिद्र देश की; किन्तु देश का दुर्भाग्य था कि उनके अपने ही लोग रास्ते के रोड़े बनकर सेवा के पुण्य कार्य से उन्हें वंचित कर रहे थे।

शेषगिरि के आश्रम को जिस तरह से घेरा गया, उन पर जिस तरह

के आरोप लगाए गए, उससे वह बहुत क्षुब्ध थे। विपक्ष के लोग इस स्तर पर उतर आएंगे, उन्होंने कल्पना तक न की थी।

उस समस्या को अभी सुलझा न पाए थे कि अब एक और समस्या सामने खड़ी थी। रथीन शंकर के नामों की सूची लेकर वह स्वयं निरीक्षण करने लगे, सारे नाम ऊपर से नीचे तक पढ़ जाने के पश्चात् भी उनका मस्तिष्क सूखे कपड़े से पुछे स्लेट की तरह निपट कोरा था।

अबरार को नयी सूची बनाने का आदेश दिया।

शीघ्र तीन सूचियां तैयार हो गईं। पहली में वे संसद-सदस्य थे, जिन्होंने खुलेआम समर्थन किया था। दूसरी में वे, जिन्होंने अपना झुकाव तो दिखाया था; किन्तु प्रधानमंत्री के भय के कारण अपना नाम गोपनीय रखा था। तीसरी में प्रधानमंत्री के अन्धभक्तों के नाम थे, जिनका समर्थन किसी भी स्थिति में मिलने की सम्भावना न थी।

रथीन शंकर बहुत परेशान नजर आ रहे थे। मिर्जा साहब ऐसे चुप थे, जैसे सांप सूंघ गया हो। हरिपद आंखें मूंदें किसी गहरे सोच में थे। कल्पना दत्ता सफेद धोती में लिपटी गुड़िया की तरह दूर बैठी थीं।

'आपका क्या अनुमान है?' तिमिर वरन ने शिवसुन्दरम की ओर देखा। एकदम तटस्थ-से लग रहे थे शिवसुन्दरम, सबसे अलग। चेहरे पर रंचमात्र भी तनाव नहीं।

तिमिर वरन को पता चल गया था कि कल सूचना-मंत्री अमोलक उनसे मिले थे और प्रधानमंत्री की ओर से 'खाने-कमाने वाले' एक नये मंत्रालय का चारा शिवसुन्दरम के सामने फेंका गया था; इसलिए वह कुरेदना चाहते थे। अपनी अनुभवी आंखों से शिवसुन्दम की आकृति के उतार-चढ़ाव को बहुत बारीकी से पढ़ रहे थे। इस सर्दी में भी शिवसुन्दरम लुंगी-कुर्ते के ऊपर मात्र एक ऊनी चादर लपेटे थे।

'सुना है पी० एम० ने आपके पास अमोलक को भेजा था?' सन्नाटा भंग करते हुए तिमिर वरन ने चुनौती के जैसे भाव से कहा।

'हं, भेज्जा नही बाबा! कुछ अउर भी आफर किया।' शिवसुन्दरम कहते-कहते अटक-से आए। उनका चेहरा अबोध बच्चे की तरह निर्विकार था, शान्त।

'मिस्टर वरन! आई डोण्ड वाण्ट एनीथिंग ऐक्सेप्ट द यूनिटी आव द

नेशन!' अपने श्याम वर्ण के चमचमाते विशाल गंजे सिर पर वह चुपचाप हाथ फेरते रहे, 'मयं रिजायन करना मांगता!'

'क्यों, क्यों? रथीन शंकर ने उचककर बैठते हुए पूछा।

'मयं मानता हूं, आप लोग के भी पालिटिक्स⋯पालिटिक्स से हट जाने से हमारा नेशन का⋯!' शेष आधा वाक्य उन्होंने झटके से दरवाजे की तरफ हाथ हिलाकर, जोर से सिर घुमाकर पूरा कर दिया।

तिमिर वरन चकित-से उनके चेहरे की ओर देखते रहे। इस संक्रमण में, जबकि अस्तित्व ही खतरे में पड़ा हो, शिवसुन्दरम यह क्या रहे हैं, उनकी समझ में न आया। वह लगभग चीख-से पड़े, 'मिस्टर सुन्दरम! आप यह क्या कह रहे हैं? मुल्क ऐसे क्राइसिस में है और हम पालिटिक्स से हट जाएं।'

शिवसुन्दरम तनिक व्यंग्य भाव से हंसे, 'मुलुक को अपना फेट पर छोड़ दो मिस्टर वरन! नथिंग लेफ्ट⋯!' उन्होंने अपना हाथ हवा में हिलाया, 'इन्डस्ट्रीज ठप्प! अनएम्प्लायमेण्ट, पावर्टी, स्ट्राइक्स, लूटा–लूटी, ऐऽऐऽऐनार्कीऽ⋯किसी दिन भूखा लोग आपको खींच-खींचकर खा जाएगा मिस्टन वरन!'

'आपका मन्तव्य यह है कि हम लोगों के सत्ता से हट जाने के बाद प्रशासन-तंत्र चल जाएगा! पी० एम० चला लेंगे यह सब?' छोटन प्रसाद ने दार्शनिकों की तरह देखते हुए कहा।

शिवसुन्दरम ठहाका मारकर हंस पड़े, 'तो मिस्टर प्रसाद! आपको अब तलक यह मिसअण्डरस्टैडिंग हय! सी, गर्वमेण्ट न आप चला रहा है, न पी० एम०! गवर्नमेण्ट किसका इशारा पर, कैसे चल रहा है, एव्री बडी नोज इट! मिनिस्टर्स का अपाइण्टमेण्ट पर बाहर से प्राइम मिनिस्टर पर कितना प्रेसर पड़ता है, आप जानता है। करमना को मिनिस्ट्री क्यों आफर किया, यह भी पता है सबको। इस पापेट गवर्नमेण्ट का चलने से, अउर नहीं भी चलने से क्या?' शिवसुन्दरम सहसा आवेश में आ गए। बड़ी भावुकता से बोले, 'इन्फार्मेशन मिनिस्टर को हमने बोला, पी० एम० को भी अब रिजायन करना चाहिए। पार्टी शुड बी डिजोल्व्ड? हमको विलेजेज में कोई कन्स्ट्रक्टिव वर्क करना चाहिए!'

सब सहसा चुप हो गए। हरिपद और मिर्जा साहब ने प्रश्नसूचक

दृष्टि से एक-दूसरे की ओर देखा।

'क्या आप चाहते हैं कि देश को भेड़ियों की मांद पर छोड़ दिया जाए? तानाशाही एक बार आने पर फिर कभी भी जाएगी नहीं।' मिसेज दत्ता ने तुनककर कहा, 'वरन भाई का अनुमान सही है।'

'प्रेसिडेण्ट रूल जिस स्टेट में रहा, वहां ला एण्ड आर्डर रहा।' शिव-सुन्दरम बोले, 'फार द टाइम बीइंग हमें पालिटिकल पार्टीज पर बैन लगा देना चाहिए। तभी करेप्शन खतम होगा। आप बोलो, इस ऐनार्की के लिए रिस्पान्सेबल कउन है?' शिवसुन्दरम चिल्ला पड़े। बन्दूक की नली की तरह अंगुली हवा में दूर तक झटके के साथ हिलाते हुए बोले' 'आप हय! आप हय! मयं हूं!' और वह तनी हुई अंगुली अपने सीने पर टेककर प्रतिक्रिया देखने लगे।

फिर बड़े नाटकीय ढंग से काला चश्मा उतारकर उन्होंने मेज पर रखा। भावावेश में तिमिर वरन का हाथ थामते हुए बोले, 'भगवान को देखकर बोलो, अपनी कुर्सी के लिए हमने क्या-क्या नहीं किया? प्लानिंग फेल्युअर रहा, इसलिए न कि हमारा पास सोचने का टाइम नहीं था। लैंग्वेज का झगड़ा, प्रोविन्सेज का झगड़ा, सारा प्राब्लम्स हम क्रिएट किया। कण्ट्री को चलाने के लिए स्लोगन नहीं सेक्रिफाइस चाहिए!'

'क्या हमने कम सेक्रिफाइस किया?' मिसेज दत्ता ने उसी आवेश में, उसी लहजे में उत्तर दिया, तो शिवसुन्दरम क्षण-भर उनकी तरफ देखते रहे, फिर तनिक शान्त स्वर में बोले, 'कभी अकेला में, अपना आत्मा से पूछो मिसेज दत्ता! राजधानी में आपका तीन कोठी है, इसी सेक्रिफाइस का कारण? तिमिर वरन का फेमिली का लोग इन्डस्ट्रीज चला रहा है, इसी सेक्रिफाइस का कारण? अउर छोटन बाबू...!' कहते-कहते वह चुप हो गए।

कमरे में सहसा श्मशान का-सा भयावना सन्नाटा छा गया। बात यहां तक बढ़ जाएगी, तिमिर वरन को आशा न थी। इस तरह के विवादों में इस समय पड़ना हानिकारक है, यही सोचकर वह चुप हो गए। धीरे से उठकर दूसरे कमरे की ओर बढ़े, जहां पत्र-प्रतिनिधि बड़ी देर से उनकी प्रतीक्षा में बैठे थे।

शिवसुन्दरम स्वयं अपने से ही पराजित जैसे लग रहे थे। उन्होंने

कलाई में बंधी घड़ी की ओर देखा, चश्मा उठाया और नीचे बहती चादर कन्धे पर फेंककर बाहर निकल गए। कमरे में अब कुछ लोग रह गए थे, फिर भी एक-दूसरे के कान के पास मुंह ले जाकर, फुसफुसाने का काय बदस्तूर चल रहा था। कल्पना दत्ता फोन का चोंगा पकड़कर, जोर-जोर से कुछ बोल रही थीं। किन्हीं को आदेश दे रही थीं कि मेहमानों को बिठाए रखें, मैं आने ही वाली हूं।

'मैं जानता था यह गद्दारी करेगा! आपको याद है, इसी तरह से मंत्रियों से इस्तीफे देने का अभियान एक बार कभी पहले भी चला था। हमें हटाने के लिए वैसा ही कोई षड्यन्त्र-सा लगता है मुझे पी० एम० की ओर से।' सुरेश भाई शाह बोले।

'शिवसुन्दरम के हटते ही साउथ का सपोर्ट कम हो जाएगा।' रथीन शंकर ने आशंका प्रकट की, 'अपने फेवर के कुछ 'एम्पीज' हाथ से और निकल जाएंगे!'

'यह कभी कुछ नहीं कर सकता, हमें पता है। पड़ोसी देश के साथ पिछले युद्ध के समय कैबिनेट ने जो डिसिजन लिया था, सुना है, उसमें इसने हस्ताक्षर नहीं किए थे। इसमें 'गट्स' ही होते, तो कब का पी० एम० बन गया होता। इसे तो एक दिन जाना ही है; लेकिन जाते-जाते कहीं हमारा भी बण्टाढार न कर जाए!' धोती की लांग संभालते हुए खिलावन बाबू खैनी खाने के बहाने बाहर चले गए।

बगल वाले कमरे में कुछ और राजनीतिज्ञ बैठे थे। इस सर्दी में भी कमरे का वातावरण बहुत गर्म लग रहा था। प्रधानमंत्री की ओर से जिस नये आदेश की आशंका थी, उसपर खुलकर चर्चा हो रही थी।

पाल के सहसा बीमार हो जाने के कारण बर्मन और माखेजानी की परेशानी कुछ अधिक बढ़ गई थी। एक के बाद एक फोन की घंटियां घन-घना रही थीं। मेघना चकई की तरह इधर-उधर भाग रही थी।

तिमिर वरन बहुत झुंझलाए-से लग रहे थे। पत्र-प्रतिनिधियों ने उनके वक्तव्य को उलटा-सीधा छाप दिया था, जिससे ध्वनित होता था कि प्रधानमंत्री से वह सीधी टक्कर लेने की योजना बना रहे हैं, जबकि बात इससे एकदम उलटी थी। दल के अध्यक्ष और महासचिव प्रधानमंत्री को

ही दल से बाहर निकालने की योजना बना चुके थे, जिसे तिमिर वरन के आग्रह के कारण अब तक कार्यान्वित नहीं किया जा सका था। संभवतः तिमिर वरन इससे भी किसी भयंकर योजना में जुटे थे। किसी को वह इसका रंचमात्र भी आभास नहीं होने देना चाहते थे कि उनकी अगली योजना क्या है! देश के कुटिल कूटनीतिज्ञों में उनकी गणना थी। कब कौन-सी करवट ले लें, कोई कह नहीं सकता था।

दल के अध्यक्ष पाणिग्रही की कोठी पर कल आधी रात तक जो गुप्त-मंत्रणा हुई, उसमें उन्होंने उग्रपंथियों का साथ खुलकर नहीं दिया था। वे लोग दल के अस्तित्व को ही दांव पर लगा देने के लिए आतुर थे ; किन्तु तिमिर वरन दल पर आंच न लाते हुए, विरोधियों को सड़क पर खड़ा कर देने की दुहरी चाल चल रहे थे।

तिमिर वरन का भविष्य जहां अधर में लटक रहा था, प्रधानमंत्री के अस्तित्व के लिए भी कम खतरा पैदा नहीं हो गया था। उनके खेमे में भी भगदड़ मच रही थी। सारी रात मंत्रणाओं में निकल जाती। एक ओर देश की प्रतिपल बिगड़ती जा रही स्थिति को नियन्त्रण में रखना, दूसरी ओर दल के लोगों का यह खुला विद्रोह!

ज्यों-ज्यों समय बीत रहा था, त्यों-त्यों संघर्ष बढ़ता जा रहा था। तिमिर वरन कुशल योद्धा की तरह विरोधियों के हर दांव को विफल करने का प्रयास करते जा रहे थे, पर क्या वह विफल हो पा रहे थे?

अबरार किसी विज्ञप्ति की प्रतियां वितरित कर रहा था।

तिमिर वरन ने मिलने वालों की सूची में से लगभग तीन-चौथाई नाम हटा दिए थे। मिस माखेजानी ने बाहर से आए ट्रंक-कालों की लिस्ट उनकी ओर बढ़ाई, तो उन्होंने कुछ अत्यावश्यक नामों के आगे सही के निशान लगाकर, शेष को काट दिया था।

टट्-टट्! बाहर बरामदे के पास, छोटे-से कमरे में लगे टेलीप्रिण्टर की लपलपाती सफेद जीभ प्रतिक्षण लम्बी हो रही थी। कृपाराम आवश्यक करतनें काट-काटकर उन्हें किसी कागज पर अलग से चिपकाता चला जा रहा था। लाल स्लिप लगी फाइलों का अम्बार लगा था; पर तिमिर वरन के पास समय ही कहां था कि इस ओर देख सकें। सारा कार्य सचिव

देख रहे थे। स्वयं निर्णय लेकर, मात्र हस्ताक्षरों के लिए फाइलें उन तक पहुंचा देते; किन्तु इधर कुछ दिनों से व्यस्तता इस कदर बढ़ गई थी कि उनके पास हस्ताक्षरों के लिए भी समय न रहा।

स्वयं उनके चुनाव-क्षेत्र में बना बांध धंस गया था। आठ लाख लोगों के प्राण संकट में थे। केवल औपचारिकता निभाने के लिए उनकी ओर से कुछ लीपा-पोती कर दी गई थी। जनता का आक्रोश शांत करने के लिए, जांच-कमीशन बिठाने का आश्वासन दिला दिया था। हेलीकाप्टर से ही, ऊपर से निरीक्षण कर वह लौट आए थे; पर लोगों का कहना था कि हेलीकाप्टर पर बैठे उनके चित्र राजधानी में ही खींचकर समाचार-पत्रों को बांट दिए गए थे। सुबह के धुंधलके में जो हेलीकाप्टर बांध के ऊपर खड़ा था, उसमें उनके बदले कोई और बैठा था।

सूचनामंत्री अमोलक ने इस समाचार को आकाशवाणी से बड़े विस्तार से प्रसारित करवाया था। प्रतिपक्ष के कुछ प्रभावशाली संसद-सदस्यों द्वारा लगाए गए आरोपों को विशेष महत्त्व दिया था। इसमें सबसे बड़ा आरोप यह था कि विशेषज्ञों ने किसी अन्य स्थान पर बांध बनाने का प्रस्ताव रखा था; किन्तु तिमिर वरन ने अपने प्रभाव से उसे रद्द करवा के अपने ही चुनाव-क्षेत्र में उसे खड़ा करवा दिया था।

गांव-के-गांव बह गए थे। सैकड़ों आदमियों के शव अब तक न मिल पाए थे। अनाश्रितों के लिए पूरे कैम्प भी न बन पाए थे। कितने लोग शीत-लहर के कारण ठंड से ठिठुर-ठिठुरकर मर गए थे। दवाएं नहीं थीं। भोजन नही था। सरकार की ओर से जो कम्बल मुफ्त में बांटने के लिए भेजे गए थे, वे मंडियों में खुलेआम बिक रहे थे।

छः

आग की तरह खबर फैल गई कि अमोलक और 'सुयश' तिमिर वरन समर्थक मुख्यमंत्री विधुशेखर की सरकार गिराने के लिए सुबह के वायुयान से निकल पड़े हैं।

'उठा-पटक' की राजनीति का यह एक और नया अध्याय था। तिमिर वरन को पराजित करने से पूर्व उनके समर्थकों का सफाया करने का जो

क्रम आरम्भ हुआ था, उसी की यह अगली कड़ी थी।

राज्य की राजधानी में नयी हलचल शुरू हो गयी थी। जो विधायक मुख्यमंत्री से 'कुर्सियों' के प्रश्न पर अप्रसन्न थे, अपना आक्रोश प्रकट करने के लिए बाहर निकल आए थे और मुख्यमंत्री पर भीषण आरोप लगा रहे थे।

केन्द्र से 'पी० पी०' के सहसा अन्तर्धान होते ही, लोगों ने तरह-तरह की आशंकाएं प्रकट करना आरम्भ कर दिया था। वे जानते थे, कहीं-न-कहीं अब भूचाल आएगा और कोई सरकार गिरेगी।

'पी० पी०' का विचित्र व्यक्तित्व था। कुछ वर्ष पूर्व वह दल के एक साधारण स्वयंसेवक थे। पार्टी-कार्यालय के पास बने छोटे क्वार्टरों में रह-कर गुजारा चला रहे थे। ऊंचे-ऊंचे नेताओं की सेवा करने का सौभाग्य मिल रहा था, अत: परम सन्तुष्ट थे। उनकी सबसे बड़ी विशेषता यह थी कि वह निडर थे, अवसर को पहचानते थे और उसी के अनुरूप अपना आचरण रखते थे। भला-बुरा जो काम कोई न कर सकता, उसे वह क्षण-भर में पूरा करके दिखला देते, इसलिए नेतागण उनसे प्रसन्न थे और उन्हें अपना 'विश्वासपात्र' मानते थे।

सत्ता की बागडोर जब जिसके हाथ में रहने की सम्भावना होती, 'पी० पी०' उसी ओर ढुलक जाते। कोठी में, कार्यालय में, दौरों में, सब जगह बेतहाशा भागते नजर आते। दल की आन्तरिक गतिविधियों की सूचना उन तक पहुंचाते और उसके बदले कोई भी अनुचित लाभ उठाने से न चूकते थे, इसलिए देखते-देखते एक कमरे के मकान से आलीशान कोठी पर पहुंच गए थे और दरवाजे पर एक कार भी खड़ी हो गई थी। पिछली बार वह तिमिर वरन की सेवा में श्रद्धा-भक्ति के साथ लगे थे। रथीन शंकर, 'सुयश' और शेषगिरि के इस त्रिकोण में वह भी सम्मिलित होकर, महत्त्वपूर्ण व्यक्ति बन गए थे। बहुत-से राज्यों की मजबूत सरकारें गिराने का श्रेय उन्हें भी मिला था।

जहां वह पहुंचते, वहां देखते-देखते विधायकों के पाड़े बदल जाते। टोपियां बदल जातीं। झण्डे बदल जाते। क्षण-भर में सरकार का ढांचा चरमराकर नीचे गिरने लगता और दूसरे ही दिन समाचार-पत्रों में बड़े-बड़े मोटे-मोटे अक्षरों में लिखा रहता, 'राज्य के मुख्यमंत्री को विधायकों का

समर्थन प्राप्त नहीं, और मुख्यमंत्री कुछ ही समय पश्चात् सड़क पर पैदल चलते नजर आते।

'पी० पी०' यानी पिनाकी प्रसाद का नाम सम्भवतः इसीलिए लोगों ने 'पटकी प्रसाद' रख दिया था। इधर रुतबा बढ़ गया था। सत्ता के शिखर तक उनकी पहुंच थी, इसलिए अब लोग खुलेआम पटकी प्रसाद न कहकर 'पी० पी०' के ही प्यार-भरे, आदर-भरे नाम से सम्बोधित किया करते थे।

बड़े-बड़े केन्द्रीय मंत्रियों के अलावा मुख्यमंत्री तक 'पी० पी०' से घबराते थे। प्रतिपक्ष की सरकार को अपने राज्य में प्रधानमंत्री के आने से इतनी दहशत न होती, जितनी 'पी० पी० के आगमन से, इसलिए विधुशेखर मंत्रिमण्डल में भगदड़ शुरू हो गई थी। बिना नम्बर की लगभग 50 नई कारें राजधानी की शाही सड़कों पर फर्राटे से फिसल रही थीं। जिन विधायकों ने सपने में भी लाख रुपये की कल्पना न की थी, वे लाखों की बातें कर रहे थे। नयी कारों में पसरकर सैर कर रहे थे। अपने महत्त्वपूर्ण होने का उन्हें अहसास हो रहा था।

थैली के मुंह विधुशेखर के समर्थकों ने भी खोल दिए थे। पदों के, लाइसेन्सों के प्रलोभन भी कम न दिए थे; पर 'पी० पी०', अमोलक और 'सुयश' के सामने कितनी चल पाएगी, इसमें सन्देह था।

अलग-अलग खेमों में, अलग-अलग कमरों में विधायक बंद थे। मोल-तोल चल रहा था। बिकने में किसी को कोई एतराज न था, सौदा पट जाए तो! अभावों की आग में झुलसती, निरीह, निरक्षर जनता को जिन्होंने चुनाव के समय बड़े-बड़े सब्ज-बाग दिखाए थे, दारिद्र य दूर करने के अनेक आश्वासन दिए थे, राष्ट्रपिता की प्रतिमा के सामने खड़े होकर आजीवन सेवा का ब्रत लिया था, वे अपने पांव मजबूत करने के लिए आगे बढ़ रहे थे, ताकि जनता की अधिक सेवा कर सकें। अगले चुनाव अधिक दूर न थे। किसी क्षण भी हो सकते थे।

विधुशेखर दूसरे दलों का समर्थन प्राप्त करने के लिए भी छटपटा रहे थे। संकट की इस घड़ी में जातिवाद के नाम पर भी कुछ होने की सम्भावना थी, इसलिए दूसरे राज्यों से प्रभावशाली राजनीतिज्ञों को आमंत्रित किया गया था, ताकि 'अपने' विधायकों का समर्थन वह दिला सकें। राजनीति

के मैदान में तिमिर वरन और प्रधानमंत्री ह नहीं, विपक्ष के भी योद्धा उतर आए थे।

तिमिर वरन पल-पल का हिसाब लगा रहे थे। पाणिग्रही परेशान थे। महामंत्री अपने प्रभाव का अधिक-से-अधिक लाभ उठा लेने के लिए आतुर थे। विधुशेखर-मंत्रिमण्डल के पतन का अर्थ था, केन्द्र में तिमिर वरन की घोर पराजय! आश्रम में जो कुछ घटित हो चुका था या हो रहा था, उसकी तनिक भी चिन्ता न कर शेषगिरि रथीन शंकर और कल्पना दत्ता के साथ निकल भागे।

प्रधानमंत्री ने अपनी विदेश-यात्रा के सारे कार्यक्रम स्थगित कर दिए थे। किसी अन्तर्राष्ट्रीय सम्मेलन में, जहां पर उनका उपस्थित रहना राष्ट्र के हितों की रक्षा के लिए बहुत आवश्यक था, वहां भी वह न जा पाए थे। उनकी परेशानियों की कोई सीमा न थी। विदेशों में अब तक जो प्रतिष्ठा अर्जित की थी, धीरे-धीरे वह छीज रही थी और उसी का प्रभाव देश पर भी पड़ रहा था। लोग पुतले जलाने की स्थिति तक आ गए थे। तिमिर वरन की जिन्दगी राजनीति के इसी अखाड़े में बीती थी। उन्हें पराजित करने के अभियान में कहीं स्वयं ही पराजित हो पड़े तो! यही सोचकर उन्होंने अपने मंत्रिमण्डल के वरिष्ठतम मंत्री प्रभुपाद पण्डित को वहां जाने का आदेश दिया। इस निर्णायक दौर में प्रभुपाद जी का प्रभाव शायद कुछ काम कर ही जाए!

देखते-देखते अब प्रभुपाद जी का एक नया रूप उभर रहा था। समय के साथ चलने की प्रक्रिया में उन्होंने अपना रूप-रंग, चाल-ढाल सब कुछ बदल दिया था। अपने सुयोग्य सचिवों से लिखवा-लिखवा कर देश की गरीब-शोषित जनता के नाम जितने भाषण गत 2-3 महीनों में उन्होंने दिए थे, उतने सम्भवतः पिछले दस साल में भी न दिए हों!

आज उनकी योग्यता की अग्नि-परीक्षा थी। लाठी टेकते हुए वह जा रहे थे, राज्य की जनता के नाम देश के प्रधानमंत्री का विशेष संदेश लेकर, पर अभी वह निकले भी न थे कि एक और धमाका हुआ!

सात

ज्यों-ज्यों समय बीत रहा था, प्रधानमंत्री के चारों ओर जमघट बढ़ता चला जा रहा था। उन्हें खुद नहीं सूझ रहा था कि क्या करें!

उनके आसपास ऐसे लोग घिर आए थे, जिनके अपने-अपने निहित स्वार्थ थे। जिनकी अलग-अलग धारणाएं, अलग-अलग मान्यताएं थीं। प्रधानमंत्री के अधिक-से-अधिक निकट पहुंचने के लिए एक-दूसरे को कुह-नियां मार-मारकर पीछे धकेल रहे थे। एक-दूसरे से आगे निकल जाने के लिए कुछ भी कर गुजरने को तत्पर थे!

सब लोग अलग-अलग गुटों में बंट गए थे। इनके बीच अब और अधिक सन्तुलन बनाए रखना प्रधानमंत्री के लिए भारी पड़ रहा था।

तिमिर वरन और उनके समर्थकों को मंत्रिमण्डल से हटाए जाने की स्थिति में क्या होगा? विचार कर ही रहे थे कि दल के कुछ उपग्रंथियों ने प्रभुपाद पण्डित के विरुद्ध विष-वमन आरम्भ कर दिया था। वही रण-नीति, जो बड़े पैमाने पर तिमिर वरन के विरुद्ध अपनाई जा रही थी, लगभग उसी स्तर की, कुछ-कुछ वैसी ही प्रभुपाद पण्डित को शक्तिहीन करने के लिए भी आजमाई जाने लगी। ऐसे नाजुक समय में दल के उग्र-पन्थियों का यह परीक्षण प्रभुपाद को भी बहुत भारी पड़ रहा था। तिमिर वरन के साथ मिलने की सम्भावना न थी और न अपने में इतनी शक्ति ही कि कोई नया खेमा गाड़ सकें।

दल में उनकी स्थिति इतनी नगण्य न थी; पर समर्थकों को संगठित करने के लिए समय चाहिए था। ऐसी विकट स्थिति में अपने को बनाए रखें या विधुशेखर मंत्रिमण्डल को गिराएं, बड़ी दुविधा में पड़ गए थे!

प्रधानमंत्री चाहते थे कि जल्द ही प्रभुपाद राजधानी से प्रस्थान करें। रात में ट्रंककाल पर पी० पी० से जो बातें हुईं, उनसे वह बहुत परेशान नजर आ रहे थे। विधुशेखर ने दूसरे दलों के विधायकों की 'खरीद' का काम बड़ी तेजी से आरम्भ कर दिया था, ताकि अपने दल से टूटकर जाने वाले विधायकों की क्षतिपूर्ति हो सके। इतना ही नहीं, अन्य दलों के नेताओं से भी मेल-जोल बढ़ा लिया था, ताकि आवश्यकता पड़ने पर 'संयुक्त विधा-यक दल' की सरकार का विकल्प सोचा जा सके।

अभी प्रभुपाद जागे भी न थे कि प्रधानमंत्री के सचिव सर देसाई का फोन आया। प्रधानमंत्री की ओर से मिलने का आदेश था, अभी।

शीतलहर का प्रकोप अब तक बना हुआ था। कल सारी रात भाग-दौड़ में ही बीती थी। कुछ राज्यपालों को राष्ट्रपति की ओर से इस विषय में गुप्त आदेश दे दिए गए थे कि मुख्यमंत्रियों को विधायकों का पूर्ण बहुमत न मिलने की दशा में वे क्या करें!

लम्बी चाकलेटी कार में लदकर घिसटते हुए जैसे विवश भाव से जा रहे थे वह। कार में बैठकर आवश्यक फाइलें देखने या समाचार-पत्र पढ़ने की बहुत पुरानी आदत थी। ड्राइवर कार स्टार्ट कर ही रहा था कि पी० ए० दौड़कर अगली सीट पर ढेर-सारे ताजे अखबार रखकर चला गया।

पर उन्होंने न अखबार खोले और न आवश्यक फाइलों का ही ध्यान आया उन्हें। योजना-आयोग की मीटिंग में उनपर जिस तरह आक्रमण किया गया था, उससे वह परेशान हो उठे थे। ऐसी 'उठा-पटक' उन्होंने कभी देखी न थी। क्या मजाल है, भूतपूर्व प्रधानमंत्री के सामने कोई मुंह तो खोल दे।

हर किसी के अस्तित्व के लिए हर तरह का खतरा पैदा हो गया था। अपने ही अन्तरंग साथियों से बातें करते हुए लोग डरते थे। पता नहीं कौन, कब किधर चला जाए? शतरंज की इन चालों में किसी का मोहरा कभी भी पिट सकता था।

तिमिर वरन के घनिष्ठ मित्रों में कभी उनकी गणना थी। भूतपूर्व प्रधानमंत्री को पदच्युत करने के लिए जो जाल रचा गया था, उसमें उन्होंने कन्धे-से-कन्धा मिलाकर एक-दूसरे का साथ दिया था। नीति के धरातल पर तिमिर वरन और उनके सहयोगियों से रंचमात्र भी मतभेद न था कभी। यह मात्र संयोग था कि इस बार वह विरोधी खेमे से बोल रहे थे। जिन निहित स्वार्थों के लिए तिमिर वरन का विरोध हो रहा था, अब उन्हीं को प्रभुपाद पर भी लागू किया जा रहा था, एक अलग ढंग से, एक अलग धरातल पर।

कार के शीशे बहुत धुंधले-धुंधले हो गए थे। बाहर का दृश्य स्पष्ट नहीं दिखाई दे रहा था। प्रधानमंत्री की कोठी के समीप कार पहुंच ही रही थी कि वहां एक और ही नजारा था।

मिट्टी से भरे बड़े-बड़े ड्रमों से सभी रास्ते पुलिस ने रोक दिए थे। सड़कों के बीच में अजगर जैसे मोटे रस्से लोट रहे थे। अगल-बगल दूर तक वायरलेस की गाड़ियां तथा खाकी रंग के मिलिट्री-ट्रक खड़े थे। जहां तक दृष्टि जाती, सिपाही-ही-सिपाही नजर आते।

बड़े-बड़े बैनर लिए राज्यों से विद्यार्थियों के झुण्ड-के-झुण्ड चले आ रहे थे रेलों से, बसों से, ट्रकों से, पैदल! 'देश को भ्रष्ट प्रशासन से मुक्त करो!' उनका नया नारा था। राजधानियों में टिड्डियों की तरह छा जाने की योजना थी। कालेज-विश्वविद्यालय खाली हो रहे थे।

राष्ट्रपिता की समाधि से आरम्भ होकर जुलूस प्रधानमंत्री-निवास तक आज जाने वाला था। राजधानी में जगह-जगह पोस्टर लगे थे। राष्ट्र-पिता के चित्र के नीचे लिखा था— 'रामराज्य का सपना साकार करेंगे हम!'

करेंगे या मरेंगे!

समाधि पर एक लाख छात्रों द्वारा आमरण उपवास की घोषणा थी। घर-घर जाकर छात्र पर्चे बांट रहे थे हमें सुयोग्य प्रशासक चाहिए, पद-लोलुप राजनीतिज्ञ नहीं।

तीन-चार मार्गों से गाड़ी मोड़कर बड़ी मुश्किल से प्रभुपाद 'प्रधानमंत्री-निवास के द्वार तक पहुंच पाए।

सबसे बाहर वाले लम्बे कमरे में पत्रकारों की भीड़ लगी थी। कदम-कदम पर सुरक्षाधिकारी। प्रधानमंत्री किससे, किस कमरे में मुलाकात करेंगे, सचिव इसके लिए बड़ी सतर्कता बरत रहे थे। अच्छे-भले नेता तक सचिव के कमरे से आगे न बढ़ पा रहे थे। प्रभुपाद आज पहले व्यक्ति थे, जो सबसे अन्दर के कमरे में दाखिल हुए थे।

सरदेसाई के साथ-साथ प्रभुपाद कमरे में पधारे। उसके जाने के बाद अभिवादन करते हुए वह बैठ ही रहे थे कि प्रधानमंत्री ने एक लम्बा-चौड़ा कागज उनकी ओर बढ़ाया।

चश्मा लगाकर जब पढ़ा, तो उनका मुंह अचरज से खुला रह गया। शिवसुन्दरम का प्रधानमंत्री के नाम एक लम्बा पत्र था, जिसमें उनके मंत्रि-मण्डल के विरुद्ध भ्रष्टाचार के कई आरोप थे। 'छात्र-आन्दोलन' का खुल-कर समर्थन किया था और अन्त में त्यागपत्र के साथ-साथ इस बात का

भी जिक्र था कि वह इसकी प्रतियां संवाददाताओं में वितरित कर रहे हैं। भ्रष्टाचार के जो आरोप उन्होंने लगाए हैं उनके प्रमाण किसी आयोग के सामने कभी भी प्रस्तुत कर सकते हैं।

प्रधानमंत्री ने सन्नाटा तोड़ते हुए कहा, 'इसे देखा जाएगा। हां, आप अभी चले जाइए, अभी। पिनाकी को मैंने ने सेसरी इन्स्ट्रक्शन्स दे दिए हैं।'

'पर मेरे विरुद्ध पार्टी में जो''' !' प्रभुपाद कह ही रहे थे कि प्रधान-मंत्री बीच ही में बोल उठे, 'आइ नो इट। इस समय यह काम ज्यादा जरूरी है।'

अमोलक, 'सुयश' और 'पी० पी०' ने रात-भर में लाखों रुपये बिखेर दिए थे। इस समाचार को सारे शहर में फैला दिया कि राज्य की जनता के नाम प्रधानमंत्री का विशेष संदेश लेकर राजधानी से वित्त-मंत्री प्रभुपाद पण्डित पधार रहे हैं।

स्टेशन पर उनके स्वागत-कार्यत्रम को विशेष रंग दिया गया था, ताकि इसी बहाने लाखों लोग इकट्ठा हो सकें। विधुशेखर के समर्थकों के दिलों में दहशत पैदा करने के लिए वे कुछ भी कर गुजरने को आतुर थे। जितने ऊंचे स्वर में जय-जयकार के नारे लगेंगे, विजय के आसार उतने ही अधिक बढ़ जाएंगे।

रथीन शंकर, कल्पना दत्ता और शेषगिरि जब से आए थे, इसी जोड़-तोड़ में लगे थे। विधान-सभा का सत्र कब का समाप्त हो चुका था, फिर भी तार भेज-भेजकर उन्हें बुलाया जा रहा था।

अपने सचिव चोपड़ा को प्रभुपाद साथ लाए थे, ट्रेन में। रात-भर वह भाषण तैयार करता रहा, जिसे वित्त-मंत्री द्वारा जन-सभा में पढ़ा जाना था। जिसमें लगभग सत्तर बार 'गरीब' शब्द का प्रयोग किया था और एक सौ पन्द्रह बार 'समाजवाद' का। स्पष्ट शब्दों में यह कहा गया था कि विपक्ष के कुछ नेता साम्प्रदायिक हैं, प्रतिक्रियावादी, शेष विदेशी ताकतों के हाथों में खेल रहे हैं। देश की प्रगति में ये लोग बाधक हैं। उनके अपने ही दल में ऐसे लोगों की भरमार है। अन्त में दो पड़ोसी शत्रु देशों द्वारा किसी भी क्षण होने वाले सम्मिलित हमले की आशंका का जिक्र था। देश के नौजवानों से विशेष रूप से आग्रह किया था कि इस संकट की घड़ी में वे

सजग रहें, सतर्क रहें, देश टूटने की स्थिति में है।

हाथी दांत की मूठ वाली कीमती लाठी का सहारा लेकर झुक-झुककर जब प्रभुपाद वातानुकूलित डिब्बे से उतरे तो लोगों ने समाजवाद के गगनचुम्बी नारों से प्लेटफार्म गुंजा दिया। सिर से पांव तक उन्हें फूल-मालाओं से लाद दिया।

प्लेटफार्म के बाहर काठ का ऊंचा अस्थायी मंच बना था। किसी तरह वहां पर पहुंचकर उन्होंने सब दर्शनार्थियों को सान्त्वना देने की-सी मुद्रा में दोनों हाथ ऊपर उठाकर आशीर्वाद दिए, फिर विनीत-भाव से हाथ जोड़कर, देर तक मुसकराते हुए यों ही खड़े रहे।

'हमारे प्रधानमंत्री जी का जो सन्देश आप लोगों के लिए लाया हूं, उसे तो शाम को आम-सभा में ही कहूंगा। मैं आज यहां आपके दुःख-दर्द को समझने के लिए आया हूं। बड़ी मुसीबत में गुजर रहा है यह देश। अकाल, महामारी के प्रकोप का हमें अहसास है। आपके प्रदेश में सौ-दो सौ आदमियों की मौतें हुई थीं। वे भूख से नहीं, बीमारी के कारण हुई थीं। विरोधी दलों की चालों से आप लोग सावधान रहिए और विद्यार्थियों से बचिए। इन्हें मुल्क से क्या वास्ता? वास्ता ही होता, तो क्या ये देश के सच्चे सेवकों पर कीचड़ उछालते? देश की डूबती नैया को राष्ट्रपिता के आदर्शों के अनुरूप पार लगाने के लिए हम कटिबद्ध हैं; पर लोग लगाने नहीं दे रहे हैं। उलटा हम पर आरोप लगा रहे हैं कि हम लोगों ने मुल्क को बेच दिया है। कोई माई का लाल, जो यहां खड़ा होकर बताए कि हमने मुल्क को कब बेचा? किसके हाथ बेचा···!' उन्होंने अपना संक्षिप्त-सा भाषण समाप्त किया।

अमोलक चाहते थे कि वह कुछ और कहें। इस समय नहीं कहेंगे, तो फिर कब कहेंगे? यही तो वक्त है! किन्तु वह इससे अधिक कुछ भी कह सकने की स्थिति में न थे। शरीर में इतनी शक्ति ही कहां थी कि कुछ क्षण और खड़े रह सकें; पर 'पी० पी०' के आग्रह को वह टाल न सके। उन्हें डर था कि कहीं यह प्रधानमंत्री से शिकायत न कर दे! अतः अपना चौड़ा-सा मुंह फिर माइक के पास ले गए—'इस पंचवर्षीय योजना को लागू तो होने दीजिए, गरीबी अपने आप भागती नजर आएगी। हम हर चीज का राष्ट्रीयकरण करना चाहते हैं, पर लोग करने नहीं देते। हम किसानों की

भलाई की बातें करते हैं। मजदूरों को हड़ताल करने का हक देते हैं, तो लोग हम पर लांछन लगाते हैं। अब हमारा नया नारा है, 'काम हराम है···!'

अभी वह बोल ही रहे थे कि लोग तालियां पीटते हुए हो-हो हंस पड़े। प्रभुपाद खिसियाते हुए रह गए। विस्तार से वह स्पष्टीकरण देना चाहते थे। बतलाना चाहते थे कि 'काम हराम है' से उनका तात्पर्य क्या है; किन्तु तब तक शोरगुल के साथ भीड़ तितर-बितर होने लगी और उनकी अवाज गले में ही भंवर खाकर रह गई।

उनके समर्थकों ने सब जगह फैला दिया था कि विपक्षियों ने हुड़दंग मचाया और बीच सभा में सांप छोड़ दिया था। जनता तो भाषण सुनने के लिए श्रद्धा से आई ही थी।

चमचमाती हुई लगभग पचास कारों का कारवां राजमार्ग से होकर गुजर रहा था, 'समाजवाद' और 'गरीबी दूर करो' के नारे लगाता हुआ। प्रभुपाद की बगल में बैठकर 'पी० पी०' ने इस बार अमोलक और सुयश दोनों को एक साथ पटकी दे डाली थी। वे पीछे वाली कार में बैठे थे, खिन्न से। सभा में जिस तरह से भगदड़ मची, उससे उनमें विचित्र-सा विक्षोभ था, फिर भी कितने विधायकों को किस तरह से अपने पक्ष में लिया जाए, इस पर गम्भीरता से विचार कर रहे थे। अब तक चली गई चालों से कोई विशेष सफलता मिल न पाई थी। हरिदास मुख्यमंत्री पद के लिए अपना नाम घोषित कर रहे थे कि कृष्ण कुमारी ने उनके विपक्ष में विद्रोह का झण्डा खड़ा कर दिया था। वे न हरिदास को छोड़ सकते थे, न कृष्ण कुमारी का सहयोग ही।

यह भी विकल्प उनके अन्तरमन में कहीं था कि हरिदास को मुख्यमंत्री का पद दिया जाए, तो कृष्ण कुमारी को उपमुख्यमंत्री का। कृष्ण कुमारी केन्द्र में उपमंत्री थीं। प्रधानमंत्री का उनपर पूर्ण विश्वास था। वस्तुतः उन्हें ही प्रधानमंत्री राज्य की बागडोर सौंपना चाहते थे; पर हरिदास मानते न थे। दल की राज्य शाखा में उनका बहुमत था। विधुशेखर के मंत्रिमण्डल से इसी शर्त पर वह हटने को तैयार हुए थे।

प्रभुपाद अचरज से देख रहे थे, सड़कों पर स्वागत के लिए आज एक भी आदमी न था। स्टेशन तक किसी तरह मना कर, फुसला कर लाए गए

किराए के लोग पता नहीं कहां चले गए थे! राशन की दुकानें खाली थीं। अस्पतालों में ताले लगे थे। इंजीनियरों की हड़ताल के कारण शहर में पिछले सात दिन से अंधेरा था। कोयले के टाल रीते थे, पेट्रोल-पम्प सूखे हुए। दैनिक उपयोग की वस्तुओं का कहीं अता-पता न था। बाजार में मक्खियां भिनभिना रही थीं। चीजों के दाम दस-पन्द्रह गुना बढ़ गए थे। आम आदमी हर तरह से असमर्थ था, असहाय!

जगह-जगह जुलूस निकल रहे थे। गांधी-चौक पर अनाज से लदी गाड़ियां लुट रही थीं। विश्वविद्यालय अनिश्चित काल के लिए बन्द था। पुलिस ने विद्यार्थियों पर गोली चलाने से इनकार कर दिया था। सारे शहर का वातावरण विस्फोटक बना हुआ था। प्रभुपाद इसके लिए विधुशेखर को दोषी ठहरा रहे थे।

सुभाष पार्क में इनके स्वागत के लिए जो भव्य मंच बनाया गया था, उसे रात ही रात में लोग उठाकर ले गए थे, सुबह एक भी ईंट न थी वहां। लाउडस्पीकरों के लिए लगाए गए खम्भे पछाड़ खाकर नीचे गिरे थे। जिस सड़क से जुलूस की शक्ल में प्रभुपाद को ले जाया जाना था, उस-पर रोलर चल रहे थे।

'पी० पी०' और अमोलक का कहना था कि विधुशेखर के समर्थकों ने किया है यह सब; किन्तु विधुशेखर इस अराजकता के लिए केन्द्र को दोषी ठहरा रहे थे या फिर अनियंत्रित छात्रों को, जिन्होंने उनकी कोठी को दो बार घेरा था। शहर में जगह-जगह पोस्टर चिपका दिए थे—प्रभु-पाद वापस जाओ! विधुशेखर इस्तीफा दो! प्रधानमंत्री का सन्देश नहीं, हमें भोजन चाहिए!

शेषगिरि के आश्रम पर किए गए हमले से विधुशेखर आगबबूला हो उठे थे। उन्होंने अपने ही किसी विश्वस्त मंत्री से वक्तव्य दिला दिया था कि केन्द्र सरकार ने अगर तिमिर वरन के समर्थकों को हानि पहुंचाई, तो हम अपने राज्य में दौरे पर आने वाले केन्द्र के मंत्रियों का 'घेराव' करवा देंगे।

सरकारी इमारतों पर विद्यार्थी अपने झण्डे फहरा रहे थे। कारों पर पथराव किया, और उनमें बैठें विधायकों को जिस तरह बाहर खींच-खीच-कर पीटा, उससे प्रभुपाद की सारी आशाओं पर पानी फिर गया था।

रात तीसरे पहर तक विधायकों से बातचीत का सिलसिला चलता रहा। अलग-अलग कमरों में विधायकों को बुलाकर गुप्त बातें शुरू होतीं। किसे किस तरह काबू में किया जाए, यह पहले से ही निश्चित कर लिया जाता। बड़े-बड़े मामलों को प्रभुपाद तक भेजा जाता, शेष को अमोलक, 'पी० पी०' आदि मिलकर निपटा देते।

रामआसरे हरिजनों के नेता थे। छह-सात विधायकों का उन्हें समर्थन प्राप्त था। विधुशेखर ने मंत्रिमण्डल में लेने का आश्वासन देकर भी उन्हें पास फटकने तक न दिया था। मुख्यमंत्री के चरण छूते-छूते उनके दुर्बल हाथ थक गए थे। उपमंत्री का दर्जा उन्हें दिलाकर 'पी०पी०' ने अपने पक्ष में कर लिया था।

सगीर अहमद के अब्बा जान के खिलाफ खाद्य-पदार्थों में मिलावट का केस उच्च न्यायालय में चल रहा था। उनके पक्ष में निर्णय दिलाने का वायदा कर उनका समर्थन भी ले लिया था।

सुगमसिंह ठाकुर अपनी जाति के जाने-माने नेता थे। पचीस विधायकों के अतिरिक्त हजारों लठैत उनके पक्षधर थे। उनकी सहायता से किसी भी बावेला मचाया जा सकता था। विधुशेखर ही नहीं, उनसे पूर्ववर्ती मुख्यमंत्री ने कभी भी उन्हें उपमंत्री के ऊपर कूदने नहीं दिया था। उन्हें राज्यमंत्री का दर्जा सौंपने का निश्चय किया।

हरिदास मुख्यमंत्री से नीचे कुछ भी मानने को तैयार न हुए, तो उन्हें केन्द्रीय मंत्रिमण्डल में कैबिनेट-स्तर के महत्त्वपूर्ण मंत्रिपद का प्रलोभन दिया गया और इस तरह कृष्ण कुमारी के लिए रास्ता साफ हो गया। प्रधानमंत्री ने फोन पर उसी समय इन लोगों की बातें भी करवा दी थीं।

'कुल अड़तालीस मंत्री हो गए हैं, इतना बड़ा मंत्रिमण्डल!' 'सुयश' ने आशंका प्रकट की तो 'पी० पी०' ने उन्हें झिड़क दिया, 'पी० एम०' के इन्स्ट्रक्शन्स हैं कि किसी भी तरह प्रेजेण्ट मिनिस्ट्रा तोड़नी है। आप तो यों ही बहक रहे हैं! बहुमत को अपने फेवर में लाने के लिए अभी तो पांच-सात और मिनिस्ट्रियां आफर करनी पड़ेगी!'

'पी० पी०' पूरे जोश में थे। बाल बिखरे हुए, कपड़े अस्त-व्यस्त। अमोलक और 'सुयश' को बोलने तक का मौका न दे रहे थे। जिस बात पर प्रभुपाद तक हिचकिचाते, उसपर प्रधानमंत्री से सहमति ले लेने का

आश्वासन देकर निर्णय करवा देते।

तीन दिन भी बीत न पाए कि आकाशवाणी ने प्रसारित किया—विधुशेखर को विधायकों का बहुमत नहीं। राज्यपाल को आज तीसरे पहर उन्होंने त्याग-पत्र दे दिया।

आठ

'कल रात हमारा अजित आया था। देर तक दरवज्जे पर खड़ा रहा। वैसी ही दाढ़ी, वैसी ही लाल आंखें, वैसे ही बिखरे बाल! उसका सारा शरीर स्याह नीला था। मेरे अजित को क्या किसी ने जहर दे दिया था?' वृद्ध पिता दहाड़ मारकर रो पड़े।

तिमिर वरन के हाथ का प्याला हाथ में ही कांपता हुआ रह गया। मेघना के होंठ खुल आए। बड़ी मां जी मौन थीं, साड़ी के पल्लू से बहती नाक पोंछती, चुपचाप रो रही थीं।

देर तक निस्तब्धता छाई रही। कोई कुछ न बोला। चाय का प्याला अधूरा छोड़कर तिमिर वरन चले गए। किसी अत्यावश्यक फोन के बहाने कुछ समय बाद मेघना भी आफिस की ओर लपकी।

'मंझली बहू! क्या मैं यही सब देखने के लिए जिन्दा हूं? मरता भी तो नहीं। पता नहीं, मेरे हिस्से की मौत को परमेश्वर ने कहां भेज दिया है!' अपना कपाल थामकर वह बैठ गए, 'कहता था, बाबूजी! अब अधिक बचनेवाला नहीं हूं। आपको एकान्त में कभी बता दूंगा, सब कुछ बता दूंगा; पर कहने से पहले ही पापी हमेशा-हमेशा के लिए चला गया। अब भी रात को कभी आता है, तो बोलता नहीं। दरवज्जे पर ही खड़ा रहकर चला जाता है।'

लाठी के सहारे किसी तरह उठकर वह पलंग पर गिर पड़े।

नाश्ता बनाते-बनाते मंझली बहू के हाथ रुक गए। कोठी में तमाम नौकर-चाकर हैं। भोजन वे ही तैयार करते हैं; किन्तु परोसने का लोभ उनमें निरन्तर बना रहता है।

माखेजानी से पति के इतने सालों से क्या सम्बन्ध हैं, वह जानती हैं। उन्हें पता है, मेघना कोठी में क्यों रहती है? गोदावरी के यहां कब जाते

हैं? ताप्ती क्यों किसी बंगाली डाक्टर के साथ भागकर कलकत्ता चली गई? उससे सम्बन्ध क्यों बिगड़े? अजित क्यों पागल हुआ? पर वह बोलतीं कुछ नहीं। बरसों पहले रूठकर गांव चली गई थीं; पर लोकलाज के भय से चन्द्रा को भेजकर इन्होंने फिर बुला लिया था।

बुढ़ापा है। उसपर वात रोग की शिकायत! प्राय: बिछौने पर ही पड़ी रहती हैं; पर बगल वाले कमरे में क्या होता है, उन्हें पता है। माखे-जानी शादी की बात करती थी; पर इन्होंने होने न दी। जब भी लम्बे टूर पर जाते हैं, उसे साथ ले जाना भूलते नहीं। शायद ही कोई रात ऐसी बीतती हो जब ये···! सूद को हर दिन इंजेक्शन लगाने आना पड़ता है···!

इस उमर में यह सब! सभी लड़कियां बड़ी-बड़ी हो गई हैं, सयानी, बाल-बच्चों वाली। सुबोध को कारखाने से ही समय कहां। ये क्षण-भर में इधर, तो क्षण-भर में कहीं और।

इतना वैभव, इतनी सुख-सुविधाओं के बावजूद कहीं भी आत्म-सन्तोष न मिला! लाख दफे कहा है, छोड़ो यह सब! कुछ दिन रह गए हैं, भगवान का नाम भजो! पर मानें तब न! 'परधान मन्तरी बनकर क्या सरग का राज मिल जाता है?'

पागलपने के दौर में बड़बड़ाता हुआ अजित कहता था, 'अपना ही मांस खुद परोस कर खाओगे, तो पता चलेगा दरद क्या है! 'परमेसर के राज में देर है, अन्धेर नहीं बड़के भैया!' अपने दोनों कानों पर वह हथेली रख लेती। आंखें खोलकर अब भी अजित दिखलाई देता, इस कमरे से उस कमरे में भटकता हुआ जैसा!

अपने को पूजा-पाठ वाली छोटी-सी कोठरी में बन्द कर लिया, मंझली बहु यानी बड़ी मां जी ने। आंखें धुंधला गई हैं अब। मन में अजीब-सी अशान्ति हर क्षण छाई रहती है। जब भी कोई बड़ा संकट आता है या मन यों ही उदास हो आता है, ठाकुर जी के आगे पाषाण-शिला-सी बैठ जाती हैं, सिर झुकाए, नयन मूंदे।

ठाकुर जी की यह मूर्ति जब घर आई थी, अजित जिन्दा था। इसे देखते ही उसका रूप बदल गया था। रंग बदल गया था। चुपके से इसे

उठाकर बाहर ले आया था, 'भाभी! आप इस मूरत की पूजा, नहीं करेंगी।'

'क्यों? क्यों?'

'पाप के पईसे की है ना! इसकी पूजा से पुन्न नहीं मिलेगा!' बड़े विचित्र ढंग से आंखें मिचमिचाते हुए अजित ने देखा था। सूखे बांस से दुबले-पतले हाथों को हिलाता हुआ बोला था, 'यह भी घोटाला है, भारी घो—टालाऽ!'

'का घोटाला? तुम तो जेहि रौला मचात रहत हो? अपन बड़के भैया पर फिर लांछन लगाओगे का?' भाभी ने तुनककर कहा, तो अजित नन्हे बच्चे की तरह उनका हाथ पकड़कर बोला, 'बइठो भाभी! बइठो, जे सब का है, तौन सुनो!'

भाभी को पास बिठला लिया अजित ने। उनके पांवों के पास बड़ी श्रद्धा से बैठकर कहने लगा, 'सुनो, जे भी कम बिचित्तर बात नाहिं! बड़के भैया ने मूरतें बनाने का ठेका उनको दिलाया, जो अब्बल दरज़े का मूरतकार नहीं। देश भक्तों की चउराहे पर खड़ी मूरत गलत-सलत बने, तो सरग से उनकी आतमा का कहेगी? जो मूरत वो हिंया धर कर गया है, जान्ती हो किते हजार की होगी?' अजित का चेहरा तमतमा आया। घास-सी उगी दाढ़ी के सफेद बाल दूर से चांदी की लकीरों की तरह चमकने लगे, 'बड़के भैया को हम बाप की तरह मानते हैं; पर जे अनाचार काहे के लिए? मन्तरी राजा तो नहिं ना! जन्ता भूखी मरत है और सेवक 'कैडीलौक' में घूमत हैं, फिर तुमहिं सोचो, जे मूरत भगवान कइसे होइ जात है? दरिद्दर नरायन तो सड़क पर भीख मांगत हैं!'

भाभी चुपचाप उसका मुंह ताकती रहीं।

और उसी मुद्रा में अजित बैठा रहा, दार्शनिकों की तरह। खोया-खोया-सा मूर्ति की ओर देखता रहा, 'हम सच बोलत हैं भाभी! हियां मन लागत नहीं हमार! फल-फूल खात हैं, तो अइसा लागत है, जइसे बीच मसान में बइठि के जीम रहे हैं भोजन!'

उठकर चला गया अजित; पर कुछ ही कदम बढ़ा कि फिर मुड़ पड़ा 'भाभी! का तुम भी सोचत हो कि हम पागल हैं! बउराय गए हैं? तुम तो सीता माता हो ना! और जे हमार बड़के भैया छाच्छात रावत! हो-

हो-हो!' वह ठहाका मारकर हंस पड़ा, जोर से।

भाभी चीख-सी पड़ीं। अपने दोनों कानों पर उन्होंने हथेलियां रख लीं। चीख सुनते ही अजित का चेहरा सहसा छोटा हो गया। भाभी को उसकी बातों से दुःख पहुंचा, ऐसा सोचते ही वह बेहद परेशान हो उठा। खम्भे की तरह क्षण-भर खड़ा रहा, बालों को नोचता हुआ-जैसा और फिर पता नहीं क्या सोचता कोठी से बाहर निकल पड़ा।

कोठी के दाहिनी तरफ अशोक के हरे-भरे वृक्षों का झुरमुट! वहां जब भी बैठतीं, टहलतीं, घूमतीं, अजित दौड़ा हुआ आता, 'भाभी! अइसी लागत हो, जइसी अशोक वाटिका में सीता माता!' और वह फिर अट्टहास कर हंस पड़ता। उन लाल-लाल आंखों से भाभी को डर लगता। दहशत-सी पैदा होती। निष्पाप, निष्कलंक होने पर भी उनमें अंगारे की तरह कुछ धधकता रहता। कोठी को ही किसी दिन यह आग न लगा दे, उनका कलेजा कांपने लगता।

कोठी के बाहर मेन गेट पर उसने अपने हाथ से लिखा पोस्टर चिपका दिया था, 'भ्रष्टाचार दूर करो! धांधली नहीं चलेगी! काले अंग्रेजों! क्विट इण्डिया!' और अन्त में हस्ताक्षरों की जगह 'दुर्वासा' लिखा था। पता नहीं कब, क्या सोचकर उसने अपना नाम दुर्वासा रख लिया था। आक्रोश के समय दाहिना पांव झटके से आगे बढ़ाकर, चुनौती के जैसे भाव से अंगुली आकाश की ओर तानकर, ठीक दुर्वासा की मुद्रा में गिन-गिनकर शाप देने लगता।

'तोहार बत्तीस दांत हैं लल्ला! अइसा ना कहो। सब सच होइ जात है।' बड़ी मां जी उसके होंठों पर हाथ रख देतीं। लोगों की भी धारणा थी कि जो वह कहता है, सब सत्य हो जाता है।

अजित एक दूसरा ही अजित था, जब विदेश से लौटा था। इतने साल अमेरिका में रहकर भी वह ठीक वैसा ही सीधा-सादा था, जैसा गनेशपुरा गांव की शाला में पढ़ाते समय। तड़क-भड़क, जोश-खरोश कुछ भी न था उसमें। हाथ से कती मोटी खादी के कपड़े पहनता और बेडौल-सी चप्पलें पांवों में डाले भटकता रहता। अपना अधिकांश समय पढ़ने में बिताता। टेबिल लैंप की रोशनी में झुका रात-रात-भर पढ़ता-लिखता रहता। कम

उम्र में ही उसने अपनी आंखों पर मोटा चश्मा चढ़ा लिया था। बाल धुनी हुई रुई की तरह सफेद हो गए थे। कमर झुक गई थी। कुछ दांत निकल गए थे।

कल्पना की किसी दूसरी ही दुनिया में रहता था वह। इस गरीब देश के विकास के लिए नित नयी-नयी योजना के हवाई किले तैयार करता। उसकी धारणा थी कि पंचवर्षीय योजनाओं से देश की स्थिति कभी भी न सुधर पाएगी, क्योंकि आबादी के निरन्तर बढ़ते रहने से स्थिति ज्यों-की-त्यों बनी रहेगी। सौ साल बाद भी करीब-करीब वैसी ही हालत रहेगी, इसलिए हर व्यक्ति को अपनी आमदनी खुद बढ़ानी चाहिए और प्रत्येक व्यक्ति के लिए शारीरिक श्रम अनिवार्य किया जाना चाहिए। लोग उसे सनकी समझते। झक्की कहते और कभी-कभी पागल भी कहने से चूकते न थे।

जब वह विदेश से नया-नया आया था, तब एक दिन तिमिर वरन से बोला, 'वहां के न्यूज-पेपर्स में पढ़ता था, देश ने इतनी प्रोग्रेस की। उतना विकास किया। विश्व शान्ति के लिए हमारा देश बहुत बड़ा योगदान कर रहा है। प्रधानमंत्री के कबूर उड़ाते हुए चित्र विदेशी मैगजीनों में छपते रहते थे। बड़के भैया! मेरा तो विश्वास डोल गया है, यहां आकर! पहले से भिखारियों की संख्या बढ़ी है। भुखमरी बढ़ी है। अकाल में मरते हुए लोगों को देखकर मेरा तो दिल दहल उठा है। चीलों से, सियारों से झपट-झपट कर आदमी, आदमी का मांस खा रहा है! आपके दो कुत्ते भी हवाई जहाज से सैर करने हिल-स्टेशन जाते हैं शिमला!'

'तो तुम चाहते हो कि हम पैदल चलें! भूखे रहें! इस तरह देश, की समस्या सुलझ जाएगी!' तिमिर वरन ने तनिक आक्रोश से कहा।

'मैंने यह कब कहा?' अजित बोला, 'मैं तो सोचता था, आप आम आदमी के नुमाइन्दे हैं, आम आदमी की तरह रहते होंगे। उनके दुःख-दर्द से परिचित होंगे!' अजित ने तनिक आवेश से कहा, 'यह करोड़ों रुपये का कालाधन आप चुनाव के लिए क्यों इकट्ठा करते हैं? इससे कौन-सी सच्चाई उजागर करना चाहते हैं? इतना बड़ा झूठ किसलिए? किसके लिए?'

'पालिटिक्स का 'ए बी सी' भी नहीं जानते, तो फिर बहस क्यों करते

हो?' दांत पीसते हुए तिमिर वरन गरजे थे, 'तुम किसी कालेज-वालेज में पढ़ाओ। पालिटिक्स का रास्ता छोड़ दो। तुमने प्रेस में जो आर्टिकल दिया है, उससे पार्टी में मेरी पोजीशन गिर रही है। क्या तुम चाहते हो कि मैं भी सड़क पर भटकता रहूं?'

'मैं पर्सनली आपके अगेन्स्ट नहीं बड़के भैया! मैं तो इन्साफ की बातें करता हूं!'

'तुमने इन्साफ का ठेका लिया है? तुम क्राइस्ट हो? सौक्रेटीज हो? इस मुगालते में न रहो अजित! यह न भूलो कि तुम जो कुछ भी हो, सब मेरी बदौलत हो!'

तिमिर वरन चले गए, तो अजित गूंगा-सा देर तक खड़ा रहा।

उस दिन से उसने बहस करना छोड़ दिया था। जिस रास्ते से तिमिर वरन आ रहे होते, वह उस रास्ते को ही बदल देता, खाना साथ न खाता। न सुबह का नाश्ता ही। शेषगिरि के आश्रम में एक कमरा लेकर पड़ा रहता।

नौ

यहां का एकान्त भी रास न आया अजित को। अध्यात्म की आड़ में खड़ा किया गया गन्दी राजनीति का प्रचंड अखाड़ा था यह। लोग बगुला की तरह ध्यान की मुद्रा में बैठे रहते; किन्तु ज्यों ही एकान्त आता, एक दूसरी ही चहल-पहल शुरू हो जाती। साधक-साधिकाएं एक-दूसरे से गुंथे रहते। सम्माननीय अतिथियों की भरमार रहती। रात के अंधियारे में कारों की बत्तियां जलती-बुझती रहतीं। बड़े-बड़े राजनेता पड़े रहते, मगरमच्छों की तरह। साधिकाएं बड़ी श्रद्धा से उन्हें सब सिखलातीं, जप, तप, ध्यान योग। और वे ब्रह्मानन्द में लीन रहते। रथीन शंकर, 'पी० पी०' ही नहीं, मिसेज दत्ता के भी दर्शन हो जाते कभी। छोटन प्रसाद ने तो अपने लिए एक कमरा ही रिजर्व करा लिया था। सड़क की तरफ के दो बड़े-बड़े कमरे अब तक करुणा के सुपुर्द थे, जहां पोस्टर ही पोस्टर भरे रहते।

अजित चुपचाप आता और अपने कमरे में बन्द हो जाता। रात-रात भर बत्ती जलती रहती। कभी पढ़ता-लिखता, कभी चरखा कातता और

कभी घंटों पीली छत पर लटके घूमते पंखे की ओर देखता रहता। बार-बार सोचता, क्यों चला आया इधर अपने देश में? जहां इतने वर्ष बीते, वहां कुछ और भी बीत जाते। ग्रान्दे, मेरी, राबर्ट और ब्राइट, कितने चेहरे एक साथ उभरने लगते।

मिस ग्रान्दे कहती थी—मैं भी चलूंगी तुम्हारे देश। हम गांवों में काम करेंगे। किसी पेड़ के नीचे कुटिया बनाकर पड़े रहेंगे, पर अजित माना न था।

जिससे निराश होकर ग्रान्दे दूर चली गई थी, बहुत-बहुत दूर! जाने से पहली शाम 'पाइन पार्क' के अंधियारे एकान्त में बैठकर कितना रोई थी! बाद में सुना, टैक्सास के किसी फार्मर से उसने विवाह कर लिया है। कुछ ही महीनों बाद तलाक की भी अफवाह थी, फिर क्रिसमस के दिन कार-दुर्घटना में मृत्यु।

ग्रान्दे कहती थी, हंसती हुई, 'अधिक सच न बोलो। लोग तुम्हें किसी दिन क्राइस्ट की तरह लटका देंगे!' इस पर जोर से हंस पड़ता था वह।

अब भी एकान्त के किन्हीं क्षणों में, कभी-कभी ग्रान्दे की याद अनायास उभर आती, बर्फीले पहाड़ों पर उमड़ते धुएं की तरह।

संन्यासी-स्वभाव था वह, जन्मजात आवारा। भला उसे साथ लेकर कहां कहां भटकता।

वही, नहीं-नहीं वैसी ही पारदर्शी बड़ी-बड़ी आंखें उसे एक बार फिर दिखी थीं, जब वह दक्षिण की यात्रा पर निकला था। वैसा ही दुबला-पतला, लम्बा, गोरा चेहरा था। वैसी ही सुनहरे बालों की हवा में उड़ती रेशमी लटें। कद-काठी में कहीं भी तो अन्तर नहीं। उसी तरह हंसती, उसी तरह मुसकराती; पर इस बार उसका नाम ग्रान्दे नहीं, गर्विता था। ग्रान्दे जब साड़ी पहनती थी, माथे पर लाल टीका लगाती थी, तब ठीक ऐसी ही लगती थी। 'हरे राम, हरे कृष्ण' वालों के साथ वह सेनफ्रान्सिस्को की भीड़ भरी सड़कों पर मंजीरा बजाती हुई कितनी बार घूमी थी! गर्विता सड़कों पर मंजीरा बजाती कभी नहीं घूमी थी; किन्तु उसके पांवों में वैसी ही लय थी, वैसी ही गति थी, वैसा ही संगीत!

दक्षिण प्रवास के समय स्टेशन पर किसी ने परिचय कराया था, किसी और नाम से। केवल कुछ ही दिन साथ रहने पर कितनी आत्मीयता

बढ़ गई थी ! अपने बारे में उसने सारी गुप्त बातें अबोध बच्ची की तरह सच-सच बतला दी थीं।

कालेज में पढ़ते समय 'जान आफ आर्क' बनने के सपने उभरे थे कभी ; किन्तु वे भीतर-ही-भीतर कहीं घुट-घुटकर रह गए थे।

एक छोटा-सा कस्बा। पिता पद्मनाभ व्यापारी। कभी बहुत बड़ी प्रतिष्ठा थी। खूब धन था; किन्तु धीरे-धीरे सब समाप्त हो रहा था। सीधे, सतयुगी पिता व्यापार के अतिरिक्त तनिक भी व्यवहार जानते न थे। समय बदला; पर वह न बदल पाए तो बदलते समय ने एक दिन उन्हें ही बदल दिया। न उनसे दो-दो खातों में हिसाब रखा जाता, न आयकर के मामले में ही तनिक हेरा-फेरी हो पाती। उनकी दुकान पर जो मुनीम थे, कारिन्दे, वे बड़े व्यापारी बन गए थे। उनके बहुत-से प्रतिद्वन्द्वियों ने उनके ही सामने बड़े-बड़े बोर्ड लगा दिए थे। रही-सही साख समाप्त करने में कहीं कोई कोर-कसर न रख छोड़ी थी। बड़े-बड़े अफसरों तक उन लोगों की पहुंच थी। मंत्रियों से जान-पहचान। इससे पुलिस वाले दबते थे। कस्बे के गुण्डे उनके पांवों के पास बैठे रहते।

रात तक भी जब एक दिन, विनायक पाठशाला से घर न लौटा, तो कुहराम मच गया। पत्नी की मृत्यु के बाद पिता ने किसी तरह पाला-पोसा था, अपने इकलौते बेटे को। लड़की गर्विता शहर में पड़ती थी। छुट्टियों में कभी-कभी ही घर आ पाती थी। वृद्ध पिता टूटी गृहस्थी देखते या उजड़ी दुकान। बीच सड़क से दिन-दोपहर लड़के का गायब हो जाना कम आश्चर्य की बात न थी। स्कूल से लौटते हुए लोगों ने उसे देखा था, तो फिर कहां चला गया ?

गर्विता कुछ ही दिन पहले पढ़ाई पूरी कर घर आ गई थी। वही भाग-दौड़ में वृद्ध पिता का साथ देती रही। हारकर थाने में गए, तो वहां थानेदार ने रपट ही दर्ज करने से इनकार कर दिया था और यों ही उलटी-सीधी हांककर डरा-धमकाकर वापस भेज दिया था। डिप्टी कमिश्नर, कमिश्नर के पास भागे, तो उन्होंने भी कुछ विशेष रुचि न दिखलाई।

कस्बे में सबको पता था कि बच्चे को किसने लापता किया; किन्तु

किसी में बोलने की हिम्मत न थी। जुबान खोलने का अर्थ था, घोर अनर्थ। लोगों का कहना था कि पुलिस और गुण्डों की मिलीभगत है। ऊपर से कुछ ऐसे सम्भ्रान्त, सुप्रतिष्ठित लोगों का भी आशीर्वाद उन्हें प्राप्त है, राजनीति की दुनिया में जिनकी बड़ी गहरी पैठ है।

स्थानीय समाचारपत्रों में कुछ निकलने जा रहा था कि सब छपते-छपते रह गया। पुलिस आकर धमका गई कि कुछ इधर-उधर कोशिश की तो खैर नहीं! छपे-अधछपे फर्मे ही उठाकर ले गई थी वह।

गर्विता के वृद्ध पिता के लिए दिन में ही रात घिर आई!

अन्त में हारकर थाने के सामने उन्होंने आमरण उपवास की धमकी दी, तो पुलिस घर में ही घुसकर उन्हें निर्ममता से पीट गई थी।

स्वाधीनता-संग्राम में पद्मनाभ-परिवार ने क्रान्तिकारियों की बड़ी सहायता की थी। कई भूमिगत देशभक्तों को अपने घर पर शरण दी थी। इसी अपराध में सन् 1942 में उन्हें सवा साल के कठोर कारावास का दण्ड भी मिला था।

तभी से वह खादी के कपड़े पहनते आ रहे थे। चारों ओर हाथ-पांव छटपटाने के पश्चात् भी जब कुछ न हुआ तब पद्मनाभ ने एक दर्द-भरा पत्र राष्ट्रपति के नाम भेजा और एक प्रधानमंत्री के नाम।

वह इनके पत्रोत्तर की प्रतीक्षा कर ही रहे थे कि तभी एक एक्सप्रेस पत्र डाकिया रात को दे गया, जिसमें न लिखने वाले का कहीं नाम था, न अता-पता ही कि कहां से लिखा गया है। केवल कुछ शब्द थे—

'बच्चे को जिन्दा चाहते हो तो एक लाख रुपये अमुक स्थान पर, अमुक समय से पहले रख दो, नहीं तो लाश मिलेगी।'

और पद्मनाभ पढ़ते ही अचेत होकर गिर पड़े।

'तुम तो समझदार हो, पढ़ी-लिखी। तुम्हें कुछ सोचना चाहिए।' राव जयन्त ने गर्विता को एकान्त में बुलाकर कहा।

जयन्त कस्बे का नया नेता था। पिछले चुनाव में जमानत ज़ब्त हो चुकी थी; किन्तु अभी तक हिम्मत न हारी थी। कस्बे में कुछ-न-कुछ करता रहता। पिता ने अयोग्य समझकर घर से अलग कर दिया था, पर गर्विता के पिता ने होनहार मानकर चुनाव के समय कुछ सहायता कर दी

थी, जिसे उसने पीने-पिलाने में ही फूंक दिया था। भूले-भटके कभी-कभी पद्मनाभ के घर भी आता-जाता रहता और इस संकट के समय भी वही सबसे पहले भागता हुआ आया था।

'मैं क्या करूं? मुझसे क्या होगा?' झुंझलाते हुए विवश भाव से गर्विता ने कहा।

'एक लाख का अरेन्जमेंट कर सकती हो?' निर्णायक दृष्टि से देखा जयन्त ने।

गर्विता कुछ बोल न पाई। केवल सिर हिला दिया, 'नहीं'।

'तो तुम चाहती हो कि वे लोग तुम्हारे भाई की लाश बोरे में बन्द कर, रात के अंधियारे में तुम्हारे आंगन पर छोड़ जाएं?

'नहीं, नहीं, जयन्त भाई! नहीं।' गर्विता कांप उठी।

'तो फिर सोचती क्यों नहीं कुछ? मैं तुम्हारा साथ देने को तैयार हूं। चलो मेरे साथ राज्य की राजधानी। वहां गृहमंत्री से मिलेंगे। मुख्य-मंत्री से मिलेंगे। वहां भी कुछ न हुआ, तो केन्द्र में तिमिर वरन तथा प्रधानमंत्री तक बात पहुंचाएंगे।'

इतनी दूर भागकर भी क्या होगा? गर्विता असमंजस में डूबी खड़ी रही। पिता को दिल का दौरा पड़ गया था। वह अस्पताल में थे।

शहर से निकले, तो शाम हो गई थी। राव जयन्त के अलावा मुदा-लियर भी साथ हो लिया था। ट्रेन से जाने में सौ झंझट थे, इसलिए मुदा-लियर की गाड़ी ले ली थी। गाड़ी मुदालियर ही चला रहा था। दस-पन्द्रह मील का सफर तय करने तक गर्विता पीछे वाली सीट पर अकेली गुमसुम बैठी रही। बाद में पुल पार करते ही राव जयन्त ने आग्रह करके उसे साथ बिठा लिया था, ताकि राजनेताओं से मिलने की योजना को अन्तिम रूप दिया जा सके। बातचीत करते समय मुदालियर बार-बार पीछे मुड़कर देख रहा था, इससे किसी भी क्षण दुर्घटना का खतरा था। यही सोचकर जयन्त ने उससे आगे बैठने के लिए कहा था।

सारी योजना मुदालियर के निर्देशन में तैयार हो रही थी, इसलिए गर्विता का उसकी बगल में बैठना आवश्यक था। तीनो एक-दूसरे से सट कर बैठे थे, क्योंकि गाड़ी बहुत छोटी थी।

मुदालियर का कहना था कि गृह मंत्री उसके मामा के परिचित हैं, इसलिए पहले उनसे मिलना ठीक रहेगा; किन्तु जयन्त बार-बार किसी परिचित एम० एल० ए० का नाम लेता, जो बड़ा घाघ था। मुख्यमंत्री तक उससे घबराते थे, इसलिए उसके अधिक उपयोगी होने की संभावना थी। इसी रोब में जयन्त थानेदार को चेतावनी दे आया था कि वह अपना बोरिया-बिस्तर बांधकर तैयार रखे। गुण्डों से निपट लेने की बात भी दल की नगर शाखा की मीटिंग में उसने कह दी थी।

'कहीं अब वे हमें ही न मार डालें!' जयन्त ने कुछ रुककर आशंका प्रकट की। गर्विता ने चौंककर उसकी ओर देखा, सचमुच उसकी आंखों में भय था। मुदालियर उसी गति से चलाता रहा। उसी तरह एकाग्र भाव से बोला, 'सालों का क्या भरोसा! देखा नहीं, पुनय्या बेचारे को जिन्दा जला दिया था, मिट्टी का तेल छिड़ककर और पुलिस सामने खड़ी देखती रही थी। कहते हैं, उसे खत्म कराने में बड़े-बड़े मिनिस्टरों का हाथ था।'

अभी-अभी कालेज से निकलकर आई थी गर्विता। जो कुछ घटित हो रहा था, सब उसे वीभत्स सपना-सा लग रहा था। वह जानती थी, एक लाख रुपये न जुटाए जाने पर विनायक की हत्या कर दी जाएगी। जो लोग मासूम बच्चे की हत्या कर सकते हैं, किसी भी हद को पार करना उनके लिए असम्भव नहीं!

'खुदा-न-खास्ता हमें कुछ हो ही गया, तो गर्विता देवी तुम हिम्मत न हारना।' राव जयन्त ने धीरे-से अपना दाहिना हाथ उसके कन्धे पर रख दिया और फिर बड़ी आत्मीयता से सहलाता हुआ बोला, "तुम अपना काम जारी रखना। बच्चे को हर हालत में छुड़ाना है। राजधानी जाकर भी कुछ न हुआ, तो हम लोग चन्दा इकट्ठा करके भी लाख रुपये जमाकर देंगे। तुम चिन्ता न करो।'

इतनी आत्मीयता से गर्विता सिर पांव तक भीग गई।

'नहीं-नहीं, जयन्त भाई! आप लोगों को कुछ हो गया, तो मैं कहीं भी मुंह दिखाने काबिल न रहूंगी।' गर्विता का गला भर आया।

'चुप-चुप, पगली कहीं की!' जयन्त ने उसे कसकर भींच लिया, 'तुम चिन्ता क्यों करती हो? राजधानी पहुंचते ही सारी प्रॉबलम सुलझ जाएगी। सब ठीक हो जाएगा।' वह उसी तरह हौले-हौले सहलाता रहा,

'एस० पी० को नौकरी से न निकलवाया, तो मेरा नाम जयन्त नहीं! हमारी पार्टी में भी बदमाश भर गए हैं। पालिटिक्स गुण्डों का अखाड़ा बन गई है। अगला एलेक्शन आने दो मुदालियर! इन सफेद कथ्वों को बीन-बीनकर बाहर करूंगा!'

'अरे, यार! किसकी बातें करते हो! ये सब साले रंगे-सियार हैं। लाल, नीले, पीले सब एक ही थैली के चट्टे-बट्टे हैं।' मुदालियर ने गर्विता की ओर कनखियों से झांका, 'तुम तो यंग हो गर्विता! फ्रेश नया खून, नया जोश। मुल्क में तब्दीली तुम्हारी जैसों से ही आएगी। यंग ब्लड ही कुछ कर सकता है—इन पालिटीशियनों से बाज आए हम तो। हमारी पार्टी में आप आ जाइए, फिर देखिए, इन बूढ़ों को कैसे किनारे लगाते हैं। इस मुल्क में फोर्टीज के बाद आदमी क्रुकेड हो जाता है, एकदम सेल्फिश।'

'मैं—मैं—पार्टी में!' नाक को ऊपर सिकोड़कर अचरज से यों ही देखते हुए कहा गर्विता ने, 'मुदालियर भाई! आप यह क्या कह रहे हैं? मेरा क्या वास्ता पालिटिक्स से?'

'क्या वास्ता?' अपने कपाल पर दुहत्थी मारने के जैसे भाव से मुदालियर बोला, 'आपका क्या वास्ता? इसका क्या वास्ता? उसका क्या वास्ता? फिर वास्ता है किसका मिस गर्विता बाई! यह मुल्क किसी साले की बाप की जागीर नहीं।'

कार सनसनाती हुई भाग रही थी। तभी एक गाड़ी फर्राटे से, बगल में धूल उड़ाती हुई भागी। दुर्घटना होते-होते बची। मुदालियर गन्दी-गन्दी गालियां बकता, किसी के मां-बाप को बुरी तरह कोसता हुआ बोला, 'बदमाश! साला लोग! कही हमको तो फालो नहीं कर रहे? जान लेकर ही मानेगा बदमाश लोग!'

कच्चा रास्ता, चिकनी मिट्टी, बरसात से कीचड़-ही-कीचड़। गर्विता घबरा उठी। सचमुच किसी खूंख्वार-से लगने वाले व्यक्ति ने पीछे मुड़कर झांका तो था।

जंगल पार करने के बाद गोल-सा बड़ा चौराहा पार कर ही रहे थे कि कार चूऊंउंउ करती, करती, लड़खड़ाती-कांपती बिजली के खम्भे से टककराते-टकराते बची। अपनी ही सीटों पर तीनों उछल पड़े थे।

'कहीं ब्रेक तो फेल नहीं हो गया?' जयन्त चिल्लाया और उसने झट से गर्विता को बांहों में समेटकर नीचे उतारा।

'ब्रेक नहीं, कुछ और डिफेक्ट लगता है साला!' गंजे माथे का पसीना पोंछता हुआ मुदालियर बुदबुदाया।

'चोट तो नहीं लगी तुम्हें?' उसकी अस्त-व्यस्त साड़ी को ठीक करता हुआ जयन्त बोला।

'जी नहीं, अब क्या होगा?'

'तुम चिन्ता न करो।' जयन्त उसका हाथ पकड़कर सड़क के किनारे तक ले गया, किनारे पर ऊंची-ऊंची जंगली घास उग आई थी। जयन्त ने अपना कोट बिछाकर, बड़े जतन से गर्विता को बिठला दिया और वापस मुदालियर के पास आया। मुदालियर बोनट खोलकर कमर से ऊपर तक अन्दर घुसा हुआ था।

बड़ी देर तक हाथ-पांव पटकने पर भी कुछ न हुआ, तो झुंझलाते हुए मुदालियर ने कहा, 'साला, अब क्या करें?'

'रात यहीं रह लें और क्या?'

कीचड़ से पांव सन गए थे। गर्विता के लिए आगे चल पाना कठिन हो रहा था। सेण्डिलें उतारकर उसने हाथ में थाम ली थीं। एक बार अंधियारे में पांव रपटता-रपटता बचा, तो मुदालियर सहारा देने लगा, 'लो, अपने हाथ कस कर पकड़ो गर्विता बाई! नहीं तो दांत टूट जाएगा। अभी उमर किया है? साला लोग तुमको बुड्ढा बोलेगा।' अपने दांत दिखाता हुआ अकारण जोर से हंस पड़ा वह।

अब तो उसने अपना रहा-सहा सामान भी जयन्त पर लाद दिया। गर्विता को पीठ पर उठाकर ले जाने की बात की, तो वह लजाकर लाल हो गई। बोली, नहीं-नहीं, मुदालियर भाई! आप चिन्ता न करें। मैं गिरूंगी नहीं!'

'कालेज में तुम तो को-ऐडूकेशन कीया, फिर भी इतना फीयर!' हंसते हुए उसने गर्विता की कमर में हाथ डाला और बचा-बचाकर उसे ले जाने लगा, 'तुम गिर जाएगा, तो अपन तुम्हारा फादर को किया बोलेगा? साला लोग मुदालियर को गाली देगा। तुम तो एकदम छोटा बेबी की माफिक है गर्विता बाई!'

छोटा बेबी का माफिक गर्विता बाई की कमर पर कसाव कुछ और बढ़ा। फूल-सी कोमल देह। जिससे फूटती एक विचित्र मादक गन्ध। मुदालियर का मन बेचैन हो उठा।

हरे-भरे धान के मैदान के बीच ऊंचे वृक्षों का द्वीप। वृक्ष एकदम पतले, काले आकाश को छूते जैसे। उन्हीं के बीच था यह रेस्ट हाउस। दूर से देखने पर एकदम भुतहा लगता, डरावना।

'रात को यहां वन-मंत्री तो नहीं आता?' जयन्त ने पूछा।

'ओपर से कभी-कभी रात को हात्थी आता तो है, ऐलीफेण्ट। धान का खेत की तरफ। इधर भौत दिन से आया नहीं।' चौकीदार ने टूटी लालटेन के धुंधले उजियाले में आगुन्तकों की ओर जिज्ञासा से देखा।

पहले तो उसने बात करने से ही इनकार कर दिया था, किन्तु जब मुदालियर ने उसकी काली हथेली में दो रुपये का नोट दबाया, तब वह ऊदबिलाव की तरह उसके आगे-पीछे उछलने लगा।

जयन्त और मुदालियर ने एकान्त में पता नहीं उससे क्या बातें कीं। देखते-देखते उसने सारी व्यवस्था ठीक कर दी।

काठ की टूटी हुई कुर्सियों पर धूल की मोटी तह जमी थी। अस्पतालों के जैसे लोहे के पलंग पर मोटे-मोटे, नारियल-जटा भरे काले गद्दे बिछे थे जिन पर मैल का पालिश चढ़ा था। ऊपर से धूल अलग। पर्दे भी गन्दे। चारों ओर गर्द-गुबार! गर्विता बाहर बरामदे में रखी काठ की लम्बी बेंच पर बैठ गई, कीचड़ से सने दोनों पांवों को दूर तक पसारे। उसकी उदास-सी आंखों के सामने कभी विनायक का मासूम मुखड़ा घूमता, तो कभी रुग्ण पिता का।

'दासप्पा ने सबको बोल दिया होगा। कहीं रात को ही अटैक न कर दें! सुबह तीन लाशें एक साथ मिलेंगी।' जयन्त ने कमरे का सामान ठीक करते हुए कहा।

'ऐसा ही, ठीक ऐसा ही हम भी सोचा ब्रदर!' रूमाल से हाथ पोंछता हुआ मुदालियर बाथरूम से कमरे में आया, 'तुमको ओ स्टोरी याद है ना, अब अपन ड्राइव कर रहा था। ट्रक के पीछे एक व्हाइट कार स्पुटनिक का

माफिक भागा था, फर्र से धूल उड़ाता हुआ। अपन को लगता है, वो लोग चेज कर रहा था। रात को जरूर अटैक करेगा। हमें पता है ब्रदर! आज अपन लास्ट नाइट है। कआल भगवान का पास होगा।'

सचमुच मुदालियर के चेहरे में गहरी गम्भीरता थी। भय का जैसा भाव था। गीला रूमाल हवा में फटकारता हुआ गर्विता के पास आया, 'जहां अपना गाड़ी खड़ा था, उदर एक ट्रक का पीछू से कोई अपन को देखता था ना! तुमको वो स्टोरी याद है ना गर्विता बाई!'

गुमसुम-सी बैठी थी गर्विता।

'रात को साला लोग अटैक करेगा, तो बड़ा डिफिकल्ट होगा। तुमको तो बहुत डर लगेगा ना गर्विता बाई, एकदम फीयर। तुम घबराओ नहीं। अपन तुमको, अलग कमरे में अकेला-अलोन छोड़ेगा नहीं। फर्स्ट अपन पर अटैक, पीछू तुम पर। अपन साथ-साथ मरेंगे गर्विता बाई!' मुदालियर पता नहीं किस रौ में बहकर बोलता चला जा रहा था।

रात घिर आई थी। बड़ी सावधानी से चारों ओर से बन्द कर दिए थे कमरे। सब पर कुण्डियां चढ़ा दी थीं। पर्दे भी खींच-खींचकर पूरे तान दिए थे, ताकि शीशों से कोई भीतर न झांक सके। अभी-अभी चौकीदार भागता हुआ आया था, 'दो-तीन दाढ़ीवाला लोग यहां आया था। हम बोल दिया, कोई टूरिस्ट है, कनसरवेटर साब का भाई-भतीजा लोग!'

चौकीदार तो इतना कहकर चला गया; किन्तु तब से भय का वातावरण और गहरा हो गया था। घर से चलते समय मुदालियर ने थोड़ा-सा टिफिन रख लिया था, जंगल में गाड़ी खराब होने पर शायद काम आएगा। इस घोर संकट में तीनों उसी से काम चला रहे थे।

गर्विता से कुछ भी खाया नहीं जा रहा था। सारी भूख ही खत्म हो गई थी। मुदालियर ने स्नेह से झिड़का, तो उसने कौर तोड़ा, 'तोम खाएगा नहीं तो फाइट कैसे करेगा? स्ट्रगल से डरना से काम नहीं चलेगा गर्विता बाई!' मुदालियर एक के बाद दूसरा कौर मुंह में ठूंसता रहा। खाकी लम्बे लिफाफे में बन्द एक बोतल मेज के पांवों के पास अंधियारे में पता नहीं कब रख दी थी मुदालियर ने।

भोजन शुरू किया ही था कि जयन्त घबराता हुआ बोला, 'बहुत

डर लगता है। रात कैसे कटेगी? कहीं हमला बोल दिया तो?'

'तो हम लड़ेगा ब्रदर!' मुदालियर ने तली हुई सूखी मछली का बड़ा-सा टुकड़ा मुंह में दबाया, 'हम फाइट करेगा। डर-फीयर दूर करने का मेडिसिन भी अपने पास है डियर!'

जोश में आकर नीचे रखी बोतल उसने ऊपर उठाई, 'गर्विता बाई! तोम घबराओ नहीं। इस क्राइसिस में अपन साथ कोपरेट करो। थोरा-थोरा पीने से डर-फीयर भाग जाएगा, फिर बारी-बारी से होल नाइट बैठकर चौकीदारी करेगा। साला लोग कहां से घुसेगा भीतर?'

कड़क-से दांतों के बीच दबाकर उसने बोतल खोली और सामने रखे रीते गिलासों में उंडेलने लगा। तीसरे गिलास की ओर लम्बा हाथ बढ़ा ही रहा था कि झट से गर्विता ने गिलास उठा लिया, 'यह क्या कर रहे हैं मुदालियर भाई!'

मुदालियर हंस पड़ा, 'थोरा लेने से भी किया? कम्पनी-सेक।'

गर्विता की बांह पकड़ कर मुदालियर ने गिलास झपट लिया। गिलास में थोड़ा-सा उलटकर ढेर सारा पानी मिला दिया।

'माइल्ड है गर्विता बाई! एकदम सोडा-वाटर माफिक। थोरा-थोरा लेने से डर-फीयर भाग जाएगा। ओ, साला लोग आएगा, तो अपन तीनों मिलकर अटैक बोल देगा।'

गर्विता तब भी न मानी, तो मुदालियर ने कुर्सी से नीचे उतरकर उसके पांव पकड़ लिया, 'अपन तोमारा खातिर जान दे रहा है गर्विता बाई! और तोम हमारा इतना छोटा रिक्वेस्ट नहीं मानता। है ना अपन उल्लू का पट्ठा!' मुदालियर ने नाटक का-सा दृश्य उपस्थित कर दिया तो गर्विता को विवश होकर उसे होंठों से लगाना ही पड़ा।

'कल चीफ मिनिस्टर से तोम को मिलाएगा। होममिनिस्टर से मिलाएगा। अपन देखेगा, कैसे साला लोग बात नहीं मानता! गोर्मेण्ट अपन मुट्ठी में है गर्विता बाई! डर-फीयर का बात नहीं। हमने बोला था ना वो स्टोरी!...' पीने से पहले ही मुदालियर बहकने लगा।

गर्विता पानी लाने गई, तो उसके गिलास में चुपके से कुछ और उड़ेल दिया उसने।

कुछ देर तक सिर हिलाकर 'हां' 'हूं' करती रही। ऊटपटांग प्रश्नों के

उत्तर देती रही। धीरे-धीरे उसे लगने लगा, मेज उलट रही है। कुर्सियां उलट रही है, दीवारों के साथ-साथ सारी वस्तुएं लड़खड़ा रही हैं।

भोजन से हाथ समेट लिए गर्विता ने और कुर्सी के हत्थे पर माथा टिका दिया। कुछ देर बाद जयन्त ने उसे झकझोरा, तो बड़ी मुश्किल से हलकी-सी एक अंगड़ाई लेते हुए अपनी मूंदी पलकें खोलीं।

जो कुछ शेष बचा था, उसे गटककर दोनों एक ही रूमाल से हाथ साफ करने लगे। मुदालियर की आंखों में खुमारी साफ झलक रही थी। घुंघराले बाल माथे पर बिखर गए थे। होंठ कुछ और टेढ़े हो रहे थे। कपड़े अस्त-व्यस्त।

'तुम ठीक 'वन-मंत्री' जैसे लग रहे हो मुदालियर!' जयन्त हंसा, तो उसके साथ-साथ मुदालियर भी जोर से हंस पड़ा।

हंसी का दौर चल ही रहा था कि मुदालियर ने बोतल दूर फेंककर तोड़ दी और फिर घड़ी की ओर देखा।

'गर्विता बाई! सो गई किया?' वह झकझोरने लगा। गर्विता ने यों ही पांवों को दूर तक फैलाया और शरीर सिकोड़कर बैठ गई।

उसके रेशम-से कोमल सुर्ख धधकते होंठों की ओर मुदालियर अपलक देखता रहा, 'एकदम फिलिम-ऐक्ट्रेस का माफिक!'

गठरी की तरह उसने गर्विता को बांहों पर उठाया और पास पड़े बड़े पलंग पर पटक दिया।

रात बाकी थी अभी, चारों ओर गहरा अंधेरा।

जो कुछ घटित हुआ, सच न लग रहा था गर्विता को। जैसे वह कोई दुःस्वप्न देख रही हो और अचानक आंख खुल गई हो। उसके मन में केवल घृणा थी, या एक असह्य क्षोभ था, एक हिला देने वाला खेद, एक ऐसा खेद, जो जीवन की सबसे बहुमूल्य वस्तु खो देने पर होता है। देह पर एक भी वस्त्र न था।

कपड़े पलंग के नीचे गिरे थे। कपड़े उठाए जा सकते थे; पर जिस गर्त में ढकेल दिया गया था उसे, वहां से वह कैसे उबर पाएगी! हाथों में ज़ान ही न थी कपड़े उठा सकने की। कपड़े पहनकर अब होगा भी क्या? क्या संसार-भर के वस्त्र भी उसकी नग्नता छिपा सकेंगे?

वस्त्र वैसे ही बिखरे पड़े थे और वैसी ही बैठी थी वह, जड़वत्!

अपनी ही देह उसे अजनबी लग रही थी। सारा शरीर एकदम जूठा लग रहा था, गन्दा, घिनौना, जैसे कोई घृणित वस्तु चिपक गई हो, हमेशा-हमेशा के लिए।

चन्द्रन से विवाह की बातें चल रही थीं; किन्तु आज यह अकस्मात्। चन्द्रन का ध्यान आते ही उसमें कुछ जागा, आवेश जैसा कुछ। अपने बिखरे बालों को मुट्ठी में भींचने लगी वह। जोर से खींचने को मन हुआ; किन्तु आवाज ही गले से फूटकर बाहर न आ पा रही थी।

इतना सब लुटने के बाद भी क्या विनायक को बचा पाएगी वह? विनायक का मासूम मुखड़ा उस अंधियारे में मशाल की तरह चमक रहा था और साफ झलक रहा था, अचेत पड़े पिता का चेहरा। धीरे-धीरे उसमें चेतना लौटी, इस तरह जैसे कोड़े पड़ रहे हों। उसकी आंखों में आंसू भर आए। दोनों घुटनों के बीच मुंह छिपाकर वह अचानक सुबक उठी। उसे आश्चर्य था कि वह जीवित थी अब तक!

जयन्त नीचे फर्श पर सो रहा था और मुदालियर दूसरे पलंग पर मुर्दे की तरह निढाल।

किसी ने तभी दरवाजे खटखटाए, तो सहसा हड़बड़ मच गई। लुंगी सम्भालता हुआ मुदालियर जागा और जल्दी से उचककर जयन्त।

गर्विता वैसी ही वस्त्रविहीन बैठी रही। उसपर चादर डालते हुए जयन्त चीखा, 'जल्दी करो बाबा! कोई दरवाजा खटखटा रहा है!'

गर्विता को क्या! तोड़ दे कोई दरवाजा!

दरवाजों को कोई अब जोर-जोर से झकझोरने लगा, तो मुदालियर कुण्डी खोलने के लिए लपका। जयन्त को कुछ सूझ न पा रहा था। उसने गर्विता की बांह पकड़ी और बाथरूम में उसे धकेलकर बाहर से किवाड़ यों ही बन्द कर दिए। गर्विता के जो कपड़े नीचे बिखरे थे, उन्हें पोटली की तरह लपेटकर बाथरूम में पटक आया।

जंग लगी कील जैसा चौकीदार लाल कच्छा पहने हुए सामने खड़ा था। हड़बड़ाता हुआ कह रहा था, 'मालूम हुआ है कि वन-विभाग के अफ़सर अभी अकस्मात् दौरे पर आने वाले हैं, इसलिए उनके आने से पहले ही सब कूच कर जाएं, तो अच्छा।' पौ फटने में अभी देर थी।

'जल्दी करो गर्विता बाई! अभी गाड़ी का ठोकां-पीटी करना है!' मुदालियर किवाड़ खटखटाता हुआ चिल्लाया।

जयन्त सामान समेटकर झोलों में ठूंसने लगा। रात अंधेरे में उसका पांव लोहे के पलंग से टकरा गया था, जिसमें से देर तक खून बहता रहा था। अभी तक भी वह दुख रहा था।

भीतर से कुण्डी बन्दकर गर्विता देर तक नल के नीचे बैठी रही, आंखें मूंदे। घिनौना-सा कुछ उसके रक्त के कण-कण में समा गया था, नहाने के बाद भी जो निकल न पा रहा था, फिर वह बैठी रही नल के नीचे, इस असम्भव आशा में कि जल के साथ कुछ ऐसी पवित्रता बरस जाएगी, जो उसे फिर पहले-सा ही कर देगी।

मरे मन से उसने तन पर कपड़े डाले। तब तक सारा सामान उन्होंने समेट लिया था।

गीले बालों को गर्विता ने यों ही लपेटकर बांधा। शीशा वहीं था, वहीं थी वह; पर कितना अन्तर था पहले के और अब के प्रतिबिम्ब में! कपड़े ठीक करते-करते उसके हाथ कांप गए। उसकी आंखें भर आईं।

'तुम रो रही हो गर्विता!' जयन्त ने मौन तोड़ते हुए पूछा; पर गर्विता कुछ बोल न पाई। कुछ क्षण पश्चात् स्वयं ही बुदबुदाई, जयन्त की ओर देखे बिना ही, 'मुझे घर वापस भेज दो जयन्त भाई!'

'भाई' शब्द उसके गले में अटकता हुआ मुश्किल से होंठ तक आया।

'होश में तो हो ना गर्विता!' यन्त ने ऊंचे स्वर में कहा, 'यह क्या कह रही हो? इस आधे रास्ते से लौटें, खाली हाथ? लोग क्या कहेंगे? एक-दो दिन की तो बात है। कल-परसों तक वापस आ जाएंगे। सत्रह को पार्टी की मीटिंग भी अटैण्ड करनी है मुझे।'

मुदालियर चुप था। वह सोच रहा था, गर्विता कुछ चीखेगी-चिल्लाएगी, फिर शान्त हो जाएगी, संतुलित; पर वह तो कुछ कह ही नहीं रही थी। उसकी चीख से ज्यादा डरावना लग रहा था उसका मौन। सामान उठाकर तीनों चुपचाप सड़क की ओर बढ़े।

दस

पुराने, अनुभवी विधायक थे एस० जगन्नाथन। विधानसभा में उनकी बड़ी धाक थी। लोगों का कहना था कि रेयन घोटाला-काण्ड में तिमिर वरन के साथ वह भी सम्बन्धित थे।

नये विधायकों की तरह वह एम० एल० ए० होस्टल में नहीं, बल्कि मिनिस्टरों की बस्ती के पास एक बड़ी-सी कोठी में रहते थे। यद्यपि उन्हें मंत्रिपद नहीं मिला था, तथापि वरिष्ठ मंत्रियों की अपेक्षा उनकी पहुंच कम नहीं थी।

उनमें वे सारी योग्यताएं थीं, जो किसी योग्य मंत्री में होनी चाहिए, फिर भी वह मंत्री क्यों नहीं बने, यह रहस्य किसी की भी समझ में न आया था। जोड़-तोड़ में माहिर थे, इसलिए अपने ही सत्तारूढ़ दल के मंत्री घबराते थे। स्वाधीनता-संग्राम में तीन बार जेल गए थे। सारी जिन्दगी उन्होंने इसी तरह बिता दी थी। न आगे नाथ, न पीछे पगहा, फक्कड़ थे। अकेले, चिर कुमार।

शाम को किसी मीटिंग में जाने की तैयारी कर ही रहे थे कि गेट पर धूल से सनी गाड़ी देखकर तनिक चौंके। सोचा, निर्वाचन-क्षेत्र से फिर कोई मुसीबत आ गई है। किसी का तबादला करवाना है, किसी का तबादला रुकवाना है। किसी को सर्विस दिलानी है, किसी की सर्विस को खतरे में डालना है। हजार काम लिए लोग आंख मूंदकर चले आते हैं। यह अच्छी मुसीबत है। एक वोट क्या दिया, जिन्दगी-भर के लिए बाप का गुलाम समझ लिया।

जयन्त को दूर से ही देखकर पहचान गए। बनावटी खोखली हंसी में ठहाका लगाते हुए उससे लिपट पड़े। जयन्त ने बच्चे के अपहरण की सारी करुण कहानी सुनाई तो जगन्नाथन द्रवित हो उठे। उन्होंने हर तरह की सहायता का आश्वासन देकर उन्हें अपनी ही कोठी में ठहरा लिया।

विधानसभा का सत्र इन दिनों नहीं चल रहा था, अतः अधिकांश मंत्री बाहर थे, फिर भी सम्बन्धित विभागों के उच्च पदाधिकारियों से मिलने की विस्तृत योजना बनाकर वह गर्विता को साथ ले चले।

सुबह निकल जाते और रात को लौटते, फिर भी कहीं कोई काम बन

न रहा था। डी० एम० को फोन करवा दिया था; किन्तु उससे कुछ होने के आसार झलकते न थे, इसलिए मुख्यमंत्री से मिलने के लिए सुबह आठ बजे का समय मांगा।

शुभ, शुद्ध, हाथ से कती खादी के कलफ लगे वस्त्रों से ढके जगन्नाथन गर्विता के साथ वहां पहुंचे, तो पता चला कि रात को ही वायुयान से वह राजधानी के लिए चल पड़े हैं।

जाते समय गृहमंत्री से मिलने का आदेश दे गए थे वह; पर गृहमंत्री अब तक दौरे से लौट न पाए थे। दूसरे दिन मुदालियर की मां की बीमारी का तार आया, जयन्त भी उसके साथ चल पड़ा। सत्रह तारीख को किसी मीटिंग में उसे सम्मिलित होना था। जगन्नाथन सचमुच बहुत परेशान हो उठे थे। बच्चे की हत्या किसी भी समय हो सकती थी। अत: देर होने का अर्थ था घोर अनर्थ।

बार-बार रिंग करते। बार-बार लोगों से मिलते-मिलाते। इस उमर में इतनी भाग-दौड़! गर्विता एहसान के बोझ से दबती चली जा रही थी। आधी रात के समय एक दिन किसी ने गर्विता के किवाड़ खटखटाए, 'मेरे सीने में दर्द-सा उभर रहा है।'

गर्विता ने आंखें मलते हुए झट-से दरवाजे खोले। वह जानती थी, जगन्नाथन को हृदय-रोग है, बहुत पुराना। हार्ट-अटैक की आशंका से वह घबरा उठी। उन्हें जल्दी से बिस्तर पर लिटा दिया उसने और बाहर से ही हौले-हौले मालिश-सी करने लगी, 'डाक्टर को बुला लें?'

'नहीं-नहीं, कुछ देर तक इसी तरह दबाने से ठीक हो जाएगा। पहले भी कई बार ऐसा हुआ है।'

पलंग की पाटी पर बैठकर गर्विता पितृ-तुल्य स्नेह से उनके दुखते सीने को एकाग्र-भाव से सहलाती रही। धीरे-धीरे कराहना कम होता चला गया। जगन्नाथन तकिये के सहारे आंखें मूंदे पड़े रहे।

सामने छोटी-सी मेज पर दवा की बहुत-सी शीशियां पड़ी थीं, उनमें से दो शीशियों में से कुछ गोलियां निकलवाकर उन्होंने पानी के सहारे निगल लीं। पानी होंठों के नीचे लकीर-सी बनाता हुआ बिखर गया तो गर्विता ने अपने आंचल से पोंछ दिया।

'तुम थक गई होगी बिटिया! जाओ, सो जाओ!' आंखें मूंदे ही वह

बुदबुदाए।

'नहीं-नहीं, ऐसी क्या बात है!' गर्विता उसी तरह मलती रही। सोचती रही, उस दिन उसके पिता के भी इसी तरह दर्द उठा था और वह देखते-देखते अचेत हो पड़े थे। बूढ़ी बुआ के भरोसे उन्हें छोड़कर चली आई थी। वह बहुत परेशान-सी हो उठी।

'कल डिप्टी होम-मिनिस्टर से तुम्हारा काम करवा देंगे। वह भी कुछ न करा सके, तो तिमिर वरन से कहला देंगे, फिर तो हो ही जाएगा ना! कल तुम चली जाना। तुम्हारे पिता भी अस्वस्थ हैं।' जगन्नाथन बड़बड़ाते रहे। ठीक सामने जलती रोशनी आंखों को चुभ रही थी, अतः उन्होंने अंगुली से स्विच आफ करने का इशारा किया।

थोड़ी देर बाद कराहना बन्द हुआ और उन्हें तन्द्रा-सी आई, तो गर्विता के हाथ अपने-आप रुक गए।

उन्होंने धीरे-से तभी पलकें खोलीं, 'क्या टाइम होगा?'

'यही कोई दो बजे होंगे।'

'हं, दो बज गए?' उन्होंने तनिक विस्मय से कहा, 'रात ही कितनी बची है अब! तुम भी माथा टिका लो। एक झपकी तो आ ही जाएगी।'

'नहीं-नहीं, मुझे नींद नहीं आ रही है। कहीं आपकी तबियत फिर बिगड़ पड़ेगी तो?' आशंका से गर्विता ने कहा।

'तो ऐसा करो कि तुम भी यहीं पर सिर टिका लो। थोड़ा-सा ही तो वक्त गुजारना है।'

आप क्यों फिक्र कर रहे हैं। मुझे तो नींद ही नहीं आ रही है।'

'चुप पगली!' उन्होंने अपना हाथ यों ही हवा में उछाला, 'तुम उस किनारे पर लेटो। बीच में तकिया रख लेते हैं।'

उन्होंने गर्विता को सुलाकर, सच ही बीच में तकिया रख लिया।

उसका हाथ अपने हाथों में लिए देर तक वह गुमसुम-से लेटे रखे, 'मुझे मिनिस्ट्री आफर हुई थी; पर मैंने एक्सेप्ट नहीं की। अगर तुम जैसी योग्य लड़की सहयोग दे, आफिस का सारा काम सम्भाल ले, तो मैं आज ही एक्सेप्ट कर लूं।' गर्विता कुछ न बोली।

'सारी जिन्दगी यों ही बीत गई है गर्विता बाई! न घर, न बार! कभी-कभी तो एकान्त बहुत खलने लगता है। किसी दिन कुछ हो पड़ा, तो

मरने के बाद ही लोगों को खबर लगेगी।' उन्होंने बात की दिशा बदलते हुए फिर कहा, 'तुम्हें नींद तो नहीं आ रही?'

'नहीं··· नहीं।' उसकी फूल-सी कोमल हथेली पर उबलते हुए पानी की दो बूंद गिरीं तो वह चौंकी।

'मुझे सहारा दो गर्विता बाई!' गर्विता को उन्होंने अपनी बांहों के दायरे में ले लिया और उसकी छाती पर अपना दुखता माथा टिका दिया।

पर तहलका मच गया था उस दिन। दैनिक 'कल्पवृक्षमु' में गर्विता का चित्र छपा था, मुखपृष्ठ पर और उसके नीचे सनसनीखेज विवरण कि किस तरह वह किसी सम्भ्रांत, वयोवृद्ध विधायक की कोठी में कुछ दिन रहने के बाद होटल तक पहुंची। सूचना-उपमंत्री ने अपने खर्च पर यह नयी व्यवस्था करवाई थी। जहां बहुत-से मंत्री, उपमंत्री उसे सहायता का आश्वासन देने के लिए वक्त-बेवक्त निरन्तर जाते रहे।

इस बीच की सुरक्षा के प्रश्न को ध्यान में रखते हुए दो-तीन होटलों में उसके कमरे बदले गए। दौरे से वापस आने के बाद गृहमंत्री को जब सूचना-उपमंत्री द्वारा इस दुखद प्रसंग की खबर मिली, तो वह अत्यन्त दुःखी हो उठे। राज्य में कानून और सुरक्षा की व्यवस्था इस कदर बिगड़ चुकी है, इस पर वह देर तक सोचते रहे। अन्त में उनसे रहा न गया, तो वह स्वयं होटल में जा पहुंचे। सारी बातें विस्तार से सुनकर भरपूर सहायता का उसे वचन देकर ही वहां से लौटे रात को।

पत्र ने अपने विशेष संवाददाता का हवाला देते हुए अन्त में लिखा था कि गृह-मंत्रालय की ओर से आदेश पहुंचने से पहले ही अपहृत शिशु की लाश रात के अंधियारे में नाले पर पड़ी मिली, जिसका दुखद समाचार सुनते ही रुग्ण पिता पद्मनाभ को दिल का दूसरा दौरा पड़ा और वह वहीं पर ढेर हो गए। युवती अब लापता है। आशंका है कि गर्भवती हो जाने के कारण उसने कहीं आत्महत्या न कर ली हो!

सबसे आखीर में मंत्रियों एवं पुलिस अधिकारियों को जी भरकर कोसा गया था कि अपहरणकर्ता उनसे मिला हुआ था। बड़ा प्रभावशाली व्यक्ति था, इसलिए जान-बूझकर उसे पकड़ा न गया था।

राजधानी में लौटते ही मुख्यमंत्री ने वक्तव्य दिया कि यह विपक्ष के

राजनीतिज्ञों की नयी साजिश है, सत्तारूढ़ दल को बदनाम करने की। सरकार की ओर से समय पर उसे हर सम्भव सहायता पहुंचाई गई थी। एक-दो व्यक्ति गिरफ्तार भी किए गए थे, बाद में निर्दोष पाए जाने के कारण उन्हें छोड़ दिया गया था। चूंकि यह दैनिक-पत्र विपक्ष के दल का है, अतः इसकी बातों पर प्रबुद्ध जनता को ध्यान नहीं देना चाहिए।

पर उनके वक्तव्य के बाद भी स्थिति में विशेष अन्तर नहीं आया। तब भी 'गर्विता-काण्ड' की खबर देश के लगभग सभी समाचार-पत्रों ने अपने-अपने ढंग से प्रकाशित कर दी थी। बाद में विधान सभा में तूफान मचा तो किन्हीं राज्यमंत्री से, जिन्हें मुख्यमंत्री बहुत दिनों से अपने मंत्रि-मंडल से निकालने की योजना बना रहे थे, इस सबके लिए जिम्मेदार ठहराकर इस्तीफा दिलवा दिया गया और इस क्षति-पूर्ति के लिए उनकी बहुत-सी उचित-अनुचित मांगें मुख्यमंत्री ने मान ली थीं।

उसी गर्विता को अकस्मात् यों सामने खड़ा देखकर अचरज में पड़ गया अजित। रात काफी बीत चुकी थी। सारा आश्रम सोया हुआ था। आंखों पर शीशे के गिलास के पेंदे-सा मोटा चश्मा चढ़ाए मेज पर झुका, तन्मय होकर कुछ लिख रहा था।

'अरे, तुम?'

'हां।'

'इस समय? यहां कैसे गर्विता देवी?' उसके होंठ अचरज से खुल पड़े।

'ऐसे ही।' गर्विता उसकी ओर देखती रही, 'पता चला यहां हो। दिन में आती तो कोई पहचान लेता ना?'

गर्विता जब दक्षिण-यात्रा के समय मिली थी, तब ऐसी न थी। तन पर अब एकदम सफेद कपड़े थे, विधवाओं के जैसे। फीका बुझा हुआ चेहरा। तखत की पाटी पर ही वह हौले-से बैठ गई।

तिमिर वरन से हुई बहस के बाद अजित का अधिकांश समय यहां बीतता था। दिन-रात अपने पढ़ने-लिखने में ही लीन रहता, परमहंस-सा। आश्रम में कौन-कौन आते हैं, कब आते हैं, क्यों आते हैं, उसने कभी झांककर देखा नहीं। एक छोटे-से कमरे तक ही सीमित था उसका सारा संसार।

देर तक जागने के कारण अजित की थकी पलकें बोझिल हो रही थीं। आंखों में लाल डोरे साफ झलक रहे थे।

'इतने लम्बे समय तक कहां रहीं? अखबारों में तुम्हारे बारे में तरह-तरह की खबरें छपती रहती हैं। कोई कहता है, अमुक स्थान पर तुम्हें देखा। कोई अन्य किसी स्थान पर तुम्हारे होने का प्रमाण देता है।' अजित ने कुर्सी किंचित् उसकी ओर मोड़ी।

गर्विता से प्रत्युत्तर में कुछ कहा न गया। होंठ काटे बैठी रही।

'कब तक इस तरह भटकती रहोगी गर्विता?' अजित ने गहरा मौन तोड़ते हुए कहा।

गर्विता ने डबडबाई पलकें मींच लीं, 'अब अंतिम छोर पर हूं, अजित! पता नहीं क्या सोचकर आज तुम्हारे पास आई हूं। तुम सहारा दो तो शायद जी सकूं!'

हाथ में थमा कलम यों ही मेज पर रख दिया अजित ने, 'यह क्या कह रही हो गर्विता!'

'हां-हां, अब रहा ही कौन है? अब तक मेरे साथ क्या-क्या हुआ, तुम सोच भी नहीं सकते। किस परमात्मा के द्वार पर मैं यह फरियाद लेकर जाऊं, मुझे सूझता नहीं! सच कहूं तो आस्था ही उठ गई है, सब पर से।' गर्दन ऊपर उठाकर गर्विता ने सामने खड़े अजित की ओर कातर दृष्टि से देखा। अजित ने आंसुओं से भरे उस चेहरे को दोनों हाथों के बीच हौले से थाम लिया और फिर उन आंखों की गहराइयों में झांकता, मौन भाव से कुछ खोजता रहा।

'चलो⋯!' गर्विता बुदबुदाई, 'यहां से कहीं दूर निकल चलते हैं। अनजान, अनाम बनकर रह लेंगे कहीं। दो रोटियों के लिए कुछ भी काम कर लेंगे। मजदूरी करेंगे, खेती करेंगे, तब भी यहां से अच्छे रहेंगे!'

उसी मौन दृष्टि से अजित उसकी ओर देखता रहा। गर्विता उसे सच नहीं सपना-सा लग रही थी।

रात का अन्तिम पहर बीत रहा था। चिड़ियां चहचहाने लगी थीं कहीं। गर्विता अकस्मात् उठी, 'डर गए हो ना अजित! हा-हा-हा!' पागलों की तरह वह सहसा जोर से हंसी, 'मेरे नाम के साथ तुम्हारा भी नाम जुड़ेगा, तो बदनामी होगी ना! यहां इस देश में तो मंत्री का बेटा मंत्री होता है,

जनतंत्र के नाम पर। तिमिर वरन के भाई हो ना! केन्द्र में उपमंत्री तो कभी-न-कभी हो ही जाओगे। कहीं तिमिर वरन प्रधानमंत्री बन गए, तो देश पर तुम्हीं लोगों का एकछत्र शासन चलेगा। ऊंचे मंच पर चढ़कर तुम भी त्याग और देश-भक्ति पर प्रवचन करोगे, फिर मुझ जैसी कलंकिनी का साथ देकर मिलेगा ही क्या तुम्हें? दुःख! प्रताड़ना! लांछना!' अजित काठ-सा बैठा रहा।

'तुम इरो नहीं अजित! मैं गर्विता नहीं, गर्विता की लाश हूं। किसी की रूह भटकती है और किसी की लाश!' गर्विता पता नहीं कब, कहां गायब हो गई! अन्धकार में खोजता रहा अजित, सूनी-सूनी निगाहों से।

ग्यारह

मेघना की शादी के लिए गोदावरी परेशान थी। शेषगिरि की कुछ और योजना थी, उसके भविष्य के बारे में। तिमिर वरन किसी भी स्थिति में यह नहीं चाहते थे कि मेघना कोठी की लक्ष्मण-रेखा से निकल कर बाहर जाए।

जब-जब उसके विवाह की बात चलीं, उन्होंने तुड़वा दीं। ठीक ऐसा ही उन्होंने मिस माखेजानी की शादी के सम्बन्ध में भी किया था; पर अन्त में ज़ब कोई चारा न रहा, तब उन्होंने एक उपाय सोचा।

पत्नी के पास आकर सदा की-सी गुरु-गम्भीर वाणी में बोले, 'मुझसे अब अधिक काम हो नहीं पाता। दस्तखत करते समय हाथ कांपते हैं, फिर कोठी की व्यवस्था का भी सवाल है। राजनीति की स्थिति अत्यन्त डांवाडोल है। पता नहीं कल क्या होगा? सारा कार्य-भार मेघना के सर पर है। क्या ऐसा नहीं हो सकता कि अजित से उसकी शादी करवा दी जाए और वे दोनों यहीं रहें। अजित के इस तरह आश्रम में पड़े रहने से बदनामी हो रही है।'

'अजित तो फक्कड़ है, संन्यासी। मेघना के साथ उसकी कैसे निभेगी?' बड़ी मां जी ने आशंका प्रकट की।

'वह फक्कड़ है, तभी तो कह रहा हूं। मुझे लगता है, विवाह के बाद मेघना उसे सम्भाल लेगी।' तिमिर वरन ने चशमा उतारते हुए

कहा, फिर धोती के पल्ले से चुपचाप उसे पोंछते रहे।

'अजित मानेगा नहीं।'

जीवन की किसी भी चुनौती से कभी हार मानना सीखा न था तिमिर वरन ने। हर प्रश्न को सहजता से सुलझा लेने की अपार शक्ति थी उनमें। गांव से पिताजी को बुलाकर उन्होंने दूसरा ही नाटक रच डाला। वृद्ध पिता ने विवाह का जिक्र किया ही था कि अजित सहसा भड़क उठा, 'आप यह क्या कर रहे हैं, बाबूजी! विवाह और मेरा!' वह यों ही हंस पड़ा, 'आप नहीं जानते बड़के भैया को। इसमें भी कोई राज होगा। कोई भारी कुचक।'

'मैं जिन्दगी के अन्तिम किनारे पर हूं। तुम्हारी मां की आखिरी इच्छा थी।' पिता का कण्ठ अवरुद्ध हो गया, 'मेरी एक बात, अन्तिम बात मान लो अजित!' बड़े असमंस में पड़ गया अजित। पिता के प्रति उसके हृदय में अगाध श्रद्धा ही नहीं, अपरिमित स्नेह भी था, 'जैसी आपकी इच्छा!' कहकर वह हट गया।

विवाह हुआ; पर उसके बाद भी खुश न रह सका था अजित। मेघना का कुछ और ही जिन्दगी थी, एक दूसरी मान्यता। दिन-रात राजनीतिज्ञों के साथ उलझी रहती। शाम को क्लब और रंग-बिरंगे होटलों में। कभी-कभी रात को अपने को भुलाने के लिए मदिरा का सहारा लेती, तो अजित अपना माथा थामे किंकर्त्तव्यविमूढ़-सा देखता रह जाता।

किस तरह क्या करे, मेघना को सूझता न था। बड़े बड़े राजनीतिज्ञों को वह झिड़क देती। संसद-सदस्य, विधायक उसे घेरे रहते; पर इस माहौल से अजित ऊब गया था। यहां से त्राण पाने के लिए वह बुरी तरह छटपटाने लगा था।

'मेघना! गांव चलें। वहां कुछ काम करें। अनिल भैया के साथ मिलकर खेती-बाड़ी करेंगे।' पता नहीं कमजोरी के किस क्षण में अजित एक दिन कह बैठा, तो मेघना ताली पीटती हुई देर तक खिलखिलाती रही, 'तुम्हारा भी दिमाग फिर गया है अजित! हम राजधानी जैसी जगह छोड़कर गांव जाएं क्यों? हमारा खेती से क्या सम्बन्ध? अक्काजी मुझे राज्यसभा के लिए नामजद कराने की कोशिश में लगे हैं और तुम

कहते हो गांव चलें। ही-ही-ही! ह्वाट ए जोक!' मेघना उसपर तरस खाकर हंसती रही।

'तुम्हें क्या चिन्ता है?' तनिक रुककर फिर बोली वह, 'तुम पढ़ो-लिखो। जहां जी चाहे घूमो। देश-विदेश की यात्राएं करो। अक्काजी तो चाहते थे कि सुबोध की तरह तुम्हारे लिए भी एक इण्डिपेंडेंट कार-खाना खुलवा दें, पर तुम्हारा ध्यान तो कहीं और है। मैं कुछ करती हूं, तो तुम्हें परेशानी होती है। पता नहीं तुम क्या-क्या सोचने लगते हो। अक्काजी बहुत बूढ़े हो गए। कुछ ही समय के मेहमान हैं अब। उनके बाद हमें कौन पूछेगा? इसलिए मैं उनके चरणों पर बैठकर एकाग्र भाव से कुछ सीख रही हूं। अक्काजी चाहते हैं कि अपने जीते-जी देश की राजनीति में वह मेरे पांव मजबूत कर दें।'

अजीत सोचता रहा, इस देश की जनता अब अधिक दिनों तक मूर्ख बनने से तो रही, फिर इसके पांव क्या खाकर मजबूत कर पाएंगे अक्का जी। अब तो उन्हीं के पांव उखड़ रहे हैं।

विपक्ष के बहुत-से राजनीतिक दल अजित को अपने पक्ष में लेकर तिमिर वरन के सामने एक नई चुनौती के रूप में खड़ा करना चाहते थे; किन्तु अजित उदासीन रहा।

कभी-कभी सब इतना असह्य हो उठता कि वह छटपटाने लगता।

'जनता का पैसा बेटी के धन की तरह होता है मेघना! उस धरोहर का तुम लोग नाजायज फायदा उठा रहे हो। कम-से-कम इस पाप का भागी-दार मुझे तो न बनाओ। मुझे अलग जाने दो, कहीं दूर।' अजित कराह उठता, 'दवा के बिना मरते मासूम बच्चों को देखा है तुमने कभी? तुमने देखा है, बिना कफ़न के जलती लाशों को! लोग गोबर में से अनाज के दाने बीन-बीनकर अपना पेट भरते हैं।' अजित कहता-कहता रुक जाता और शून्य की ओर कहीं ताकने लगता, शून्य दृष्टि से।

'हम लोग उन्हीं की सेवा के लिए तो जी रहे हैं अजित! इस उमर में भी अक्काजी को चैन नहीं मिल पाता। दिन-रात भटकते रहते हैं।' मेघना के ऐसे उत्तर पर अजित व्यंग्य-भाव से हंस पड़ता, 'तुम उन्हीं की सेवा के लिए जी रही हो। बड़के भैया को उनके ही कारण चैन नहीं मिल पा रहा है। प्रभुपांद बाबू उन्हीं की चिन्ता में घुल रहे हैं। आप

सब उनके अस्तित्व के लिए अपनी आहुति दे रहे हैं। आने वाले कल का इतिहास आप लोगों का नाम 'स्वर्णाक्षरों में लिखेगा।'

'तुम तो सनकी हो, एकदम कैक। सारी दुनिया में तुम्हें बुरा-ही-बुरा दीखता है।' तैश में आकर मेघना चली जाती।

फिर एकान्त में सोचती। अपने फूटे करम को कोसती, कैसी मुसीबत गले बांध दी अक्काजी ने! कोई होता, तो अब तक कारखाने खड़े कर लेता। करोड़ों की माया बटोर लेता। मंत्री नहीं भी बनता, तो कम-से-कम संसद-सदस्य तो हो ही जाता। लेकिन इसने तो घर पर तूफान मचाना शुरू कर दिया है। किसी दिन यह कुछ अनहोनी न कर बैठे!

अक्काजी से एक बार कहा, तो वह हंसने लगे, 'वह तो पागल है ही, तू उससे भी बड़ी है। अरी, उसे संभालती रह समझदारी से। धीरे-धीरे सब सुलझ जाएगा।' पर कभी भी वह सुलझ न पाया। ज्यों-ज्यों सुलझाने का प्रयत्न करते, त्यों-त्यों वह उलझता चला जाता और इसकी भी पराकाष्ठा हुई एक दिन!

अजित के मुंह से जो निकलता है, सब सच हो जाता है, बड़ी मां जी का यह विश्वास धीरे-धीरे और भी दृढ़ होता चला जा रहा था। लम्बी बीमारी के बाद वह बहुत उदास रहने लगीं। सुमरनी दिन-रात हाथ में लिए बैठी रहतीं।

उन्हें लगता, आकाश को छूता यह सुनहरा राजमहल अब भरभरा कर गिरने ही वाला है। इतनी प्रतिष्ठा! इतनी लोकप्रियता, सब कुछ! लोग कहते हैं, सरकार के बदलते ही सब उलट जाएगा। ज्यों-ज्यों सत्ता के हटने के आसार नजर आ रहे थे, त्यों-त्यों उनकी परेशानी बढ़ती चली जा रही थी। अन्त में हर तरह से हारकर चन्द्रा के साथ वह तीर्थ-यात्रा पर निकल पड़ीं।

मार्च से सुबोध का कारखाना चालू हो गया था। समाजवाद की दुहाई देने वाले देश के महान त्यागी नेता तिमिर वरन ने अपने बेटे के लिए करोड़ों की लागत का यह नया कारखाना खुलवा दिया था। इतनी पूंजी कहां से आई? कैसे आई? संसद के सदनों की दीवारें आए दिन गूंजती रहतीं। समाचारपत्रों में रोज नई-नई सुर्खियां होतीं।

सुबोध वरन अब अलग कोठी में रहता। तिमिर वरन को प्रसन्न

रखने के लिए शेषगिरि, रथीन शंकर उसके हर बुरे-भले कार्य में सहयोग देते। कई कन्याओं के साथ उसके अनुचित संबंधों की नई अफवाहें उड़ती रहतीं। सुबोध के इंगित पर ये दोनों जाल लिए घूमते रहते।

इस वैभव से विरक्त होकर अजित वीतरागी बन गया था। उसे अब कहीं भी चैन न मिल पा रहा था। इसलिए पिछले कुछ समय से इधर-उधर भटक रहा था। एक दिन बिना पूर्व सूचना के रात को अकस्मात् वापस आया, तो कोठी में सूनापन व्याप रहा था। कृपाराम ने बहुत-सी बातें सविस्तार बतलाईं।

अजित देर तक खड़ा रहा। कुछ महीनों से वह बहुत कमजोर हो गया था, हड्डियों का ढांचा मात्र। जब जो मिला पेट में ठूंस लिया, नहीं तो यों ही पड़ा रहता। बोलता तो घंटों तक बोलता चला जाता, नहीं तो दिनों तक मौन साधे पड़ा रहता। एक छोटा-सा फटा हुआ नक्शा हमेशा अपने साथ रखता। जहां बैठता, सोता उसके ठीक सामने टांग देता और अपलक उसकी ओर देखता।

लड़खड़ाता हुआ-सा वह सीधा मेघना के कमरे की ओर बढ़ा। पलंग के नीचे चप्पलें पड़ी थीं। मेज पर पर्स रखा था। ढेर-सारे नये-पुराने कपड़े हैंगरों पर लदे थे। बिस्तर पर सिलवटें पड़ी थीं। चादर एक ओर फेंकी हुई। दूधिया बल्ब कीमती शेड में छिपा धीमी-धीमी ठण्डी रोशनी चारों ओर बिखेर रहा था। अजित कुर्सी पर बैठ गया और कमरे की प्रत्येक वस्तु को बड़े ध्यान से देखता रहा।

मेघना यहीं कहीं गई होगी! प्रतीक्षा में वह बैठा रहा, पर जब देर तक भी वह न आई, तब बरामदे में टहलने लगा। तब भी कहीं कोई आहट न मिलने पर वह सहसा अधीर हो उठा। यों ही ड्राइंगरूम की ओर निकल पड़ा। बैठक के बाद वाले छोटे कमरे में रोशनी का-सा आभास हो रहा था। बड़के भैया शायद किसी काम में लगे होंगे। पर कृपाराम ने तो कुछ और बताया था, फिर?

बिना अनुमति के इन कमरों में प्रवेश करना वर्जित था, यह कोठी का हर व्यक्ति जानता था फिर भी पता नहीं किस झोंक में आकर एक के बाद एक कमरे को पार करता हुआ, हड़बड़ाता हुआ वह भीतर चला गया। अभी अंतिम द्वार आधा ही खोला था कि वह खड़ा-का-खड़ा रह

गया, पत्थर की तरह। उनकी बड़ी-बड़ी लाल आंखें, सूखे होंठ, कांपते हाथ, एकदम पत्थर बन गए, ठोस पत्थर।

दो वस्त्र-विहीन प्रतिमाएं एक-दूसरे से जुड़ी थीं। पलंग के ठीक ऊपर, दीवार पर राष्ट्रपिता का विशाल तैल-चित्र एक ओर सरक गया था। उसके भीतर गुप्त अलमारी में बहुत-सी रंग-बिरंगी बोतलें बाहर झांक रही थीं। दरवाजा खुलने की आहट पाते ही प्रतिमाओं का रंग उड़ गया और वे क्षण-भर के लिए निष्प्राण पत्थर बन गईं।

अजित के पांवों के नीचे पोली धरती धीरे-धीरे और धंसने लगी। कमरे की दीवारें सिकुड़कर एक-दूसरे से जुड़ने लगी। छत झुककर फर्श पर लगने ही वाली थी कि एक चीख निकली, अजित के मुंह से और आंखों के आगे अंधियारा छा गया। वह जैसे छलांग लगाता हुआ किसी गहरी खाई में गिर पड़ा।

उसे होश तब आया, जब सन्तरी उसकी गर्दन कसकर पकड़े बाहर खींच रहा था। कपड़े फट गए थे, तार-तार। घुटने बुरी तरह छिल गए थे। टखने की सफेद हड्डी साफ झांक रही थी। कब क्या हुआ, उसे पता न था। उसके निचले होंठ से लाल लकीर-सी खिंच गई थी। माथे पर गहरा घाव था, जिससे लहू की धार बह रही थी। जो कुछ उसकी आंखों ने देखा, सच न लग रहा था उसे।

राष्ट्रपिता के चित्र के चौखटे का यह सदुपयोग। वह पागलों की तरह ठहाका लगाता हुआ हंसने लगा। कोठी से बाहर निकलकर सड़क के किनारे, लैम्प-पोस्ट के सहारे कपाल पर हाथ रखकर बैठ गया वह, हताश, निराश, एकदम टूटा-टूटा अवाक्। और सारी रात वह उसी तरह बैठा रहा!

इसके बाद फिर दुबारा इस कोठी में पांव न रखे उसने। महीनों तक लापता रहा, गन्दी बस्तियों में पड़ा, आवारा भटकता हुआ। किसी ने जूठा-पीठा कुछ दे दिया तो खा लिया, नहीं तो मरियल आवारा पशु की तरह किसी किनारे पर पड़ा रहता। गन्दे बाल! मैले दांत! तन पर चीथड़े-ही-चीथड़े!

कभी सनक-सी सवार होती, तो लड़खड़ाता हुआ झटके से उठता

और भीड़-भरे चौराहे पर तनकर खड़ हो जाता, 'जानते हो सत्य क्या है? वह न जिसे तिमिर वरन बतलाता है?' किसी राहगीर की बांह पकड़कर रोक लेता, 'जानते हो नारी के कितने रूप होते हैं?'

विस्मय से लोग एक-दूसरे का मुंह ताकने लगते, पर वह उसी उत्तेजना से दूसरा प्रश्न करता, 'बतला सकते हो पराधीनता किसे कहते हैं? उसे न, जिसे तिमिर वरन जैसे शासकों ने इस निरीह देश पर लादा है।' भीड़ घिरने लगती, तो लोग पल्ला छुड़ाकर भाग खड़े होते।

तब वह उसी बाल-सुलभ जिज्ञासा से किसी दूसरे की ओर लपकता, 'एक अरब हाथ हैं मेरे पास। तिमिर वरन नहीं, इस मुर्दादेश की किस्मत मैं जगा सकता हूं। बोलो, दोगे मेरा साथ?'

जमीन से मिट्टी उठाकर अपनी हथेली में प्रसाद की तरह श्रद्धा से रखता, 'यह मिट्टी नहीं सोना है, सोना! इन लोगों के अपवित्र हाथों से छू जाने के कारण यह मिट्टी बन गया है। इस मिट्टी की कीमत कोई आंक सकता है?' ठहाका लगाकर वह हंसने लगता।

वृद्ध पिता गली-गली भटककर उसे खोजते रहे। बड़ी मांजी निरन्तर रोती रहीं।

'अजित को कहीं कुछ हो पड़ा तो अनिष्ट होगा, सबका सर्वनाश! कभी-कभी वह अपने आप चीख पड़ती, अकेले में।

एक बार, अन्तिम बार, पता नहीं कहां-कहां ढूंढ़कर उसे खोजा गया। वह इतना बदल चुका था कि पहचाना तक न जाता था। भाभी को देखते ही उसका मुरझाया हुआ मुखड़ा सहसा खिल उठा। आदर से उनके चरण छूता हुआ बोला, 'आप तो साच्छात सीता माता हैं, मंझली-भाभी! इस लंका में कब तक रहोगी!' उसकी आंखें भर आई।'

मंझली भाभी ने, अबोध शिशु की तरह उसे उठाया, 'तुम हमार साथ रहौ लल्ला! हियां मन नाहिं लागत तौ गांम चली जात हैं। हुआ हि हरिनाम भजेंगे।' उनकी धुंधली आंखें छलक पड़ीं।

थोड़ी देर तक अजित बैठा रहा गुम-सुम, फिर भाभी की ओर मुड़कर, दार्शनिक मुद्रा में तनकर खड़ा होता हुआ बोला, 'जानत हो भाभी! सत का है?' फिर स्वयं ही गर्दन मोड़ता हुआ कहता, 'कौनहु नहीं जानत है। हम किसी दिन बताय देंगे, दुनिया जहान को।' वह उठकर

चला गया।

मंझली बहू पुकारती, रोती रहीं, पर उसने फिर मुड़कर न देखा। लेकिन जिस दिन उसने चौराहे पर खड़े होकर 'सत' की परिभाषा देनी शुरू की, उस दिन प्रलय का-सा तूफान उमड़ आया। कुछ लोग रात के अन्धकार में उठाकर उसे ले गये और फिर कहीं कुछ पता न चला।

कुछ महीने बाद करुणा की पोस्टरों वाली जीप कोठी के सामने रुकी। इस बार उसमें पोस्टर नहीं, एक अस्थि-पंजर था, जिसका सारा शरीर नीला पड़ गया था, जैसे किसी विषधर ने डस लिया हो।

बारह

गाय-बैल, ढोर-डंगर, औरत-मरद, बच्चे-बूढ़े, जगह-जगह कतारें-सी खिंच गयी थीं, चींटियों जैसी। कच्ची पगडिंडयों पर धूल उड़ रही थी। अपना असबाब समेटे लोग इधर-उधर भाग रहे थे। विस्थापितों के लिए जो अस्थायी कैम्प राज्य सरकार की ओर से बने थे, वहां महामारी फैल गई थी। पता नहीं अनाज में किसी ने जहर मिला दिया था कि दो-तीन दिन के भीतर सैकड़ों लोग मर गये थे।

लाशों से दुर्गन्ध आ रही थी। उन्हें जलाने का झंझट कौन करे! अतः बहुत से शव पानी में बहा दिए गए थे। बांध के धंसने से प्रलय की-सी जो बाढ़ आई, उसमें सैकड़ों गांव वह गए थे, सरकार की ओर से सहायता के आकड़े खूब बढ़ा-चढ़ाकर दिए जा रहे थे, किन्तु वस्तुस्थिति कुछ और थी। न पर्याप्त भोजन था, न उजड़े हुए परिवारों के सिर छिपाने की कोई व्यवस्था दवा आदि का तो प्रश्न ही न था।

जो थोड़ा-बहुत सामान इन लोगों में वितरण के लिए दिया गया था, वह बाजारों में कब का बिक चुका था। सरकारी अफसर यों ही जीपों में घूम-फिरकर अपना भत्ता बना रहे थे। लोगों ने सुना था कि केन्द्र के वरिष्ठ मंत्री तिमिर बरन हेलिकोप्टर से हवाई-यात्रा कर गए हैं, पर उनके दर्शनों का सौभाग्य किसी को भी मिल न पाया था।

मुख्यमंत्री विधुशेखर अन्दर-ही-अन्दर बहुत उदासीन थे, क्योंकि अभी हाल में इस क्षेत्र से विधान सभा के लिए जो उपचुनाव हुए थे,

उनमें विपक्ष का उम्मीदवार बहुत अच्छे बहुमत से विजयी हुआ था। इसे वह अपनी व्यक्तिगत हार मान रहे थे।

चुनाव अभियान में उन्होंने स्पष्ट रूप से चेतावनी दे दी थी कि सत्तारूढ़ दल के उम्मीदवार की पराजय का स्पष्ट परिणाम होगा, सरकारी सहायता में वंचित होना। आप लोगों का यह क्षेत्र देश में सबसे पिछड़ा हुआ है, एकदम बैकवर्ड। उसपर आदिवासियों का इलाका तो और भी गया गुजरा है। सरकार यहां पर कागज का कारखाना खोल सकती है। सीमेंट फैक्टरी लगा सकती है। कुटीर उद्योग धन्धों का विकास किया जा सकता है; लेकिन यह तभी होगा जब आप लोग योग्य उम्मीदवार को अपना मत दें।

स्वाधीनता के पश्चात् इस क्षेत्र से हमेशा सरकार समर्थक योग्य उम्मीदवारों को ही विजयी बनाया गया था; किन्तु उसका कोई विशेष परिणाम नहीं निकल पाया था। अन्तिम उम्मीदवार पक्का प्रगतिशील था, सच्चा समाजवादी। पिछली सरकार में वह जोड़-तोड़कर किसी उप-मंत्री के ओहदे तक पहुंच गया था, पर ज्यों ही सहसा सरकार टूटने के आसार दीखे, विदेशी शराब के चार ठेकों के लाइसेंस में चार लाख रुपये की राशि एक झटके में बटोरकर वह किनारा कर गया था।

किन्तु यह आदिवासी क्षेत्र वैसे-का-वैसा रहा, जैसा आदिकाल में कभी रहा होगा। देश के विभाजन के समय बहुत से विस्थापित परिवारों को जमीनें दे-देकर यहां बसाया गया था, और यह सिलसिला किसी-न-किसी रूप में अब तक बना हुआ था, पर ये लोग आदिवासियों पर आए दिन तरह-तरह के जुल्म किया करते थे। अच्छी गाय-भैंस देखी, उसे खोल कर ले गए। उपजाऊ खेतों पर जबर्दस्ती कब्जा कर लिया, पटवारी-पुलिस की जेब गरम कर दी। जवान बहू-बेटियों को दिन-दोपहर उठाकर ले जाते। जब जिसे चाहते गोली से उड़ा देते।

विस्थापितों को बसाने के इस अभियोग में बेचारे आदिवासी ही विस्थापित हुए जा रहे थे। अच्छी-अच्छी जमीनें छिन गई थीं। खेतों में खड़ी फसलें लुट रही थी। धीरे-धीरे उन्हे बीहड़ वनों की ओर धकेला जा रहा था।

बूढ़े अनिल वरन इनके अन्तहीन दुखों की दर्द-भरी दास्तान लेकर

लाठी टेकते हुए राजधानी आते तो तिमिर झिड़क देते, 'बड़के भैया! आप पालीटिक्स नहीं जानते, तो उसमें क्यों दखल देते हैं? किसी हद तक ठीक यही वाक्य वह अजित के लिए भी दुहराया करते थे, 'वहां के स्थानीय लोग पढ़-लिख गए हैं। वे मुझे नहीं चाहते। आदिवासियों से भी अब विशेष आशा रही नहीं। ऐसी स्थिति में चुनाव जीतने के लिए विस्थापितों का सहारा लेना पड़ता है। संसद के लिए पिछले दो चुनावों में उनके बल-बूते पर जीता हूं। आप कहते हैं, उन्हें इस क्षेत्र से बाहर निकालने के लिए मुख्यमंत्री से कहूं? अपने पांवों पर खुद कुल्हाड़ी मारूं।'

'यह कब कहा मैंने!' अनिल उसी शान्त मुद्रा में कहते, 'मैं तो इतना चाहता हूं कि गूंगे पशुओं पर जुल्म न ढाए जाएं। किसी जमीन को छीनकर किसी और को बसाना कहां का न्याय है? तुम्हें पता नहीं होगा, इसी फागुन में दो आदिवासी युवतियों के साथ बलात्कार कर उन्हें जिन्दा जमीन में दफना दिया गया था। बताओ, ऐसा अंधेर तो गुलामी के दिनों में भी नहीं होता था? भगवान से डरो तिमिर, वह सब देख रहा है!' बड़के भैया अपना कपाल थामकर बैठ जाते।

तिमिर झल्ला उठते, 'पागल अजित भी यही कहता था!' आप भी यही दुहराते हैं। भगवान! भगवान! क्या देख रहा है भगवान! उसी के पास जाइए न फरियाद लेकर। यहां आते ही क्यों हैं?'

तिमिर पांव पटकते, बुदबुदाते, बड़बड़ाते, 'घर के ही लोग अब बगावत पर उतर आए हैं। बड़के भैया कभी खुद आते हैं, कभी बाबू जी को सिखलाकर भेज देते हैं, भिखमंगों का जैसा—भेष बनाकर। दुनिया-भर की भलाई का ठेका इन्होंने ही लिया है। पता नहीं केबिनेट में किस-किस से लड़-झगड़कर, कितनी बड़ी बदनामी लेकर, इतना बड़ा बांध बनवा दिया! यदि वह धंस गया, टूट गया, तो इसमें मेरी क्या गलती? हद होती है, नासमझी की। तभी तो मुल्क तरक्की नहीं कर रहा है!' राजपथों पर दो-तीन दिन यों ही भटककर, निराश-से अनिल वरन झोली-डण्डा समेटे चले जाते।

वह चाहते, तो तिमिर वरन के प्रभाव से बहुत लाभ उठा लेते, किन्तु सपने में भी भूलकर उन्होंने इस तरह के लाभ की कल्पना तक न की थी। दोनों लड़के छोटी-मोटी नौकरियों में लगकर अपना गुजारा कर रहे थे।

अनिल वरन का परिवार उसी टूटे मकान में था, जो पिता से पैतृक सम्पत्ति के रूप में कभी मिला था।

पर भीतर-ही-भीतर सुलगता अनिल वरन का आक्रोश इस बार सच ही कुछ रंग लाया। उपचुनाव में आदिवासी उम्मीदवार को खड़ा करके अन्त में उसे जितवा भी दिया था। फटी झोली पसारे बूढ़े अनिल घर-घर द्वार-द्वार घूमे वोटों की भिक्षा मांगते हुए।

ये ही सब कारण थे कि सरकार की ओर से यों ही लीपा-पोती की जा रही थी। स्कूलों और उद्योग-धन्धों के लिए दिया जाने वाला अनुदान जान बूझकर रोक लिया था। पशुओं के अस्पताल की योजना भी खटाई में पड़ गई थी।

इस घोर विपत्ति के समय सरकार के ऐसे व्यवहार से अनिल क्षुब्ध थे, बहुत निराश, फिर भी आदिवासियों की छोटी-छोटी टोलियां बनाकर किसी तरह मरते-जीते राहत-कार्यों में जुटे रहे।

बड़ी मुश्किल से ऊबड़-खाबड़ कच्चे रास्तों को पार करता हुआ जीपों का काफिला, प्रार्थना-मैदान तक पहुंच पाया था। इतनी जीपें एकसाथ देखकर उन्हें कुछ आशा बंधी। सरकारी सहायता आई होगी शायद! जीप की अगली सीट से उछलता हुआ करुणा सामने आया और लपककर पांव छूता हुआ खड़ा हो गया।

मैं जानता था हमारा तिमिर जरूर-जरूर कुछ मदद पहुंचाएगा! अनाज लाए हो क्या? देखो, कित्ते लोग-बाग मर गए भूख से! आदि-वासी लोग घास खा-खाकर प्राण-रक्षा कर रहे हैं।' अनिल वरन मेड़ पर बैठ गए।

'अनाज न हि बाबू जीईऽ।' करुणा कह ही रहा था कि अनिल उत्सुकता से बोल पड़े, 'तो क्या कम्बल-सम्बल भी लाए हो? जाड़े से भी कम बिचारे नहीं फौत हुए, तीस-चालीस से भी ज्यादह।'

करुणा कसरा आया। क्या उत्तर दे! किंचित सोचता हुआ बोला, सर्कारी हिल्प के लिए बड़े साहेब ने छीप मिनिस्टर को बोल दिया फउन पर।'

'तो तुम क्या लाए?'

'हम? हम पोसटर लाया हूं बाबू जी! बड़े साहेब का जनम तारीख है न! बाबा सेसगिरि, छोटन परसाद सब बोले कि इन्हें सारे इलाके में चिपका दो, घर-घर, दुआर-दुआर! बड़े साहेब का प्रधानमंत्री से यों चल रहा है, यों!' उसने स्वस्तिक-चिह्न की तरह एक अंगुली दूसरी से फंसा-कर जोर से खींची, 'इसीलिए पब्लीसीटी की भारी जरूरत हुई।' उन पोस्टरों को अपने जर्जर हाथों से खोलकर देखा अनिल वरन ने।

उन्हें देखकर बड़ी विद्रूप हंसी में हंस पड़े वह, 'इन्हें यहां कहां चिप-काओगे करुणा?' उन्होंने जल में डूबकर बह गए गांव की ओर इंगित किया और फिर घास के जले घरों की ओर, इन गरीबों के ये झोंपड़े भी फुंकवा दिए तुम्हारी सरकार ने। इनका अपराध था कि ये भूख से मरे लोगों की लाशें, जुलूस की शक्ल में थाने तक ले गए थे। वहां इन्होंने धरना दिया था। सरकार का पुतला जलाया था। बदले में पुलिस ने इनकी बस्तियां-की-बस्तियां राख कर डालीं। आदिवासी ऐमैले बिचारा घायल होकर हस्पताल में पड़ा रहा। अभी-अभी कोई बता गया है कि मर गया है।'

कुछ रुककर फिर बोले वह, 'इस तरह का रामराज इस मुलुक में आएगा जानते तो शुरू होने से पहले ही उसे दफना डालते। तब इन हाथों में दम था; लेकिन अब! अब सर्वोदय का सपना भी टूट गया। खेती भी हो नहीं पाती।'

अपने दुर्बल हाथों की खुरदरी हथेलियों को अंधियारे में शीशे की तरह सामने रखकर देखने का असफल प्रयास किया उन्होंने।

'ले जाओ, 'इन्हें यहां से ले जाओ करुणा!' वह जीपों के पास खड़े हो गए, 'उन लोगों की बस्तियों में ले जाओ, जिनके घर हैं। जिनके घरों में दीवारें हैं। तिमिर से कहना, बड़के भैया ने वापस भिजवाई हैं। लोग बिरथा फूंक डालेंगे नहीं तो।'

फटे-पुराने गरम कपड़ों में लिपटे अनिल वरन ठण्डी हवा के झोंके न सह पा रहे थे। अजित की मृत्यु के बाद वह एकदम बूढ़े हो गए थे, बहुत बूढ़े। हर तरह से टूट गए थे।

सुबह जीपें लौट रही थीं, कस्बों की ओर।

आसपास के इलाके में प्राय: सभी पाठशालाएं बन्द हो गई थीं। छोटे-छोटे विद्यार्थियों की टोलियां सहायता-कार्य में जुटी थीं। नन्हे-नन्हे हाथ मिट्टी की टोकरियां ढो रहे थे। बेलचे चला रहे थे। ऊंची-ऊंची आवाज में वही गीत गा रहे थे, जो आजादी से पहले लोग गाया करते थे, बेबसी का गीत, आजादी का गीत, मुक्ति का गीत।

सरकार से सहायता की आशा छोड़ दी थी सबने। अपने ही बलबूते पर अपनी रक्षा का अभियान चल रहा था। समीप के बहुत-से गांवों से लोग श्रमदान के लिए आ रहे थे। जनता में विक्षोभ था, गहरा आक्रोश।

मौज से घूमते सरकारी मुलाजिमों का आए दिन घेराव होता रहता। इस बार विद्यार्थियों के झुण्ड ने सारी जीपें घेर लीं। पोस्टरों से लदी एक जीप देखते-देखते जला डाली। शेष को किसी तरह बचाते हुए भागकर नगर तक पहुंचे थे।

दल की नगर शाखा ने तिमिर वरन का जन्म-दिवस खूब जोर-शोर से मनाने का फैसला किया था। वे नहीं चाहते थे कि तिमिर वरन का व्यक्तित्व प्रधानमंत्री से किसी भी रूप में कम हो। कुछ स्थानीय लोग तिमिर वरन को सोने से तोलने की भी योजना बना रहे थे। प्रान्तीयता की आड़ में कुछ चतुर राजनीतिज्ञ एक नया कुचक्र रच रहे थे। जातिवाद का भी प्रश्न पैदा किया जा रहा था। रातों-रात शहर की सारी दीवारों पर रंग-बिरंगे पोस्टर चिपका दिए गए थे। सार्वजनिक सभा की भी घोषणा कर दी थी।

पर इसकी सबसे भयंकर प्रतिक्रिया हुई छात्रों पर। शहर-भर में उन्होंने ऐलान करवा दिया था कि कल तिमिर वरन का जन्म-दिन शोक-दिवस के रूप में मनाया जाएगा। सारा शहर बन्द रहेगा। कोई आम सभा नहीं होगी। जिन घरों की दीवारों पर पोस्टर चिपके मिलेंगे, उन्हें जला दिया जाएगा।

तेरह

हारा, थका करुणा आश्रम में लौटा, तो वहां मातम-सा छाया हुआ था। ऐनी यानी अन्नदा की मृत्यु के बाद आश्रम के चारों ओर पुलिस का कड़ा

पहरा लगा दिया गया था। चूंकि गृहमंत्री का झुकाव इधर कुछ समय से प्रधानमंत्री के समर्थकों की ओर बढ़ रहा था, इसलिए और भी अधिक निगरानी रखी जा रही थी। जीप धूल से अटी थी। सारे पोस्टर इधर-उधर बिखेर दिए थे। आश्रम के प्रवेश-द्वार पर टंगा विशाल बोर्ड पता नहीं, कौन, कब उठाकर ले गया था।

अन्नदा कौन थी? आश्रम में क्यों रहती थी? उसकी हत्या का रहस्य क्या था? जनता के बीच यह विवाद का विषय बना हुआ था। सरकार के लिए इसे लम्बे समय तक टालना सम्भव न हो पा रहा था, अतः अन्नदा की मृत्यु तथा क्रुद्ध भीड़ द्वारा थाने को जलाए जाने के मामलों की जांच के लिए एक आयोग नियुक्त कर दिया था। किन्हीं भूतपूर्व वृद्ध न्यायाधीश को यह कार्य सौंपा गया था। उनका क्या निर्णय होगा, इस बारे में दो राय न थीं। न्यायाधीशों की स्थिति सरकारी अधिकारियों से भिन्न न थी।

कुछ रहस्यमय कागजात 'केन्द्रीय गुप्तचर विभाग' ने सहसा छापे मारकर पहले ही हथिया लिए थे। लाखों रुपये की हेरा-फेरी का अनुमान था। बहुत-से अज्ञात विदेशियों का अन्नदा के माध्यम से आश्रम से सम्पर्क रहा था, जिससे मामला और उलझ गया था।

राजधानी से प्रकाशित होने वाले अंग्रेजी समाचार-साप्ताहिक 'गार्निंग स्टार' ने एक विस्तृत लेख प्रकाशित कर कुछ रोमांचक तथ्यों का उद्‌घाटन किया था। भूतपूर्व प्रतिरक्षा मंत्री अभयदास के शेषगिरि से अत्यन्त घनिष्ठ सम्बन्ध रहे थे। शेषगिरि ने किन्हीं ज्योतिषी से कहला दिया था कि देश के भावी प्रधानमंत्री का पद आपको ही सुशोभित करना पड़ेगा। आपके प्रशासन-काल में राष्ट्र की अभूतपूर्व प्रगति होगी और आपकी गणना होगी—विश्व के महान प्रशासकों में।

तांबे का एक भारी ताबीज उनकी बांह पर कसकर बंधवा दिया था, जिसे अन्त समय तक उन्होंने उतारा न था। इसका तात्कालिक परिणाम यह हुआ कि अपने खर्च से उन्होंने एक नये कक्ष 'तपतीर्थ' का निर्माण करवा दिया था। दर्शन में दास साहब की विशेष रुचि थी। अतः जब भी तनिक समय मिलता, आश्रम में आना न भूलते थे।

पत्र ने आरोप लगाया था कि अन्नदा पर उनकी विशेष अनुकम्पा थी।

उसके लिए अपनी ओर से एक नयी कार उन्होंने दरवाजे पर खड़ी करवा दी थी। ज्यों ही कभी एकान्तवास एवं गहन चिन्तन की आवश्यकता हुई नहीं कि वह हजारों महत्त्वपूर्ण कार्यों को तिलांजलि देकर इस ओर निकल पड़ते।

कहा जाता है कि उनकी उदारता और महानता का ऐनी ने पूरा-पूरा लाभ उठाया था। उन्हें अपने विश्वास में लेकर देश की प्रतिरक्षा सम्बन्धी बहुत-सी महत्त्वपूर्ण सूचनाएं प्राप्त कर किसी अन्य देश को भिजवा दी थी।

चूंकि यह घोर वामपंथी विचारों का पोषक था, अतः उसने सारा दोष विपक्ष के किसी बड़े देश की गुप्तचर व्यवस्था पर लगाया था। उसका कहना था कि ऐनी की हत्या में भी उसी गुप्तचर-विभाग का हाथ रहा होगा, क्योंकि ऐनी द्वारा रहस्य प्रकट होने की संभावना थी।

आश्चर्य की बात यह थी कि इस सारे काण्ड में विदेश मंत्रालय के कुछ उच्च अधिकारियों का सहयोग रहा तथा किसी मित्र देश के दूतावास के कर्मचारियों का प्रच्छन्न हाथ भी। अतः सन्दिग्ध विदेशी लोगों को चौबीस घण्टे के भीतर देश से बाहर निकल जाने का आदेश सरकार द्वारा दिया गया था।

इससे पहले किसी ने कल्पना तक न की थी कि यह सारा मामला इस तरह उलझा हुआ होगा। यों किसी विदेशी दूतावास के कुछ कर्मचारियों को देश से निकाल दिए जाने के आदेश का विवरण अभी समाचार-पत्रों में प्रकाशित हुआ था; पर बाद में क्या हुआ, यह किसी को कभी भी बतलाया नहीं गया था। दास साहस को संसार त्यागे अब बहुत लम्बा समय बीत चुका था। अतः जनता का सारा आक्रोश सत्तारूढ़ दल तथा प्रधानमंत्री पर उतर रहा था। शेषगिरि को भी इसके लिए कम दोषी नहीं ठहराया जा रहा था।

किसी आम सभा में अमोलक ने तिमिर वरन पर स्पष्ट आरोप लगाया था कि उन्हें ये सारी रहस्यमय बातें ज्ञात थीं; पर वह अपने तनिक निहित स्वार्थों के लिए मौन साधे बैठे रहे थे, क्योंकि उनके मंत्रालय में भी व्यापक स्तर पर इसी तरह का कुचक्र चला था। विदेशों से कुछ ऐसी मशीनें उन्होंने मंगवा दी थीं, जिनका अब कोई विशेष महत्त्व नहीं रह गया था। उनकी कार्य-प्रणाली इतनी पिछड़ी हुई, दुरूह थी कि उससे उत्पादन

में रुकावट पड़ती रहती थी। विदेशों से बार-बार पुर्जे मंगाने पड़ते थे। विश्व के बाजारों में इससे सस्ते दामों पर इससे अच्छी आधुनिकतम मशीनें बिक रही थीं, जिनकी अदायगी की किश्तें भी इससे कहीं आसान थीं; किन्तु तिमिर वरन ने अपने कुछ व्यक्तिगत स्वार्थों की पूर्ति के लिए, विशेषज्ञों की राय के विरुद्ध आयात के आदेश दिलवा दिए थे।

वे भारी-भारी मशीनें अब बेकार पड़ी थीं। उनमें जंग लग रहा था। कोई उन्हें मिट्टी के मोल भी खरीदने को तैयार नहीं था।

ऐनी के माध्यम से तिमिर वरन के मंत्रालय के भी बहुत-से रहस्य विदेशियों तक पहुंच चुके थे। इसलिए हो सकता है, इस कांड में तिमिर वरन के समर्थकों का हाथ रहा हो।

रथीन शंकर की राय कुछ और थी। अमोलक, सुयश तथा पी० पी० का पहले आश्रम में बहुत आना-जाना था। ये लोग कभी तिमिर वरन के पक्के समर्थक माने जाते थे। इन लोगों ने प्रधानमंत्री के सत्ता सम्भालते ही, उन्हें अपदस्थ करने के लिए अनेक षड्यंत्र रचे थे। चुनाव के लिए एकत्र धन में भी कुछ कम हेरा-फेरी नहीं हुई थी। कई फर्जी कारखाने कागजों पर खड़े किए गए थे। उन कागजी कारखानों से हुए उत्पादन का विवरण भी तैयार किया गया था। उनसे अर्जित विदेशी मुद्रा की राशि का ब्यौरा तक संसद में प्रस्तुत किया गया था; लेकिन बाद में वे कारखाने कहां चले गए? इस सम्बन्ध में न तो कभी किसी उच्च पदाधिकारी ने ही प्रश्न उठाया और न देश की जाग्रत जनता ने ही इसका हिसाब मांगा। बात आई-गई हो गई।

ऐनी इन सबकी साक्षी थी। उसका झुकाव दल के विरोधियों की ओर बढ़ रहा था, इसलिए इस हत्या कांड के पीछे उन लोगों का संकेत रहा हो, तो आश्चर्य नहीं।

गेरुए परिधान में लिपटे शेषगिरि की गुरु-गम्भीर आकृति और भी अधिक भारी हो गई थी। हर क्षण भीषण तनाव बना रहता।

साधना-कक्ष में ध्यान की मुद्रा में हर क्षण बैठे रहते वह। उनकी प्रत्येक गतिविधि पर कठोर दृष्टि रखी जा रही थी। कितने नम्बर की कार, कब आश्रम में आई, शेषगिरि ने फोन पर किससे क्या बातें कीं, सारी बातों का लेखा-जोखा था केन्द्रीय गुप्तचर विभाग के पास। जहां-

जहां वह जाते, छाया की तरह लोग उनका पीछा करते रहते।

इन कुछ ही दिनों में उनके चेहरे की कान्ति काफी धुंधला गई थी। एक तो अवस्था का बोझ, उसपर अन्तहीन चिन्ताएं ; पर दृष्टि में अब तक वही पैनापन था।

इतने विरोधों के बावजूद बहुत-से मंत्री, संसद-सदस्य तथा सम्माननीय लोग अब भी उनके चरण स्पर्श कर स्वयं को धन्य समझते थे।

ऐसे लोगों की संख्या कम न थी, जिनके लड़खड़ाते जीवन को शेषगिरि ने नयी दिशा-दृष्टि दी थी। भले ही राजनीति के कुटिल प्रभाव के भय के कारण वे कुछ न कह पाते हों, पर मन के किसी कोने में श्रद्धा एवं आदर का भाव अब भी विद्यमान था।

जो प्रधानमंत्री उनके अस्तित्व के लिए खतरा पैदा कर रहे थे, उनके लिए क्या-क्या नहीं किया था ! सारी नैतिक मान्यताओं को ताक पर रखकर, विधायकों की खरीद-फरोख्त के समय किस निम्न स्तर तक उतर आए थे। तिमिर वरन को शक्तिहीन करने के लिए जो जाल रचे जा रहे थे, उनसे वह क्षुब्ध थे। राजनीति के आंगन में तिमिर नाम के पौधे को लगाने का श्रेय उन्हीं को था, फिर वह कैसे सहन कर पाते कि किसी के कोप के अंगारों से वह यों झुलस जाए।

वृद्धा गोदावरी रोती हुई आई थी, 'अगर यह सब हो गया, तो मेघना का क्या होगा ?' अजित की मृत्यु के बाद पता नहीं क्यों मेघना परेशान-सी नजर आने लगी थी।

त्रिपुण्डधारी शेषगिरि अंधियारे में जैसे कुछ टटोलते रहे थे।

'सुबोध ने घर में ही विद्रोह शुरू कर दिया है। गोदावरी कुछ रुककर बोली, 'सुना है मेघना के प्रश्नों पर दोनों बाप-बेटों में बड़ी तकरार हुई। जो कुछ हुआ या जो कुछ हो रहा है, उसकी मां सारा दोष मेघना के सिर पर मढ़ना चाह रही है कि जब से यह कोठी में आई है, तभी से मुसीबतों का सिलसिला शुरू हुआ है।'

'कहीं तिमिर वरन को त्यागपत्र देना पड़ा तो ?' गोदावरी की सजल आंखें आशंका से और बड़ी-बड़ी हो आईं, 'मैं आत्महत्या कर लूंगी बाबा।' वह दहाड़ मारकर रो पड़ी।

इस्पात की चट्टान तनिक विचलित हुई इस बार। सामने की दीवार

से दृष्टि हटी, 'यह क्या कह रही हो गोदावरी!' उन्होंने भारी आवाज में कहा, 'तिमिर को क्यों त्यागपत्र देना पड़ेगा? उसके समर्थकों की संख्या अभी भी सबसे अधिक है। पांच-छ: राज्यों के मुख्यमंत्री उसके साथ हैं। दल के अध्यक्ष उसका समर्थन करने के लिए कोई भी खतरा उठाने को तैयार हैं।' खादी की जोगिया चादर कन्धे पर झटके से फेंकते हुए आगे बोले, 'यह भी असम्भव नहीं गोदावरी कि प्रधानमंत्री को ही पद से मुक्त होना पड़े। इस बार सारा देश ज्वालामुखी पर बैठा है। किसी क्षण कुछ भी हो सकता है!'

गोदावरी कब चली गई, उन्हें पता न चला। वह उसी तरह कमरे में बेचैन-से भटकते रहे। कहने के लिए तो आवेश में वह बहुत कुछ कह गए थे; किन्तु जब से, जिस तरह से विधुशेखर की सरकार गिरी, उनकी सारी मान्यताएं बदल गई थीं। प्रधानमंत्री के समर्थकों से निपटना इतना आसान न लग रहा था।

विधुशेखर सरकार को गिराने का सारा श्रेय पी० पी० ने बड़ी चतुराई से स्वयं ले लिया था। अतः प्रधानमंत्री की ओर से कुछ और छूट मिल गई थी। प्रभुपाद पण्डित जैसे वरिष्ठ वयोवृद्ध मंत्री तक को प्रधानमंत्री से मिलने से पूर्व पी० पी० से मिलना पड़ता था। राजनीतिक अस्थिरता के कारण यद्यपि प्रधानमंत्री इधर कुछ अधिक उदार हो गए थे, फिर भी पी० पी० से मिले बिना प्रधानमंत्री तक पहुंच पाना किसी के लिए भी सम्भव न था। सुयश और अमोलक का मंत्रिमंडल में महत्त्वपूर्ण स्थान होते हुए भी वे पी० पी० से घबराते थे। राज्यों के मुख्यमंत्री या राज्यपाल राजधानी आते तो सबसे पहले पी० पी० को ही सलाम झुकाते। मुख्यमंत्री पद के लिए उम्मीदवार बहुत-से दूरदर्शी कुशल राजनीतिज्ञ पी० पी० के द्वार पर धरना दिए बैठे रहते।

कुछ ही समय में पी० पी० ने सिद्ध कर दिया कि कूटनीतिक दाव-पेचों में वह कितने माहिर हैं। प्रायः हर मंत्री के कार्यालय में अपने विश्वास-पात्र एक-एक पी० ए० की नियुक्ति बड़ी चतुराई के करवा दी थी जो सारी घटनाओं की सूचना नित्य-प्रति पहुंचाते रहते थे। नया मंत्री नियुक्त हुआ नहीं कि पी० पी० का एक आदमी वहां दाखिल। राजधानी लौटते ही एक नया गुल खिला दिया था पी० पी० ने। शेषगिरि के आश्रम

में फूट डलवाकर एक और बखेड़ा खड़ा करवा दिया था। शेषगिरि के अनन्य शिष्य सुमनाक्षर किन्हीं कारणों से अप्रसन्न थे शेषगिरि से। उन्हें किसी तरह अपनी ओर लेकर शतरंज की नयी चाल चलवा दी थी।

कुछ समय तक वह आश्रम की गतिविधियों की सूचना देते रहे और फिर एक दिन खुला विद्रोह करवा दिया। शेषगिरि को कितने ही जघन्य अपराधों के लिए दोषी ठहराया। इनके प्रमाण प्रस्तुत करने के दावे भी किए गए, जिससे शेषगरि की प्रतिष्ठा पर गहरा आघात पहुंचा।

अपमान के जहर का कड़वा घूंट पीकर, तिलमिलाकर रह गए शेष-गिरि। राजधानी में एक नया आश्रम खुलवा दिया था पी० पी० ने। दो-तीन बड़ी-बड़ी सरकारी इमारतें इस कार्य के लिए दिलवा दी थीं। रातों-रात टेलीफोन के तार खिंच गए थे। दरवाजे पर कारों का जमघट लगवा दिया था। सरकार की ओर से सारी सुविधाएं उपलब्ध की गई थीं। जीपों की कतारें अब इधर लगने लगी थीं। समाजवाद के नये पोस्टरों के वित-रण का नया कार्य नये करुणा को सौंपा गया था। एक नये सम्माननीय शेषगिरि को यहां स्थापित कर दिया गया था।

पर जब से कुछ अज्ञात लोगों ने शेषगिरि पर अचानक आक्रमण किया और आश्रम को जलाने की असफल चेष्टा की, शेषगिरि का सारा सन्तुलन बिगड़ गया था। पहले कभी इनका विचार था कि वह सारा ताम-झाम त्यागकर हरिद्वार चले जाएंगे। अपने अन्तिम दिन वहीं एकान्तवास में, प्रभु का चिन्तन करते हुए व्यतीत करेंगे; किन्तु अस्थिर राजनीति की इस प्रचण्ड आंधी ने सारे संकल्पों को डिगा दिया था।

कुछ दिन वह बिलकुल एकान्त में रहे, अज्ञातवास की स्थिति में। सारी-सारी रात बैठकर बिता देते।

अंधियारे तहखानों से जब एक दिन वह बाहर निकले तो एक और शेषगिरि थे। स्वयं ही जीप चलाकर रात के अंधियारे में कोठी नम्बर तीस पर पहुंचे। सारी रात तिमिर वरन से विचार-विमर्श करते रहे। अन्त में चाणक्य की तरह वज्र-संकल्प के साथ बाहर निकले, जब तक सत्ता न उलट दूं, चैन की सांस न लूंगा।

और एक दिन फिर सहसा अन्तर्धान हो गए। किधर, कहां गए, स्वयं उनके आश्रमवासियों तक को पता न चला!

चौदह

कुछ दिनों तक बैठकें चलती रहीं। कल्पना दत्ता का रौद्र रूप सामने उभर आया था। वह साक्षात महाकाली बनी हुई थीं। उनका आरोप था कि इस सारी स्थिति के लिए तिमिर वरन दोषी हैं। प्रधानमंत्री को यदि दल से पहले ही निष्कासित कर दिया जाता, तो सम्भवतः आज यह दिन न देखना पड़ता। रथीन शंकर और सगीर अहमद भी इस बात का खुलकर समर्थन कर रहे थे। उनका मत था कि यदि यह सब पहले हो जाता तो विधुशेखर की सरकार न उलटती। रंजन पटेल का ऐसा अन्त न होता और अब मुख्यमंत्री गणेशन को यह सब न झेलना पड़ता।

पाणिग्रही तटस्थ दर्शक की तरह चुप बैठे थे। कोई बड़ा खतरा मोल न लेने की तिमिर वरन की नीति का उन्होंने भी समर्थन किया था कभी ; पर अब ऐसा कोई रास्ता न सूझ रहा था, जिससे वर्षों से संचित अपनी प्रतिष्ठा ही बचाई जा सके, पद-रक्षा तो बहुत दूर की बात थी।

दल के मुख्य कार्यालय में बड़ी गहमा-गहमी थी।

प्रधानमंत्री के हाथ में सारे देश की बागडोर थी; किन्तु दल की सत्ता मुख्यतः तिमिर वरन के समर्थकों के पास थी। जो निर्णय वह लेते, उसको पूर्ण बहुमत मिलने की पूर्ण सम्भावना थी, पर अब सबको लग रहा था कि वह अवसर हाथ से निकल गया है।

तीसरे दिन भी बैठक अभी चल ही रही थी कि प्रधानमंत्री के निकट सूत्रों से पता चला, तिमिर वरन-समर्थक सभी सात केन्द्रीय मंत्रियों को हटाए जाने का निर्णय लिया जा रहा है। प्रधानमंत्री ने पत्रकारों के साथ योजित अपनी मासिक बैठक में इस बात की ओर इंगित कर दिया था कि वह एक उच्चस्तरीय आयोग का गठन करने जा रहे हैं, जिसमें मंत्रियों पर लगाए गए भ्रष्टाचार के सभी मामलों पर विचार होगा।

जनता जानती थी कि इस समय ऐसे वक्तव्य का क्या अर्थ है! विद्यार्थी आन्दोलनों पर इसके प्रभाव पड़ने की सम्भावना थी तथा तिमिर वरन-समर्थकों के लिए एक नयी चुनौती भी।

इसी के दूसरे दिन किसी उग्रपंथी साप्ताहिक समाचारपत्र ने सनसनी खेज समाचार प्रकाशित किया था कि किस तरह से अपने मुख्यमंत्रित्व काल

में पाणिग्रही ने राज्य में इस्पात के कारखाने की स्थापना के समय लगभग चालीस लाख रुपये का घोटाला किया था। चुनाव फण्ड के लिए किसी कुख्यात तस्कर से लाखों की राशि बटोरी थी। किसी फिल्म-अभिनेता से भी लाखों रुपये लेने का आरोप था, जिसे पाणिग्रही ने आश्वासन दिलाया था कि उसका आयकर माफ करवा दिया जाएगा। विदेशी बैंकों में उनके हिसाब का ब्यौरा दिया गया था। महत्त्वपूर्ण दस्तावेजों के चित्र भी छाप दिए थे। यह सब था पूर्व नियोजित एक के बाद एक आक्रमणों का सिल-सिला। सारी कार्यकारिणी इससे हिल गई थी। किसी को सूझ न रहा था कि अब क्या करें?

कल्पना दत्ता बार-बार यही दुहरा रही थीं कि प्रधानमंत्री को दल से निकालने के अतिरिक्त अब कहीं कोई मार्ग नहीं रह गया है।

'ओन्को पार्टी से निकलना से भी क्या होगा आब?' राय चौधरी ने फटे बांस की-सी भारी आवाज में कहा, 'क्या आप सोचता है कि प्रधान-मन्तरी को पार्टी से निकाल देना से साब हो जाएगा? सारा प्रावलम साल्व! प्रधानमन्तरी का पास सारा सर्कारी मशीनरी है। वह दूसरा पार्टी खाड़ा कर सकता है। आपना लोगों में से आधा मानुस को अपना तरफ ऐट्रेक्ट कर सकता है। आपोजीशन से ऐट्रेक्ट कर सकता है। माछी का माफिक चारा फेंक सकता है। इस कन्ट्री में आब क्या बचा है बाबा! भेड़-बकरी का माफिक दो-दो टाका सेल-पर्चेज। आपना इविजस्टेन्स का लिए पीयम को कुछ भी कर सकता है। किसी लिमिट तक जा सकता है। तीनों फोर्सेज का जनरल का अपाइटमैण्ट इस बार अपना मर्जी से किया ना! लोग बोल्ता है मिलिट्रि का सी-इन-सी से तीन दिन में तीन बार मीटिंग कीया गोपचोप में!'

पिछले विघटन का इतिहास अभी धूमिल हुआ न था। उस समय भी कुछ-कुछ ऐसा ही हुआ था इसी तरह का। इस संकट में कुछ विदेशी ताकतें अपने समर्थकों का समर्थन स्पष्ट रूप से कर रही थीं।

पिछले आम चुनाव के समय विदेशों से प्राप्त धन का उपयोग सत्ता-रूढ़ दल ने ही नहीं, विपक्ष के कुछ दलों ने भी खुलकर किया था। जिसकी जितनी सामर्थ्य थी, उसका उतना उपयोग करने में कोई कोर-कसर न रख छोड़ी थी। जनता की निगाहों में कुछ प्रगतिवादी थे, तो कुछ प्रतिक्रयावादी

किन्तु उन सबकी आन्तरिक स्थिति में रंचमात्र भी अन्तर दुष्टिगोचर न होता था। विपक्ष को परास्त करने के लिए जो हथकण्डे एक दल अपना रहा था, लगभग वैसे ही दूसरा दल।

अध्यक्ष पाणिग्रही का आरोप था कि प्रधानमंत्री का किसी एक देश की ओर अधिक झुकाव हो गया है। गत चुनावों में उस देश ने लगभग 50 करोड़ रुपये की सहायता प्रदान की थी, सत्तारूढ़ दल को जिताने के लिए और जब अन्त में किसी तरह चुनाव जीत लिए गए, तब उसने इसकी पूरी-पूरी कीमत वसूल की थी। अपने समर्थक मंत्रियों को सत्ता में महत्वपूर्ण स्थान दिलाने के लिए खुले आम सौदेबाजी की थी। स्थिति अब यहां तक पहुंच गई है कि प्रधानमत्री कोई भी निर्णय लेने के लिए स्वतंत्र नहीं। बिना शर्तों के दी जाने वाली सहायता के पीछे भी बहुत-सी शर्तें होती हैं। प्रधान मंत्री के लिए उन्हें पूरा करना बड़ा कठिन हो जाता है। इनकी वजह से अन्तर्राष्ट्रीय जगत में प्रतिष्ठा गिर रही है। प्रधानमंत्री बुरी तरह घिर गए हैं। अपनी सुरक्षा की व्यवस्था भी उनकी इच्छानुसार नहीं हो पा रही है। ऐन मौके पर हवाई जहाज के पायलेट बदल दिए जाते हैं।

ऐसी स्थिति में प्रधानमंत्री को दल से अलग करने या हम लोगों को अलग हो जाने का अर्थ होगा, देश का सर्वनाश। प्रधानमंत्री हमेशा-हमेशा के लिए ऐसे ग्रुप में चले जाएंगे, जहां से बाहर निकल पाना प्राय: असम्भव होगा और देश अर्द्ध-दासता के बन्धनों में जकड़ जाएगा।

किन्तु लोगों का अनुमान इससे भिन्न था। वे मानते थे कि दल से निकाल दिए जाने के बाद प्रधानमंत्री सत्ता पर टिक ही नहीं पाएंगे तो फिर ऐसी आशंकाओं के क्या अर्थ? इसलिए इस कार्य में विलम्ब नहीं किया जाना चाहिए।

'सप्पोज, वह गोमेण्ट में फीर भी टीका रहा तो···तो···!' राय चौधरी ने प्रश्नसूचक दृष्टि से देखा चारों ओर।

'तो चौधरी भाई! हम मर तो नहीं जाएंगे और न मुल्क ही समाप्त हो जाएगा, क्षण-भर में।' सिंहनी की तरह गरजी श्रीमती कल्पना दत्ता, 'हम जन-आन्दोलन करेंगे। सत्याग्रह करेंगे और प्रधानमंत्री को संवैधानिक तरीके से हटा देंगे!'

तिमिर वरन के पत्थर-से कठोर होंठों पर एक व्यंग्य-भरी फीकी मुस-

कराहट आई और ओझल हो गई। कुछ क्षण बाद किंचित् सोचते हुए बोले वह, 'संवैधानिक मार्ग की बातें करते हैं आप! संविधान के लिए यहां जगह ही कहां है? प्रधानमंत्री के मुंह से जो निकल जाता है, वहीं संविधान है। देश का इससे बड़ा दुर्भाग्य और···।' कुछ कहते-कहते वह अटके पड़े और फिर मौन हो गए।

'तिमिर भाई! आपकी ही बदौलत है यह सब। आपने ही इनका नाम प्रधानमंत्री पद के लिए प्रस्तावित किया था।' कल्पना दत्ता ने अपने मोटे हाथ हवा में उछाले।

प्रत्युत्तर में तिमिर वरन कुछ कहना चाहते थे; पर कह न पाए।

'सत्ता पर टिके रहने से अब कुछ बनेगा नहीं!' वृद्ध प्रियरंजन बोले, न हम टिक सकते हैं, न हमें हराकर प्रधानमंत्री ही। शिवसुन्दरम ने रिजा यन के समय जो वक्तव्य दिया था, उसमें कुछ सार्थकता थी। बुद्धिमानी का काम किया था उन्होंने दूरदर्शिता का। पी० एम० अधिक-से-अधिक कुछ महीने टिक सकते हैं। जिस तरह से अकाल-महामारी फैल रही है, जिस तरह से बेरोजगारी बढ़ रही है, जिस तरह से उत्पादन गिर रहा है, और भ्रष्टाचार बढ़ रहा है और विद्यार्थी सिर पर कफन बांधकर मैदान में उतर आए हैं, उनसे आसार अच्छे झलकते नहीं। देश के चारों ओर शत्रु राष्ट्रों द्वारा परमाणु-प्रक्षेपणास्त्रों के अड्डे बना दिए गए हैं। उनके युद्धपोत हिन्द महासागर में खुलेआम गश्त ही नहीं लगाते, हमारी सागरीय सीमा को उल्लंघन कर हमें चुनौती भी दे रहे हैं। हमारी सेनाओं में भी वाम-पंथी और दक्षिणपंथी राजनीति घुस गई है। जनता द्वारा चौराहों पर लटका दिए जाने से पहले ही हमारा स्वयं हट जाना श्रेयस्कर है।'

रथीन शंकर इस पर झल्ला उठे। कायरों की तरह चुपचाप खिसक जाने की अपेक्षा, कुछ कर गुजर जाने के पक्ष में थे वह। उनकी मान्यता थी कि यदि प्रशासन का ढांचा बदला जा सके तो देश की स्थिति अभी भी सम्भाली जा सकती है।

प्रियरंजन तिमिर वरन के कान के पास मुंह ले जाकर बोले, वरन बाबू! अभी भी कुछ बिगड़ा नहीं। सत्ता को छोड़कर विद्यार्थी आन्दोलनों को अपना कोआपरेशन दें, तो पी० एम० की चेयर यों हिल सकती है, योंऽ!' उन्होंने अपने बूढ़े हाथों को हवा में हिलाते हुए कहा, 'अपोजीशन

के लोग भी हमारे फेवर में हो सकते हैं। याद रखिए, फ्यूचर में वही पार्टी रूल करेगी, जिसे विद्यार्थियों का कोआपरेशन मिल पाएगा।'

'हमें अपमानित करके सत्ता से हटाया गया तो इसके दोषी तिमिर बाबू होंगे।' प्रशान्त स्वभाव के छोटन प्रसाद भी आज अंगारा बने हुए थे। सगीर अहमद उनसे चुपके से कुछ कह गए थे। तभी दो-तीन लिखित चिटें पाणिग्रही के पास आईं, जिन्हें पढ़कर वह कहीं गहरे में डूब गए।

किसी ने संवैधानिक रुकावटों का भी प्रश्न उठाया था। तिमिर वरन ने चारों ओर देखा, उनके अपने ही लोगों की आंखों में उनके प्रति एक तरह का दमित आक्रोश उभर रहा था और वह उन आंखों की चुभन सह न पा रहे थे। आधी रात बीतने पर भी जब कोई निष्कर्ष नहीं निकला तब सर्वसम्मति से मामला अध्यक्ष पर छोड़ दिया गया।

हलके-से झटके के साथ पोर्च पर लम्बी गाड़ी रुकी ही थी कि उन्हें होश आया। ड्राइवर ने फुर्ती से उतरकर दरवाजा खोला, तनिक आदर से किंचित् झुककर, सलामी बजाने के जैसे अन्दाज में; पर तब भी वह उसी तरह बैठे रहे। चाहकर भी उठा नहीं गया।

कुछ महत्त्वपूर्ण कागजों पर दस्तखत करवाने के लिए कृपाराम ऊंघता हुआ बैठा था। अतिरिक्त सचिव परमार घर जाने से पहले आदेश दे गया था कि जब तक वह न लौटे, प्रतीक्षा करता रहे।

लाल बारीक बजरी पर धस्स-से कार रुकने की आवाज सुनते ही वह बाहर की ओर दौड़ा और उनके कुछ कागज सम्भालता हुआ, उन्हें सहारा देता हुआ सीधे उनके शयन-कक्ष की ओर बढ़ा।

डाक्टर सूद के सहसा अमेरिका चले जाने के कारण उनके स्वास्थ्य की जितनी देख-रेख होनी चाहिए थी, हो न पा रही थी। डाक्टर सेन सुइयां लगा जाते थे, जिनसे इधर कुछ दिनों से कोई विशेष लाभ न हो पा रहा था। कटे हुए विशाल वृक्ष की तरह तिमिर वरन धम्म-से बैठ गए, बिछौने पर। बाहर से शान्त दीखने के प्रयत्न के बावजूद उनके अन्तर में कहीं तूफान उमड़ रहा था। यह अनिर्णय की स्थिति अन्ततोगत्वा इतनी घातक होगी, उन्होंने कल्पना तक न की थी।

प्रधानमंत्री उनका विभाग स्वयं सम्भाल रहे हैं और उनसे, मात्र

औपचारिकता निभाने के लिए बिना विभाग के मंत्री के रूप में कार्य करने का आग्रह करने वाले हैं। कल तक इसकी विधिवत् घोषणा की सम्भावना है, बैठक में ही किसी ने चुपके से बतला दिया था। तब से उनकी स्थिति और भी गम्भीर हो गई थी। इतना बड़ा अपमान।

एक ओर अपने ही लोगों का आक्रोश, दूसरी ओर प्रतिपक्ष का तिरस्कार। तिमिर वरन को सूझ न रहा था कि यह हो क्या रहा है।

उन्हें लग रहा था, मिसेज दत्ता का आरोप गलत न था। यदि वह तनिक भी सतर्कता बरतते, तो प्रधानमंत्री आज स्वयं सड़क पर होते, फिर देखते हस्ताक्षर-आन्दोलन में कितने संसद-सदस्य उनका साथ देते! वित्तमंत्री प्रभुपाद पण्डित का झुकाव किस तरह उनकी ओर होता? गृह-मंत्री को भी उस कैम्प में जाने का मौका न मिल पाता? यदि पाणिग्रही पर दबाव न डालकर कोई निर्णय ले लेते, तो आज यह दिन न देखना पड़ता। देर तक इस तरह पाल्थी मारे बैठे-बैठे भी चैन मिला नहीं, तो वह हौले-से उठे और अपनी पुरानी आदत के अनुसार कमरे में ही चहल-कदमी करने लगे, डगमगाते पांवों को स्थिर रखने का प्रयत्न कर रहे।

वह माथा दबाए आबनूसी कुर्सी में धंस गए, बचा ही क्या है अब, जिसके लिए चिन्ता की जाए!

आज देश की जो स्थिति हुई, क्या उसके लिए हम भी जिम्मेदार नहीं? अपने बचाव के लिए प्रधानमंत्री पर ही सारे आरोप लगाकर क्या हम निर्दोष सिद्ध हो सकते हैं? राष्ट्रीयकरण का नारा लगाकर भी क्या बना? क्या हड़तालें करवाके? उत्पादन ही नहीं होगा, तो वस्तुएं अपने-आप महंगी होंगी। वस्तुएं महंगी होंगी, तो अपने-आप चोर-बाजारों को, मुनाफाखोरों को प्रश्रय मिलेगा और गरीब जनता पिसेगी!

काले धन के सहारे चुनाव जीतने वाली सरकार क्या न्याय करेगी? इतने वर्षों तक हमने क्या किया? वह शून्य में जैसे कुछ टटोलने लगे?

अराजकता इसी तरह बढ़ती चली गई तो जनतंत्र कितने दिन टिक पाएगा? उन्हें लगा, सत्ता से वह हट गए हैं। यह सब होने से पहले ही हटा दिए गए हैं। ऐसी स्थिति में क्या होगा? हो सकता है, सैनिक तानाशाही उभर आए और अपने पांव मजबूत कर ले, तब सुबोध के कार-खाने कितने दिन चल पाएंगे? रिश्तेदारों के नाम खड़ी ये ऊंची-ऊंची

कोठियां, ये रंग-बिरंगी कारें, बैंकों में गलत नामों से जमा करोड़ों की राशि, सब कितने दिन चलेंगे?

हो सकता है, उनके जीते जी ही बच्चे सड़क पर कहीं भीख मांगते फिरें? यह भी असम्भव नहीं कि आने वाले कल की कोई नई सरकार सैनिक अदालतों में उनपर मुकदमे चलाए और उन्हें सरेआम फांसी पर लटका दे। झटके से वह उठ खड़े हुए। अपने पर ही उन्हें झुंझलाहट होने लगी कि वह इस तरह की ऊल-जलूल बातें क्यों सोच रहे हैं? ऐसा भी कहीं हो सकता है? उन्हें शक्तिहीन करना प्रधानमंत्री क्या किसी के लिए भी इतना आसान, तभी खटाक से दरवाजा खुला। भोजन का थाल लिए मेघना सामने खड़ी थी।

पढ़ने की बड़ी मेज पर थाल रखकर मेघना पास आई। कुर्सी के हत्थे पर धीरे-से टोपी रखकर, तिपाईनुमा मेज पर स्वयं टिककर बैठ गई, 'क्या डिसिजन लिया?' उसने बड़े शांत-भाव से पूछा।

लेकिन उसे टालने के जैसे अन्दाज में बोले तिमिर वरन, 'अभी तो कुछ नहीं। पी० एम० को शायद शो काज नोटिस दिया जा सकता है।'

'इससे क्या होगा?' मेघना कुछ सोचती हुई बोली, 'दल की प्राथमिक सदस्यता से मुक्त करना इतना आसान तो नहीं, फिर पी० एम० को तीनों सेनाध्यक्षों का सहयोग है। शायद यही सोचकर उन्होंने प्रतिरक्षा मंत्रालय अपने हाथ में ले लिया है। हो सकता है ऊ-नू की तरह कुछ दिनों के लिए स्थल-सेनाध्यक्ष के हाथ में देश की बागडोर सौंप दें!' तिमिर वरन उसी तरह चुप बैठे रहे। मेघना को भोजन ठण्डा होने का अहसास हुआ। लपकती हुई मध्यम आकार की गोल मेज उठाकर लाई और उसपर भोजन सजाती हुई बैठ गई।

'एकदम ऐसा लगता तो नहीं, वैसे सब कुछ हो सकता है; पर मिलिट्री को पालिटिक्स में धकेलना इतना आसान नहीं।' तिमिर वरन हौले से उठे और भारी-भारी कदम रखते हुए बाथरूम की ओर लपके।

सफेद रूमाल से हाथ पोंछते हुए फिर उसी कुर्सी पर बैठ गए।

चांदी की मोटी चम्मच से गरम-गरम सूप सुड़कते हुए, अपने होंठों को रूमाल से पोंछते हुए रुक-रुककर बोले, 'देश की हालत ऐसी नहीं कि कोई खतरा मोल लिया जा सके। हालात इतने बिगड़ चुके हैं कि मिलिट्री-

रूल भी कुछ नहीं कर पाएगा। मुझे तो एक आशंका है कि कहीं देश दो-तीन टुकड़ों में न बंट जाए!'

तभी न जाने क्या सूझा उन्हें। रोटियों को मुट्ठी में दबाकर निचोड़ने-से लगे।

'यह क्या कह रहे हैं?' आश्चर्य से मेघना ने पूछा, तो उनकी आकृति एकाएक कठोर हो गई। एकदम काली फौलाद जैसी।

गम्भीरता के ऐसे क्षणों में इनका चेहरा अजित से कितना मिलता-जुलता है! कितना डरावना! क्षण-भर के लिए मेघना के सारे शरीर में कम्पन-सा हुआ।

'मैं सोच रहा था मेघना! कि इन्हें निचोड़ने पर लहू टपकता है या नहीं।' कहते-कहते वह शून्य में खो गए।

पन्द्रह

प्रधानमंत्री को सूझ न रहा था कि यह सब क्या हो रहा है। दल के विपक्षियों पर विश्वास न था और अपने लोगों की स्थिति भी उनसे भिन्न न लग रही थी अब। पिनाकी प्रसाद यानी पी० पी० ने एक ऐसे आदमी को पद्मश्री की उपाधि दिला दी थी, जिसका डाकुओं के गिरोह से सम्बन्ध था। समाचारपत्रों ने इस प्रश्न को बहुत उछाला और अपने ही दल के कुछ संसद-सदस्यों ने इस ओर उनका ध्यान आकर्षित किया तो उन्हें बेहद झुंझलाहट हुई।

किसी विदेशी समाचार समिति ने प्रकाशित किया था कि गत दो महीने के भीतर लगभग 470 लोग पुलिस की गोली के शिकार हुए। संसार के किसी जनतान्त्रिक व्यवस्था वाले देश के इतिहास में ऐसी घटना अब तक नहीं सुनी गई है। इसपर शिवसुन्दरम् ने देशव्यापी आन्दोलन छेड़ दिया था। विद्यार्थी-आन्दोलनों का वह नेतृत्व कर रहे थे। देश के प्रायः सभी विश्वविद्यालयों की वह परिक्रमा कर चुके थे। जहां-जहां वह जाते, आग की लपटें फैलती चली जातीं।

अनिश्चित काल के लिए विश्वविद्यालय बन्द कर दिए थे। प्राध्यापक भी उन्हें हर सम्भव सहयोग प्रदान कर रहे थे। बहुत-सी कानूनी-व्यव-

स्थाएं विद्यार्थी-संगठनों ने अपने हाथ में ली थी। राशन की दुकानों में अव्यवस्था होती, तो लोग विद्यार्थियों का सहारा लेते। पुलिस जनता पर जुल्म करती, तो छात्र थाने पर धावा बोल देते।

भ्रष्टाचारी सरकारी कर्मचारियों का नगर में जुलूस निकालते। मुनाफाखोरों के वस्त्र उतारकर भीड़-भरे बाजारों में नंगा छोड़ देते। अनाज के कई व्यापारियों ने इस लज्जा को न सह पाने के कारण आत्म-हत्या कर ली थी। न्यायाधीशों को चेतावनी दे दी थी कि सरकार का सम-र्थन करने के लिए उन्होंने न्याय की हत्या की, तो न्यायालय ही नहीं फूंक दिए जाएंगे, बल्कि उन्हें जनता की अदालत में खड़ा होने के लिए विवश किया जाएगा।

समाज के ईमानदार लोगों की उन्होंने जगह-जगह अदालतें-सी बना दी थीं, जिनके फैसले सबको मानने पड़ते थे। ऐसी स्थिति में असामाजिक तत्त्वों पर अंकुश लगाने की भी व्यवस्था कर दी थी। गुण्डों को बस्तियों से मार-मारकर बाहर धकेल दिया था।

सरकार ने ऐसे बहुत-से लोगों को प्रश्रय दिया था जिनसे समय-समय पर विद्यार्थियों पर पथराव करवाए जाते थे। निरीह जनता को लूटने में ये पुलिस का साथ दिया करते थे। विद्यार्थियों ने इन्हें भी बख्शा नहीं और बहुत अच्छा सबक सिखा दिया था। थाने-के-थाने उन्होंने खाली करवा दिए थे।

राज्यों में विधायकों से ही नहीं, केन्द्र के संसद-सदस्यों से भी त्याग-पत्र दिलाने का अभियान आरम्भ हो गया था। लगभग 20 संसद-सदस्य तो इस्तीफे दे भी चुके थे। मंत्रियों एवं संसद-सदस्यों की कोठियों के बाहर विद्यार्थी धरना दे रहे थे। कुछ समय पहले राजधानी में लगभग 1 लाख विद्यार्थियों ने राष्ट्रपिता की समाधि पर उपवास किया था और एक मौन जुलूस समाधि से प्रधानमंत्री-निवास तक गया था। उसके बाद से विद्या-र्थियों की गतिविधियां और तेज हो गई थीं। जो आन्दोलन पहले कुछ राज्यों तक सीमित थे, वे सारे देश में फैल चुके थे।

विद्यार्थियों के रहने की, खाने की सारी व्यवस्था जनता कर रही थी। भूख लगी, तो पास के घर में खा लिया। रात हुई, तो किसी के बरा-मदे में सिर छिपा लिया। जाति, धर्म, प्रदेश सब कुछ भुलाकर सभी

विद्यार्थियों के सामने एक ही लक्ष्य था, देश की रक्षा का। देश की प्रगति का। देश का भविष्य, सबके भविष्य का पर्याय बन गया था।

पुलिस की गोली से शहीद हुए छात्रों की शवयात्रा निकलती, तो लोग अर्थी पर फूल बिखेरते और जै-जैकार के नारों से आसमान गुंजा देते। शिवसुन्दरम चौराहों पर खड़े होकर भाषण देते—

'राष्ट्रपिता ने कहा था, जब तक रामराज्य का सपना पूरा नहीं होता, आजादी अधूरी है। उसे पूरा करने के लिए नया रक्त चाहिए। बलिदान की नई भावना चाहिए। देश की प्रगति में जो बाधक हैं, वे देशद्रोही हैं। दुनिया के नक्शे में हमें तीसरी महाशक्ति के रूप में उभरना था; किन्तु हमारे अदूरदर्शी राजनीतिज्ञों ने इस देश को बन्धक बनाकर रख दिया है। जो हमें दासता की ओर ले जाती है, हमें वह कायर वैदेशिक नीति नहीं चाहिए। वे राजनीतिज्ञ हमें नहीं चाहिए, जो देश को ही गुमराह कर रहे हैं भ्रष्ट प्रशासकों से हमें मुक्ति चाहिए।'

आजादी के बाद पहली बार बुद्धिजीवी भी बाहर निकल आए थे, अपने सीमित स्वार्थों के नीड़ से। उन्होंने एक महान्यायालय का गठन किया था, जिसमें राजनीतिक अपराधियों पर मुकदमे चलाने की व्यवस्था की जा रही थी। मंत्रियों के विरुद्ध भ्रष्टाचार के मामले उठाए जाने वाले थे। तिमिर वरन, विधु शेखर ही नहीं, अमोलक, पी० पी० यहां तक कि प्रधानमंत्री के विरुद्ध लगाए जाने वाले आरोपों की जांच की भी सम्भावना थी। दुनिया के इतिहास में यह अपने ढंग की अनूठी घटना थी। जिसकी प्रायः सभी देशों में जोर-शोर से चर्चा हो रही थी।

प्रधानमंत्री परेशान थे। जाने कौन-सी समस्या किस रूप में खड़ी हो जाए! स्वाधीनता के पश्चात् देश के जितने सुप्रतिष्ठित लोगों की सरकार द्वारा अलंकरण एवं उपाधियां प्रदान की गई थीं, वे स्वेच्छा से उन्हें वापस कर रहे थे। देश के किन्हीं वयोवृद्ध नेता ने देशरत्न की उपाधि लेने से इनकार कर दिया था। जो लोग वापस करने में हिचकिचा रहे थे, उन्हें विद्यार्थियों का सामना करना पड़ रहा था। जब से किन्हीं राज्य मंत्री महोदय का उनके निर्वाचित क्षेत्र में सिर मुड़ाकर जुलूस निकाला गया, तब से सब लोग उधर जाने से कतरा रहे थे।

ऐसे नाजुक समय में दल का विघटन विनाशकारी होगा, यह सोच-

कर कुछ लोग बीच-बचाव का मार्ग निकालना चाह रहे थे; किन्तु प्रधानमंत्री मानते न थे, उनका अनुमान था कि अब तक की विफलताओं के लिए दोषी ठहराकर कुछ मंत्रियों को निकाल देने से सम्भवतः थोड़े समय के लिए सत्ता पर टिके रहना सम्भव हो जाएगा, इसलिए उन्होंने ही नहीं, उनके साथियों ने भी विरोधियों पर भ्रष्टाचार के आरोप लगाने आरम्भ कर दिए थे।

आवश्यकता पड़ने पर पूर्ण तानाशाही का विकल्प भी असम्भव नहीं, आकाशवाणी से अपने भाषण में प्रधानमंत्री ने संकेत दे दिया था। इस पर बुद्धिजीवियों ने ही नहीं, विद्यार्थियों ने भी भीषण रोष प्रकट किया था। 'जनतंत्र बचाओ' का आन्दोलन और तेज कर दिया था।

शिवसुन्दरम ने इनके विरोध में सेना से आग्रह किया कि उन्होंने न्यायपूर्ण मार्ग के लिए जूझने वाले निरीह विद्यार्थियों को संगीन से कुचलने में भ्रष्ट राजरीतिज्ञों का साथ दिया, तो इसके परिणाम भयंकर होंगे। देश सर्वोपरि है। सर्वोपरि है, देश का अस्तित्व। इस पर आंच आई, तो इसके नतीजे उन्हें भी भुगतने पड़ेंगे।

प्रधानमंत्री ही नहीं, किसी भी मंत्री का राजधानी से बाहर निकलना असम्भव हो गया था। सड़कों पर, रेल की पटरियों पर, हवाई अड्डे की ओर जाने वाले मार्गों पर निहत्थे विद्यार्थी बिछ जाते।

इस वर्ष गणतंत्र-दिवस पर कोई भी समारोह नहीं मनाया जा सका था। विद्यार्थियों ने कुछ हाथियों को सफेद रंग से रंगकर, खादी की सफेद चादरों से ढककर संसद-भवन के आगे खड़ा कर दिया था। उनके ऊपर मोटे-मोटे अक्षरों में लिखे पोस्टर टंगे थे, 'हमें जनता के कर्त्तव्यनिष्ठ प्रतिनिधि चाहिए, सफेद हाथी नहीं।'

संसद-सदस्यों को पत्थर-कंकड़ मिली रोटियां उपहार में दी गईं, 'आप उस जनता के प्रतिनिधि हैं, जिन्हें यह भी उपलब्ध नहीं!'

देश के बुद्धिजीवियों की ओर प्रधानमंत्री को एक विशाल झाड़ू भेंट किया गया था, जिसके साथ एक छोटी-सी चिट लगी थी, 'अब भी समय है, भ्रष्टाचार को बुहार फेंकिए!'

प्रातः प्रधानमंत्री से जब पी० पी० गुप्त मंत्रणा को और विस्तार से

यह सूचना दी कि अध्यक्ष उन्हें दल की प्राथमिक सदस्यता से भी मुक्त कर रहे हैं, तब उनके दिमाग का पारा सातवें आसमान पर चढ़ गया था। यदि दल की प्राथमिक सदस्यता ही न रही, तो प्रधानमंत्री के पद पर किस तरह बने रह सकेंगे?'

अपने समर्थक मंत्रियों एवं प्रमुख राजनीतिक सलाहकारों की आवश्यक बैठक बुलाई उन्होंने। लम्बी-चौड़ी बहसों के बाद, जो तय हुआ, उसपर विचार करते हुए वह अपने कक्ष में चले आए।

बड़ी-बड़ी लाल आंख माथे पर चढ़ी थी। सन-से सफेद बाल बिखरे हुए थे। वस्त्र अस्त-व्यस्त। बहुत-से प्रश्न एक साथ उन्हें मथ रहे थे। किस तरह, क्या करें, उन्हें स्पष्ट सूझ न रहा था। देर तक आंखें मूंदे बैठे रहे, सोफे में धंसे।

न जाने क्या सोचकर फिर धीरे-धीरे उनका शरीर ऐंठने लगा। होंठों पर गहरा खिंचाव'सा आया और मुट्ठियां भिंचने लगीं।

झटके से, आवेश में अकड़ते हुए वह उठे और तनकर खड़े हो गए, पहाड़ की तरह। बिजली की-सी तेजी से उनके पांव यंत्रवत् मेज की ओर बढ़े। घंटी का बटन टटोलकर अभी दबा ही रहे थे कि सचिव सरदेसाई हाथ बांधे सामने खड़ा था।

'डायरेक्टर इण्टेलिजेन्स को बुलाओ और पिनाकी को भी।' उत्तेजित स्वर में आदेश देकर कुर्सी पर बैठ गए।

पी० पी० मीटिंग से उठकर हांफते हुए आए।

'महासचिव से स्पष्ट बात करो कि वह चाहता क्या है? उसे मिनिस्टरी मिल सकती है यदि वह पाणिग्रही का साथ छोड़ दे।' प्रधानमंत्री ने हमेशा की तरह आदेश के लहजे में कहा। पिनाकी गरदन झुकाए, सिर झुकाए, कमर के पीछे दोनों हाथ बांधे कुछ क्षण 'जी'-'जी' कहते हुए खड़े रहे प्रधानमंत्री ने। उनकी ओर दुबारा न देखा और वह गोपनीय फाइलों में खो गए, तो पिनाकी मुड़कर चले आए।

केन्द्र का यह महत्त्वपूर्ण विभाग पहले कभी गृहमंत्री के अधीन हुआ करता था। केवल विशेष महत्त्व की फाइलें ही प्रधानमंत्री तक पहुंचती थीं; किन्तु इनसे पूर्ववर्ती प्रधानमंत्री ने न जाने क्या सोचकर इसे स्वयं सम्भाल लिया था। अतः सारे मामले, बिना किसी रुकावट के सीधे उन

तक पहुंच जाते थे।

उन्होंने राजनीतिक अस्थिरता को ध्यान में रखते हुए इधर 'गेस्तपो' गुप्तचरों के पीछे गुप्तचर प्रणाली-आरम्भ करवा दी थी। गुप्तचर विभाग के ऊंचे-ऊंचे अधिकारियों तक की गतिविधियों पर नजर रखने के लिए गुप्तचर विभाग के अनेक अधिकारी रहते। पता नहीं चलता, कौन किसका पीछा कर रहा है।

इससे सैन्य-विद्रोह की आशंका प्रायः समाप्त हो गई थी। सेना के तीनों अध्यक्ष एक साथ मिलने से कतराते थे। पता नहीं, प्रधानमंत्री इसका क्या अनुमान लगाएं? बाहर के लोगों से मिलने से भी बचते। अपने ही घर के लोगों से वर्तमान अराजक स्थिति पर बातें करने से घबराते थे।

ठीक यही स्थिति सचिवों की थी। मंत्रियों एवं मुख्यमंत्रियों की थी। विपक्ष ही नहीं, अपने पक्ष के मंत्रियों की दिनचर्या का ब्यौरा भी प्रधानमंत्री के पास रहता था। पी० पी० बताने से पूर्व ही दल की बहुत-सी गतिविधियों की सूचना उन्हें मिल चुकी थी। राजनीतिक-सूत्रों में यह अफवाह यहां तक फैल गई थी कि किस मंत्री ने रात को कितनी बार करवट बदली, इसका भी प्रधानमंत्री के पास हिसाब रहता है।

इसके कारण सर्वत्र दहशत का वातावरण रहता। कोई भी दल-संबंधी महत्त्वपूर्ण वार्ता मंत्री परस्पर फोन पर न करते और न स्वयं मिलकर ही। इसके लिए उन्होंने दूत-प्रणाली का आविष्कार किया था।

हर प्रभावशाली राजनीतिज्ञ के पास ऐसे विश्वस्त लोग थे, जो संदेशों का आदान-प्रदान किया करते थे।

कुछ समय तक यह प्रणाली बहुत लाभकारी सिद्ध रही ; किन्तु बाद में इसमें भी अनेक दोष निकल आए। एक मंत्री से दूसरे मंत्री तक पहुंचने से पहले ही कोई सूचना प्रधानमंत्री के कानों तक चली जाती।

प्रधानमंत्री को किसी मीटिंग से उठकर एक बार कहीं जल्दी पहुंचना था। उनकी कार के समीप जो कार खड़ी थी, उसे देखते ही उन्हें न जाने क्या सूझा, सीधे ड्राइवर के पास पहुंचे। उससे धीरे से पूछा, 'यह कार परसों रात ढाई बजे राम-सदन के आगे खड़ी थी?'

ड्राइवर इस अप्रत्याशित प्रश्न से एकाएक सकपका गया। उसके उत्तर देने से पहले ही पता नहीं उन्हें क्या सूझा, वह अपनी कार की ओर

लपके और ओझल हो गए। राजधानी के राजनीतिक क्षेत्रों में यह समाचार आग की तरह फैल गया। इससे रंग-रलियां मनाने वाले मंत्री बुरी तरह घबरा गए थे। एक तरुण राज्यमंत्री, जिन्हें किसी गुप्त-क्लब में जाने का बड़ा शौक था, अब स्वयं अकेले ही गाड़ी चलाकर रात के अंधियारे में निकल पड़ते। कोई गाड़ी देर तक उनके पीछे-पीछे चलती तो वह एकदम रास्ता बदल लेते।

हर जगह भय, संशय, अनिश्चय, कहीं कोई आनन्द न रह गया था।

प्रधानमंत्री जानते थे, भ्रष्टाचार की बाढ़ में देश गले तक डूब गया है; किन्तु कहीं कोई किनारा सूझता न था।

कल्पना दत्ता को संसद तक लाने का श्रेय उन्हीं को ही था। उनके विरुद्ध कम आरोप न थे। संसद के सदनों में वर्षों तक कम हंगामे न हुए थे। विपक्षी दल के नेताओं पर दबाव डालकर, बहुत से मामलों को संसद में चर्चा होने से पूर्व ही समाप्त करवा दिया था। जो आरोप आज वह औरों पर लगा रहे थे, उनसे किसी भी अर्थ में भिन्न न थे, उनपर लगाए गए आरोप।

बाहर से कितना ही विरोध करे, अपने पद का लाभ उठाकर भले ही लोगों की ज़ुबान पर कितने ही ताले डलवा दें; परन्तु अपनी अन्तरात्मा को धोखा देना क्या सम्भव था?

परन्तु आज समय अपने नहीं, औरों के विषय में सोचने का था। अपनी कमियों का नहीं, दूसरों की कमियों का पर्दाफाश करने का था। अतः इस अन्तिम ब्रह्मास्त्र को छोड़ने के अतिरिक्त और कोई भी विकल्प रह न गया था।

डायरेक्टर श्रीधरन 'यस सर' की मुद्रा में सामने खड़ा था।

सरदेसाई से कुछ टाइप किए गए नामों की सूची मंगाकर उन्होंने आगे बढ़ाई, 'इनके विरुद्ध भ्रष्टाचार के सारे मामले शाम तक मेरी मेज पर होने चाहिए। शिवसुन्दरम के भी। उन्हें कौन-कौन फायनेन्स कर रहा है, इसकी भी लिस्ट तैयार करो। भाषणों को टेप···।'

अपने तमतमाए गम्भीर चेहरे पर उन्होंने हाथ रखा और फिर काल बेल बजाकर अतिरिक्त सचिव सेमुअल को बुलाया। सेमुअल के आने से

पहले ही डायरेक्टर, चुस्ती से उठकर बाहर निकल गया था।

'चीफ मिनिस्टर्स कान्फ्रेन्स की डेट तय करके बताओ, इसी वीक में। ऐटेमिक इनर्जी प्लाण्ट का उद्घाटन कैन्सिल करो। कैबिनेट की इमर-जेन्सी मीटिंग बुलाओ अभी।'

प्रधानमंत्री ने सामने दीवार पर टंगी, सुनहरे फ्रेम की गोल घड़ी की की ओर देखा। झट से दरवाजा खोला और बाहर की ओर निकल पड़े।

सोलह

शिवसुन्दरम साहसी योद्धा की तरह निरन्तर संघर्ष करते आए थे। कभी विदेशी सरकार को नाकों चने चबाए, तो कभी अपनी ही सरकार को गलत नीतियों के कारण आड़े हाथों लिया। उनके विरुद्ध भ्रष्टाचार या भाई-भतीजावाद का एक भी आरोप न था।

मन्त्रिपद पर रहते हुए जितना पैसा मिला, उन्होंने सब अनाथालयों में, अस्पतालों में, गरीब बच्चों की पढ़ाई में फूंक दिया था। त्यागपत्र के समय उनके पास धेला तक न था।

अपनी जिन्दगी की अन्तिम लड़ाई में उन्होंने सब कुछ झोंक दिया था। इस रुग्णावस्था, वृद्धावस्था के बावजूद वह जगह-जगह भटक रहे थे। सुबह इस शहर में, तो शाम किसी और नगर में। आजादी मिलने से कुछ वर्ष पूर्व का-सा दृश्य उपस्थित हो गया था सारे देश में। विद्यार्थी ही नहीं, बच्चे, बूढ़े, औरतें सब निकल आए थे बाहर। ज्यों-ज्यों सर-कार का दमन बढ़ रहा था, त्यों-त्यों आन्दोलन भड़क रहे थे।

औरतों ने गहने उतारकर दे दिए थे। छोटे-छोटे बच्चे अपनी जेब-खर्च की राशि जमाकर आन्दोलनकारियों को दे देते। तरह-तरह का अपमान सहकर भी बुद्धिजीवी अपनी आहुति के लिए तत्पर थे।

शिवसुन्दरम ने सिर पर सफेद टुकड़ा बांधने वालों का एक नया सम्प्रदाय खड़ा कर दिया था, सफेद वस्त्र कफन का प्रतीक था।

राष्ट्रपिता की पुण्यतिथि को इस बार अनोखे ढंग से मनाया था। देश के प्रायः सभी प्रमुख नगरों में सिर पर सफेद टुकड़े बांधे, नंगे पांव चलते हुए लाखों विद्यार्थियों के मौन-जुलूस निकलते थे। पुलिस द्वारा

लाठियां बरसाए जाने के बावजूद प्रतिकार के रूप में जिन्होंने जबान तक नहीं खोली थी, हाथ उठाना तो दूर की बात रही।

इस बार राजधानी आने पर शिवसुन्दरम प्रधानमंत्री के आग्रह पर भी उनसे मिलने न गए। प्रधानमंत्री के विशेष दूत बनकर कुछ संसद-सदस्य उनसे मिलने आए तो उन्होंने दो-टूक कह दिया था कि देश को बचाने के हेतु अपने प्राणों की बलि चढ़ाने का संकल्प वह ले चुके हैं।

तिमिर वरन के कुछ अन्तरंग साथी हवाई अड्डे पर उनके स्वागत के लिए पहुंचे थे इस बार। तिमिर वरन ने उन्हें अपनी ओर से हर सहायता का वचन दिया, तो वह अबोध बच्चे की-सी निश्छल हंसी में देर तक हंसते रहे, 'अपना साथ 'कोआपरेशन' देना के लिए आपको पालिटिक्स छोड़ना पड़ेगा, तिमिर बाबू। जो प्राइमिनिस्टर को अपोज करता हय, करेप्शन का लिए, ओह आप लोग कइसे सपोर्ट करेगा। आपने कुच्छ कम कीया हय बाबाऽ!' वह हंसते रहे, 'अभी भी टायम हयऽ। हम बोल्ता हयऽ रिजायन कर दो। प्राइमिनिस्टर को भी बोला, वह सुन्ता नहीं, तो हम किया करेगाऽ?'

देश के बुद्धिजीवियों के सहयोग से इस आन्दोलन को एक नई दिशा-दृष्टि मिल गई थी। शिवसुन्दरम ने एक महासम्मेलन में बड़ा ही मार्मिक भाषण दिया। उन्होंने जनता से अपील की, विद्यार्थियों से आग्रह किया कि तोड़-फोड़ की वृत्ति त्याग दें। इससे आम जनता की समस्याएं सुलझने की अपेक्षा निरन्तर बढ़ रही हैं। कारखानों में उत्पादन रुक गया है। अराजकतावादी तत्त्व खेतों में खड़ी फसलें जला दे रहे हैं। रोजमर्रा के उपयोग की वस्तुएं नहीं होंगी, तो इसका नतीजा जन-साधारण को ही भुगतना पड़ेगा। अकाल फैल रहा है। महामारी फैल रही है। यातायात बन्द है। भगवान के लिए अब ऐसी परिस्थिति पैदा करो कि कारखाने दिन-रात चलते रहें। खेतों में पूरा-पूरा अन्न उगाया जा सके। यह मुल्क आपका है। हमारा है। सबका है। चन्द राजनीतिज्ञों के प्रति द्वेष के कारण इसे नष्ट कर दें, यह कहां कि बुद्धिमत्ता है! मेरी प्रार्थना है कि इन भ्रष्ट राजनीतिज्ञों को शहीद न बनाओ। इन्हें अपनी मौत मरने दो। शान्तिपूर्ण ढंग से इनका घेराव करो। इनके मार्गों पर लेट जाओ। इन्हें मजबूर कर दो त्यागपत्र देने के लिए।

अभी भाषण भी समाप्त हुआ न था कि पता नहीं कहां से पथराव शुरू हुआ। क्षण-भर में भीड़ तितर-बितर हो गई। कुछ लोग शिव-सुन्दरम को घेरकर खड़े हो गए और उन्हें एक जीप में बिठाकर ओझल हो गए।

सत्रह

'तो इस षड्यन्त्र में आपका भी हाथ रहा?' प्रधानमंत्री ने पैनी दृष्टि से देखते हुए कहा।

'मैं—मैं मेरा!' यशवीर हकलाते हुए बोले।

प्रधानमंत्री ने काल-बेल का बटन दबाया और पी० ए० को टेप चलाने का आदेश दिया। क्षण-भर की घरघराहट के बाद स्पष्ट आवाज आने लगी, यशवीर की आवाज। फोन पर वह तिमिर वरन को कोई सलाह दे रहे थे कि प्रधानमंत्री का तख्ता किस प्रकार पलट सकता है।

टेप बन्द कर पी० ए० चला गया, तो प्रधानमंत्री ने एक फाइल जोर से पटककर सामने फेंकी, 'यह रहा आपका बैंक अकाउण्ट।'

फाइल के फड़फड़ाते पन्नों की ओर वह देखते रहे, अवाक्-से।

आपको याद है, जब आप पश्चिमी प्रदेश के वाणिज्य मंत्री थे, मुख्य-मंत्री आप पर भ्रष्टाचार के आरोप लगवाकर निकलवाना चाहते थे, तब आप रोते हुए आए थे। पता नहीं अध्यक्ष को किस तरह मनाकर आपको कुर्सी पर बनाए रखा था। आज उसी भलाई का बदला चुकाने के लिए आप पार्टी प्रेजीडेंट से मिल गए हैं। कितने एम्पीज होंगे आपके साथ? कुल बीस-बाइस ही तो न?'

तैश में आकर उन्होंने कुछ चित्र सामने पटके, ताश के पत्तों की तरह, 'यह रहा आपका सदाचार-आन्दोलन।'

चित्र इधर-उधर फैल गए। कुछ सम्भ्रान्त महिलाओं के साथ उनके चित्र थे। नितान्त गोपनीय क्षणों के।

यशवीर की बूढ़ी आंखें खुली-की-खुली रह गई। जो कुछ हो रहा था, सच न लग रहा था। हाथ कांपने लगे। आंखों के आगे अंधियारा-सा छाने लगा। उनके सूखे हुए होंठ कुछ कहने के लिए फड़के, पर आवाज

निकलकर बाहर न आ पाई।

'आप जैसे लोगों की मेहरबानी से मुल्क में अराजकता फैल गई है। जनता क्या करे? परेशान होकर जब कुछ न सूझा, तो वह तोड़-फोड़ का सहारा लेकर अपना आक्रोश प्रकट कर रही है।'

प्रधानमंत्री ने टाइप किए हुए कागज को उनकी ओर बड़ी घृणा से देखते हुए बढ़ाया, इस त्यागपत्र पर अभी मेरे सामने दस्तखत कर दीजिए और तशरीफ ले जाइए, फिर जो जी में आए, शौक से कीजिए। सारी फूड मिनिस्टरी चौपट कर दी।'

खाद्य-मंत्री हतप्रभ-से देखते रहे, फिर चुपचाप पेन निकालकर उन्होंने हस्ताक्षर कर दिए।

वह तो यह सोचकर आए थे कि शायद प्रधानमंत्री उन्हें कोई और महत्त्वपूर्ण मंत्रालय सौंपने के उद्देश्य से बुला रहे हैं, ताकि तिमिर वरन समर्थकों का मनोबल गिरे, पर यहां तो···।

बाहर निकलकर बड़ी मुश्किल से वह गाड़ी तक पहुंचे। कल की कैबिनेट-मीटिंग में प्रधानमंत्री ने इस बात का संकेत दे दिया था। प्रभुपाद पण्डित तथा कुछ उग्रपंथी तरुण मंत्रियों को भी बुरी तरह फटकारा था और अब अपने ही दल के विपक्षियों की खबर लेने पर उतर आए थे।

बाहर अलग-अलग कमरों में, अलग-अलग स्तर के लोग बैठे थे। दल के महासचिव तथा संसद-सदस्यों के अलावा अन्य प्रभावशाली नीति निर्णायक राजनीतिज्ञ भी थे। प्रधानमंत्री के आफिस रूम में गोपनीय फाइलों का अम्बार लगा था। पी० पी० ने सचिव को जो लिस्ट दी थी, उसी के अनुसार सबको एक-एक कर बुलाया जा रहा था।

खाद्य-मंत्री के जाते ही फिर दरवाजा खुला, 'आइए-आइए शास्त्रीजी!' प्रधानमंत्री ने मुद्रा बदलते हुए कहा, 'सुना है बड़े व्यस्त हैं आप!'

'जी, ऐसी तो कोई बात नहीं। कान्स्ट्यूऐन्सी गया था। रेलवे लाइन की डिमाण्ड पूरी न होने के कारण जनता परेशान है!' सुकुमार शास्त्री ने विनीत भाव से बैठते हुए कहा।

'भई, सारा मुल्क ही परेशान है।' प्रधानमंत्री ने बातों का सिलसिला झट शुरू कर कहा, 'लगता है, गलत लोग राजनीति में आ गए

हैं। हां, आप बताइए, कब तक एम्पीशिप पर घिसटते रहेंगे? मन्त्रि-मण्डल में क्यों नहीं आ जाते?'

'हो-हो-हो!' सुकुमार शास्त्री हंसे, 'हम लोग तो आपसे मिलने ही वाले थे कि गम्भीरता से कुछ बात करें। कल ही हृदयनारायण बाबू से बातें हो रही थीं। तिमिर बाबू का रवैया हमें अब पसन्द नहीं आ रहा है।' धीरे-से फुसफुसाने की मुद्रा में बोले, 'पाणिग्रही कम्युनिस्टों से बात-चीत चला रहे हैं।'

पर प्रधानमंत्री इस समय बात लम्बी खींचने की स्थिति में न थे। बोले, 'पिनाकी और अमोलक से बातें कर लीजिए।' उन्होंने पी० ए० नम्बर दो को बुलाया, 'इन्हें पिनाकी से मिला दो, अभी।'

परिगणित जाति के संसद-सदस्य के नेता थे श्री शास्त्री। पन्द्रह-बीस संसद-सदस्यों का उन्हें समर्थन था। शास्त्रीजी इस दरवाजे से जा ही रहे थे कि दूसरे से हाजी अब्दुल सत्तार टखने तक नीची सफेद शेरवानी और बित्ते-भर ऊंचे बाड़े की सफेद टोपी पहने, हाथ में चमड़े का मोटा-सा बैग थामे आ रहे थे, थुलथुल।

हाजी साहब! क्या हाल है? सुना था हज करने गए थे। कैसी रही यात्रा?' प्रधानमंत्री ने मात्र औपचारिकता निभाते हुए कहा।

'जी, मुझे तो हो आये मुद्दत हो गई हुजूर! इस बार हमारे किन्हीं जिगरी दोस्त के वालिद साहब गए थे, जिनके बारे में आपसे बातें हुई थीं। बहुत ऊंचे फकीर हैं।' मुलायम कुर्सी पर हाजी साहब को बड़ा सुकून मिल रहा था।

'हाजी साहब! आपको आज इसलिए तकलीफ दी है कि ...!' प्रधानमंत्री कुछ सोचते हुए बोले, 'करप्शन के कुछ मामले हैं, आपके खिलाफ इण्टेलिजेन्स वालों की कुछ शिकायतें। यह मामला पार्लियामेंट में उठे, उससे पहले ही मेहरबानी करके अपने बयान दे दीजिए। पार्टी हर तरफ से बदनाम हो रही है। आप जानते ही हैं।

'जी, जी, हुजूर! आप फरमाइए। जो हुक्म आप देंगे, सिर, आंखों पर।' डरते-झिझकते हाजी साहब ने कहा।

'पार्टी प्रेजीडेंण्ट ने 14 तारीख को आपसे कहा था कि तिमिर वरन को प्राइमिनिस्टरशिप के लिए सपोर्ट करें, तो आपको मंत्रिमण्डल में

लिया जाएगा। सगीर अहमद इससे पहले रथीन शंकर के साथ आपके दौलत खाने गए थे। आपको मुबारक हो यह ऊंचा ओहदा पर ... ।' बड़ी चुभती निगाहों से प्रधानमंत्री ने देखा, 'इतने बड़े ओहदे पर आ जाएं और आपकी तरक्की से परेशान होकर आप पर कोई इल्जाम लगाएं, इससे अच्छा है, आप पहले ही उसका उत्तर दे दें।'

प्रधानमंत्री ने कुछ कागज उनकी ओर बढ़ाए, 'ये सारी बातें झूठ हैं न! आपको बदनाम करने की साजिशें।' प्रधानमंत्री का स्वर तनिक ऊंचा हो आया, 'आप साल-भर तक पिनाकी का चक्कर काटते रहे कि आपको डिप्टी-मिनिस्टरी ही मिल जाए? जब से खां साहब को गवर्नर-शिप मिली, आप और नाराज हो गए। हमारी बदकिस्मती थी कि आपकी खिदमत न कर सके। हमें हटने से एतराज नहीं, 'पर इससे पहले मेहरबानी करके इन 5 आरोपों के जवाब दे दीजिए।' प्रधानमंत्री ने घड़ी की ओर देखा, फिर पिनाकी को बुलाकर कहा, 'हाजी साहब से तीन दिन के भीतर जवाब मांग लो।'

पिनाकी उन्हें अपने साथ ले गए। अलग कमरे में पहुंचकर बड़ी आत्मीयता से बिठाते हुए बोले, पी० एम० से उलझने से क्या होगा, सत्तार साहब! उन्हें एक-एक चीज की खबर है। आप बुजुर्ग हैं। हम चाहते हैं, आपके तजुर्बों का मुल्क फायदा उठाए। आपके बारे में उन्हें हम समझा लेंगे। आप आराम कीजए। अपने साथियों को भी समझाइये। बेकार के बखेड़ों में पड़ने से क्या लाभ?

सत्तार साहब लाठी के सहारे बड़ी मुश्किल से चल रहे थे कि पी० पी० ने स्टाफ कार में बिठाकर उन्हें एम्पीज पलैट तक पहुंचा दिया।

उनके जाते ही भूतपूर्व विदेश मंत्री नरेश प्रसाद ने प्रवेश किया। वह अभिवादन कर बैठे ही थे कि प्रधानमंत्री ने तेवर चढ़ाते हुए कहा, 'राष्ट्र संघ में आपको भेजा गया था प्रतिनिधि बनाकर। वहां सी० आई० ए० के जाल में फंसकर आप नये-नये खाते विदेशी बैंकों में खुलवाते रहे। देश पर हमला हुआ था। सबके जीवन-मरण का प्रश्न था और आप मीटिंगों में उठ-उठकर रंगरलियां मनाने जाया करते थे। बेचारे स्थायी अतिनिधि को किसी तरह स्थिति सम्भालनी पड़ती।'

'जी ऐसा नहीं—!' वह कहने जा रहे थे कि प्रधानमंत्री ने एक बड़ा-सा रंगीन चित्र उनके सामने फेंका।

फ्रांस की किसी प्रगतिशील पत्रिका में छपा था यह चित्र। किसी मादक क्षण में, वस्त्रविहीन गोरी महिलाओं से लिपटे नरेश प्रसाद, अलौकिक आनन्द में झूम रहे थे।

'न्यूयार्क के किसी क्लब में ऐसी ही नशे की स्थिति में देश की विदेश-नीति सम्बन्धी कुछ गोपनीय बातें उगल दी थीं आपने। जिन्हें टेप कर शत्रु देश को 40 हजार डालर में कुछ लोगों ने बेचा था। उसी का परिणाम था कि आपको मंत्रिमण्डल से हटाया गया।'

नरेश प्रसाद हाथ जोड़कर खड़े हो गए, 'अनजाने में कुछ हो गया होगा अन्यथा मेरे परिवार ने देश की कुछ कम सेवा नहीं की।'

'लिखित रूप में अपने आरोपों का उत्तर दीजिए।' प्रधानमंत्री ने फाइल नीचे फेंक दी।

तभी बिजली की तरह चमकती श्रीमती दत्ता ने प्रवेश किया। लाल किनारी की रॉ-सिल्क की सफेद साड़ी, स्लीवलेस ब्लाउज, बॉब कट बाल।

'मिसेज दत्ता!' उनके बोलने से पहले ही प्रधानमंत्री ने अपना भाषण आरम्भ कर दिया, 'आपको पता ही होगा करप्शन के खिलाफ एक आयोग बिठला रहे हैं। इण्टेलिजैन्स की रिपोर्ट आपके खिलाफ है।'

'मेरे ही खिलाफ है या सब के?' उफनकर श्रीमती दत्ता बोलीं।

औरों से आपको क्या लेना-देना? आप अपनी समस्या सुलझाइए।' बड़े सहज ढंग से प्रधानमंत्री बोले।

मिसेजदत्ता देखती रहीं सामने। उन्हें सच न लग रहा था कि यह वही व्यक्ति है, जो कभी उन्हें राजनीति में लाया था। सत्ता का प्रलोभन ही नहीं दिया, बल्कि गहरी आत्मीयता भी प्रकट की थी। संसद में आए अभी दो महीने भी न बीते थे कि तत्कालीन प्रधानमंत्री से कहकर किसी सांस्कृतिक शिष्टमण्डल के साथ यूरोप भिजवा दिया था, फिर कुछ ही दिन बाद राष्ट्रमण्डलीय वित्तमंत्री-सम्मेलन में भाग लेने स्वयं भी पहुंच गए थे। वहां अपने बहुत-से कार्यक्रम रद्द कर, सरकारी खर्च पर उन्हें न

जाने कहां-कहां घुमाते फिरे थे। अभी-अभी विवाह हुआ था। पति के साथ कुछ ही दिन रह पाई थीं कि यह निमंत्रण मिला। भला कैसे त्यागतीं इतना सुनहरा अवसर विदेश घूमने का!

पर प्रधानमंत्री बनते ही सारा रंग-ढंग बदल दिया। नई संसद-सदस्या सुप्रिया को मंत्रिमण्डल में लेकर उसे दूध में गिरी मक्खी की तरह बाहर फेंक दिया था। इसी प्रतिशोध की भावना से प्रेरित होकर श्रीमती दत्ता का झुकाव तिमिर वरन की ओर हुआ था और स्थिति धीरे-धीरे यहां तक आ पहुंची कि प्रधानमन्त्री के विरुद्ध बगावत का झण्डा लेकर नेतृत्व करने वालों में वह अग्रणी हो गई···।

रथीन शंकर ने आवश्यकता से अधिक आत्मीयता दिखलाई। पाणिग्रही से भी गहरे सम्बन्ध स्थापित हो गए; परन्तु पद प्राप्ति की कोई स्पष्ट रूपरेखा उभर न पा रही थी। यदि कोई बड़ा परिवर्तन यथासमय न हो सका, तो संसद की सदस्यता के लिए भी आगामी चुनावों में टिकट मिल पाएगा यह भी निश्चित नहीं।

बच्चे भी बड़े-बड़े हो गए थे, सयाने! लेकिन अब···अब···!

उन्होंने प्रधानमंत्री की ओर देखा, 'अब और क्या होगा आगे?' कल्पना दत्ता स्वयं को स्थिर करने का प्रयास करने लगीं, 'हम तो पहले ही सड़क पर हैं। आपने हमें कहीं का भी तो न रख छोड़ा।'

मिसेज दत्ता ने एक गहरा निश्वास छोड़ा, 'जो कुछ कसर रह गई है और पूरा कर लीजिए। जो मामले उठाने हैं, उन्हें शौक से उठाइए।' चेहरा लाल हो आया मिसेज दत्ता का। सहसा आवेश में भवें तन गईं, हो सके तो जेल भिजवाइए। फांसी पर लटकवाइए। कहीं कोई कसर न छोड़िए। देखते हैं, आप भी कब तक टिके रहते हैं!'

'मेरा मतलब यह नहीं था···!'

'आपका मतलब कुछ भी हो, एक बात मैं कहे देती हूं। आपने मेरे विरुद्ध कोई भी चार्ज लगाया, तो मैं सब उगल दूंगी। मेरे पास एक-एक कागज, एक-एक दस्तावेज अब तक सुरक्षित हैं। किन हथकण्डों को अपनाकर आपने यह कुर्सी हथियाई, यह रहस्य प्रकट कर दिया, तो जनता आपको एक दिन भी न टिके रहने देगी। बुद्धिजीवियों के महान्यायालय में आप लोगों को निपट नंगा न कर दिया, तो मेरा नाम कल्पना दत्ता नहीं!'

वह उठीं और बैग झुलाती चली गईं।

चन्द क्षणों बाद वयोवृद्ध क्रान्तिकारी महन्ती महोदय विराजमान थे। संसद-सदस्यों में आग्नेय के नाम से विख्यात। सुविख्यात क्रान्तिकारी वारीन्द्र घोष के साथ कालापानी की सजा काट चुके थे। प्रधानमंत्री की गुरु-गम्भीर आकृति की ओर वह ताकते रहे, 'आपसे कुच्छ नहीं नहीं... कुच्छ बोलना आया हूं!' उन्होंने एक कागज सामने बढ़ा दिया।

'क्यों? क्यों? प्रधानमंत्री ने आश्चर्य से कहा, 'आप रिजाइन क्यों कर रहे हैं? हम तों आपकी सेवाओं का दूसरे रूप में इस्तेमाल करना चाहते हैं।'

महन्ती महोदय हंस पड़े, 'हम जानता है, आप क्या इस्तेमाल करेगा? आप बोलता है न कि हम शिवसुन्दरम का अगेन्स्ट स्टेटमेण्ट प्रेस को देना। ऐसा नहीं होने का। शिवसुन्दरम को आपका पुलीस ने लाठी-लाठी पीटा। हौस्पीटल किया। भोला मासूम पर हाथ चलाया। आपका गोर्मेण्ट उलट जाएगा। पब्लीक मारा-मारी करेगा। आपका बोटी-बोटी उतार ले जाएगा। छोड़ेगा नहीं लुटेरा-चोर लोगों को।'

रक्तचाप के पुराने रोगी 90 वर्षीय महन्ती बोलते-बोलते सन्तुलन खो बैठे। मुंह से झाग उगलते हुए पता नहीं क्या-क्या कहते रहे! अपनी कमीज के बटन तोड़ दिए। कपड़े फाड़ डाले।

बड़ी मुश्किल से तीन-चार आदमी बाहर ले गए। अभी वह बाहर भी पहुंचे न थे कि दिल का दौरा पड़ा और वहीं गिर पड़े थे।

अठारह

महन्ती की मृत्यु के बारे में तरह-तरह की अफवाहें उड़ने लगीं।

राजनीतिज्ञ वातावरण विस्फोटक बना हुआ था। सर्वत्र उथल-पुथल मची थी। अध्यक्ष ने प्रधानमंत्री को दल से निष्कासित कर दिया था। प्रधानमंत्री ने इसके प्रत्युत्तर में घोषणा की थी कि 283 संसद सदस्यों का उन्हें पूर्ण समर्थन है। अतः वह पद पर बने रहेंगे।

अपने अगले आक्रमण के विषय में भी उन्होंने इंगित कर दिया था।

कल्पना दत्ता ने सारी बातें तिमिर वरन को सविस्तार बतला दी थीं। जिनसे तिमिर वरन को चिन्ताएं और बढ़ गई थीं। वह किसी हद तक विक्षिप्त-से हो उठे थे। अभी-अभी मेघना ने बतलाया था कि सुबोध वरन के कारखाने में पी० पी० के समर्थकों ने आग लगवा दी है। गुण्डों ने बाहर से ताला लगाकर उसका कमरा भी फूंक दिया था। बड़ी मुश्किल से पुलिस सहायता से उसे घायल अवस्था में बाहर निकाला गया। अब वह ठीक है अस्पताल में। चिन्ता की कोई बात नहीं।

न चाहते हुए भी तिमिर वरन ने गृहमंत्री से फोन पर बातें कीं तथा प्रभुपाद पण्डित से भी, इस सबके लिए गम्भीर चेतावनी देते हुए।

वह घबराए हुए-से सीधे अस्पताल भागे। इस बात पर वह बहुत क्रुद्ध थे कि उन्हें समाचार क्यों नहीं दिया गया।

हारे थके-से वहां से लौटे, तो काफी रात हो गई थी।

'अब क्या करना चाहिए?' मेघना ने भीतर से द्वार बन्द कर उनके बहुत निकट आते हुए, घबराई आवाज में पूछा।

तिमिर वरन कुछ न बोले। उसी भांति पिंजड़े में बन्द शेर की तरह इधर-उधर चहलकदमी करते रहे।

अजित की मृत्यु के बाद उनकी पत्नी पूर्ण विक्षिप्त-सी हो गई थीं। दिन-रात पूजा-पाठ में लीन। अनेक तीर्थों की परिक्रमा के बाद भी शान्ति न मिल पाई थी। मन के किसी कोने में यह दहशत हमेशा के लिए घर कर गई थी कि अब कुछ-न-कुछ अनिष्ट हुए बिना न रहेगा। इस पर अभी सुबोध के अस्पताल में भर्ती होने का समाचार सुना, तो और अधिक चिंतित हो उठी थीं। रोना-पीटना शुरू कर दिया था। बड़ी मुश्किल से मार्फिया देकर डाक्टर सुला गया था।

'चुपचाप हट जाने के अलावा कोई विकल्प नहीं रह गया।' उन्होंने मेघना की ओर देखते हुए बुदबुदाकर कहा और फिर मेज पर रखे कागज की ओर इशारा किया।

'यह क्या?' कागज पढ़ते ही वह चीख-सी पड़ी, 'आप क्यों देंगे त्याग-पत्र?'

हटाए जाने की अपेक्षा स्वेच्छा से हट जाना श्रेयस्कर है!'

'कल-परसों तक प्रधानमंत्री स्वय ही सबको निकाल देंगे। संसद

सदस्यों का बहुमत उनके साथ है। सत्ता उनके हाथ में है। वह अब जो चाहें, सम्भव है!' उन्होंने जोर से पलकें भींच लीं।

'क्या सोच में पड़ गए आप?' मेघना ने कुछ क्षण बाद उनकी ओर देखते हुए पूछा और उनके ठण्डे माथे को हौले-हौले सहलाती रही।

उन्होंने भारी पलकें खोलीं, 'मैं सोच रहा हूं कि राजनीति से ही संन्यास ले लूं। बूढ़ा भी तो हो चुका हूं अब। काम-धाम हो नहीं पाता; पर हां, यह तो बताओ कि तुम्हारा क्या होगा? अभी तो तुम्हारी सारी उम्र पड़ी है।'

मेघना का हाथ उन्होने अपने हाथ में थाम लिया।

'अरे, तू रो रही है, पगली!' मेघना की ओर अचरज से देखते हुए वह बोले, घबराओ नहीं, मेरे होते हुए तुम चिन्ता कर रही हो? च्च, अभी तो मैं जिन्दा हूं। तुम्हारे लिए, जिन्दगी-भर खाने की व्यवस्था कर दी है मैंने। बैंक में तुम्हारे खाते में साढ़े सात लाख रुपये हैं। दो कोठियां हैं। मोटर-कम्पनियों में तुम्हारे नाम शेयर हैं।' कहते-कहते वह कहीं गहरे में डूब गए। कुछ समय बाद रीती निगाहों से यों ही देखते हुए बोले, 'पालिटिक्स में भी अब कुछ नहीं रहा, गन्दगी के अलावा। अच्छा है, बद-माशों की इस जमात से दूर रहो। बच्चों का कोई छोटा-मोटा स्कूल खोल लो और चैन से रहो।'

ज्यों-ज्यों तिमिर वरन समझाने का प्रयत्न कर रहे थे, त्यों-त्यों मेघना के धीरज का बांध टूटता चला जा रहा था। इधर कुछ समय से पता नहीं क्या हो गया था! जब देखो उदास—अजीब बहकी-बहकी-सी। कभी-कभी अपने से ही बातें करने लगती और कभी यों ही अकारण चीख पड़ती जोर से। तिमिर वरन किसी मनोचिकित्सक को दिखलाने के लिए कहते, तो वह खिलखिलाकर हंसने लगती।

"तुम्हें क्या हो गया है मेघना!' तिमिर वरन उसको अपलक देखते हुए बोले। बाल बिखरे हुए, कपड़े अस्त-व्यस्त। शरीर में जैसे प्राण ही नहीं। आंखें एकदम उदास, बुझी हुईं। नन्ही बच्ची की तरह वह उसे सह-लाने लगे, तो मेघना फफक-फफककर रो पड़ी।

'तुम कुछ तो बोलो? जो तुम कहोगी, सब पूरा हो जाएगा। कुछ कहो भी तो सही?' तिमिर वरन द्रवित कण्ठ से बोले।

मेघना का आंसू-भरा मुखड़ा उन्होंने ऊपर उठाया। बहकी-बहकी-सी इधर-उधर देखने लगी, मेघना। तभी सहसा दरवाजे की ओर दृष्टि पड़ी, तो वह कांप उठी। चीखती हुई बोली, 'वह देखिए···वह···।'

'क्या-क्या?'

'दरवाजे की आड़ से अजित झांक रहा है।' चिल्लाने लगी वह।

अचकचाते हुए तिमिर वरन ने अपनी बूढ़ी आंखों पर चश्मा लगाया, 'कहां है? उनके होंठों से यों ही निकल पड़ा, फिर कुछ क्षण बाद स्वयं ही बुदबुदाए, 'अरे, दरवाजा तो बन्द है। खुद ही बन्द करके आई थीं। शायद वहम हो रहा है तुम्हें!'

'नहीं···नहीं, दरवाजा तो आधा खुला हुआ लगता है।'

मेघना के भ्रम का निवारण करने के लिए वह उठे और दरवाजे तक गए। भीतर से लगी कुण्डी को हाथ से सहलाकर फिर लौट आए।

'तुम्हें आराम की जरूरत है।' उन्होंने मेघना को तकिये के सहारे लिटा दिया और उसके बिखरे बालों को चुपचाप सहलाते रहे। उसे आश्वासन देते हुए बोले, हो सकता है, अभी स्थिति पलटा खा जाए। पाणिग्रही और विधुशेखर कोई नई योजना बना रहे हैं।

पर मेघना कुछ न बोली। वह जानती थी अब कुछ भी बनने वाला नहीं। सारा खेल खत्म हो गया है। देर तक वह उसे पुचकारते प्यार करते रहे, किन्तु वह पत्थर की निष्प्राण प्रतिमा की तरह आंखें मींचे पड़ी रही। बत्ती बुझाने के लिए उनके हाथ में बेड-स्विच टटोलने लगे, तो मेघना ने रोक लिए, अन्धेरा न कीजिए। मुझे डर लग रहा है!' घबराती हुई वह बोली और उनसे जोर से लिपट गई।

और दिनों की तरह वह सुबह जल्दी न जागी, तो तिमिर वरन को सहज ही आश्चर्य हुआ। उसकी बर्फ-सी ठण्डी नग्न देह पास ही सोफे पर निढाल पड़ी थी और फर्श पर नींद की गोलियां दूर तक बिखरी हुई।

उन्नीस

शिवसुन्दरम पर किए गए आक्रमण से जनता क्रुद्ध थी, क्षुब्ध। सारे देश में जगह-जगह आम सभाएं हुईं। लाखों विद्यार्थियों एवं अध्यापकों ने मौन जुलूस निकाले।

सरकार का कहना था कि असामाजिक तत्वों ने किया यह सब; पर जनता मानने को तैयार न थी। खुफिया विभाग का दावा था कि उसने कुछ लोगों को गिरफ्तार कर लिया है इस जुर्म में; लेकिन यह तथ्य अब सर्वविदित हो गया था कि कुछ पेशेवर अपराधियों को यों ही राह चलते पकड़ लिया था, जिन्होंने अपना जुर्म भी कबूल कर लिया है। अब उन्हें नाममात्र की कुछ सजा देकर मुक्त कर देंगे। असली अपराधी तो मुक्त भाव से घूम रहे हैं निश्चिन्त, निर्द्वन्द्व।

सी० आई० ए० या के० जी० बी० के एजेण्टों को कुछ लोग दोषी ठहरा रहे थे; किन्तु पुलिस विभाग के अधिकारियों को ही दोष देने वाले लोग भी कम न थे। उनका सन्देह था कि साधारण कपड़ों में वे ही लोग आए थे और बीच सभा में से निरीह गाय की तरह बांधकर शिवसुन्दरम को उठा ले गए थे। गृहमंत्री के निर्देश पर बहुत पहले ही यह सारी योजना तैयार की गई थी।

अस्पताल में कुछ दिन रहने के बाद शिवसुन्दरम बाहर आए, तो वह काफी बदले हुए थे, एकदम प्रशांत, गम्भीर। उन्होंने कोई भी उत्तेजनात्मक भाषण नहीं दिया। जनता के नाम अपने सन्देश में केवल इतना ही कहा कि देश की बलिबेदी पर चुपचाप न्योछावर हो जाओ, बिना किसी प्रतिकार या प्रतिरोध के। हिंसा का उन्होंने विरोध किया। पुलिस गोली चलाती, तो नन्हे-नन्हे बच्चे सीना तानकर खड़े हो जाते बन्देमातरम् के नारे लगाते हुए।

लोग कहते, ऐसा तो विदेशी हुकूमत के विरुद्ध छेड़े गए स्वाधीनता-संग्राम में भी हुआ न था। शहीद हुए विद्यार्थियों की शव-यात्रा में जन-सागर उमड़ पड़ता। वीरांगनाएं अपने मासूम बच्चों के शव स्वयं चिता पर रखतीं और एक भी बंद आंसू बहाए बिना, चुपचाप लौट आतीं। बैरकों से निकलकर संगीनधारी सैनिक सड़कों पर बिखर गए थे। वे किन

पर गोलियां चला रहे हैं? क्यों चला रहे हैं, उन्हें खुद भी पता न था।

भ्रष्टाचार के विरुद्ध, महंगाई के विरुद्ध, अत्याचार-अनाचार के विरुद्ध सत्याग्रह करना, मौन प्रदर्शन करना कौन-सा गुनाह है, उनकी समझ में न आ पा रहा था। ज्यों ही अधिकारियों का आदेश मिलता, यन्त्र की तरह वे आगे बढ़ते और आंखें मूंदकर गोलियां चलाने लगते।

भयत्रस्त लोग सड़कों पर परेड करते सैनिकों की ओर विस्फारित नेत्रों से देखते। उन्हें सच न लगता था कि आज जो बंदूकें थामे निहत्थी जनता का दमन कर रहे हैं, क्या ये वही सैनिक हैं, जिन्हें युद्ध के समय माताएं तिलक लगाकर, फूलमालाएं पहनाकर, अगणित आशीर्वाद देकर युद्ध-भूमि में भेजती थीं जिनके लिए रोटियां बना-बनाकर लोग रेलवे स्टेशनों की तरफ भागते थे। जिनकी सुरक्षा के लिए मन्दिरों, मस्जिदों, गिरजाघरों में प्रार्थनाएं की जाती थीं। जिनकी शौर्य-गाथाएं सुनकर राष्ट्र अपने को धन्य समझने लगता था। अपनी ही जनता को रौंदने के लिए ये क्यों अमादा हैं, जबकि सीमा पर शत्रु के आक्रमण की सम्भावना बहुत बढ़ गई है?

कुछ स्थानों में सैनिकों ने गोलियां चलाने से इनकार कर दिया था, जिससे गृह-युद्ध की-सी आशंका उभरने लगी थी। प्रधानमंत्री धर्म-संकट में में पड़ गए थे। एक ओर दल का विघटन, दूसरी ओर यह स्थिति! उसपर शिवसुन्दरम के आमरण अनशन की घोषणा ने एक और प्रश्न-चिह्न खड़ा कर दिया था। विद्यार्थियों के दबाव में आकर त्यागपत्र देने वाले संसद-सदस्यों की संख्या 62 तक पहुंच चुकी थी। जिन में दो मन्त्री भी थे। मुख्य-मन्त्रियों के सम्मेलन में उन्होंने सारी स्थिति सामने रख दी। छह राज्यों में राष्ट्रपति शासन चल रहा था।

केन्द्र सरकार इस स्थिति के लिए दोषी है। अतः उसे त्यागपत्र दे देना चाहिए। क्या यह जरूरी है कि प्रान्तों पर केन्द्र का अंकुश बना रहे? प्रान्तों को जितनी स्वाधीनता मिले, प्रशासन उतना ही अच्छा चलेगा।' स्वायत्त शासन की मांग करने वाले किन्हीं मुख्यमन्त्री ने यह कहा ही था कि पूर्वांचल के मुख्यमन्त्री विरोध में उठ खड़े हुए।

बोले, 'प्रान्तों की अधिक स्वायत्त-शासन की मांग ने ही देश को विभाजन के कगार पर ला खड़ा किया है। यह स्थिति न होती तो सम्भवतः

अराजकतावादी तत्व यों उभरकर न आते!'

प्रतिरक्षा मन्त्री भी बैठक में थे। कुछ सोचते हुए बोले, 'राज्यों को अपनी स्थिति स्वयं सम्भालनी होगी। केन्द्र पर सारा भार डालना उचित न होगा। जब सीमा पर आक्रमण का खतरा हो, तो सेनाओं को आन्तरिक स्थिति सुधारने के कार्य में नहीं उलझाया जा सकता।'

गृहमन्त्री की भी यही राय थी। दल के सदस्यों से वह अनुरोध करने लगे कि वे मैदान में आएं और बिगड़ती हुई स्थिति का सामना करें। कुछ मुख्यमन्त्री ऐसे भी थे जिनका झुकाव तिमिर वरन की तरफ माना जाता था, किन्तु कुछ विवशताओं के कारण, समय को देखकर प्रधानमन्त्री के साथ आ गए थे।

'आप लोगों को ही सब कुछ देखना है।' अन्त में प्रधानमन्त्री का भाषण हुआ, 'नहीं तो देश के साथ-साथ आप लोगों का भविष्य भी अन्धकारमय हो जाएगा। जहां तक केन्द्र का सवाल है, वह हर चुनौती के लिए तैयार है, फिर भी शिवसुन्दरम आन्दोलन में जमे रहे, तो उन्हें भुगतना पड़ेगा। अधिक-से-अधिक यही तो होगा न कि कुछ स्थानों में मार्शल-ला लागू करना पड़गा। कुछ स्थानों में कानून और व्यवस्था का भार सशस्त्र सैनिकों को सौंपना पड़ेगा; लेकिन बदअमनी किसी भी हालत में स्वीकार न की जा सकेगी, चाहे कुछ भी क्यों न करना पड़े।'

शाम को कैबिनेट-मीटिंग में फिर यही प्रश्न उठा, तो प्रभुपाद पण्डित ने अपनी असहमति दिखलाई। बोले, 'बंदूक के बल पर एक दिन भी सत्ता पर टिके रह पाना सम्भव न होगा। समझा-बुझाकर स्थिति काबू में की जाए, यही मार्ग श्रेयस्कर होगा!'

अतः अन्त में इसका भार उनपर ही सौंपा गया। अभी भोर भी न हुई थी कि वह शिवसुन्दरम के पास पहुंचे। बड़ी आत्मीयता से पहले इधर-उधर की बातें करते रहे, फिर अन्त में मूल बात पर ध्यान केन्द्रित कर बोले, 'आखिर चाहते क्या हैं आप?'

'मयंऽ! मयंऽ!' शिवसुन्दरम बोले, 'मेइरा चाहने से होएगा क्या? हम चाहते हैं, नेशन का प्रोग्रेस। नीट एण्ड क्लीन ऐडमिनिस्ट्रेशन। आउर क्या?'

'नेशन की प्रोग्रेस हो जाएगी इस तरह से?' झुंझलाहट को बड़े शांत

भाव से पीते हुए प्रभुपाद पण्डित बोले।

'नो-नो, जिस पैटर्न का सरकार आप लोग चलाना मांगता, उससे होएगा बाबाऽ!' शिवसुन्दरम व्यंग्य-भाव से बोले, 'फ्रीडम-मूवमेण्ट में आप भी काम कीया, हम भी। आजादी का ईतना साल बाद भी मासेज को क्या मीला? मुल्क भिखारी का माफिक हो गया।'

कुछ समय बाद प्रभुपाद पण्डित के कन्धे पर बड़ी आत्मीयता से हाथ रखते हुए बोले, 'हम अपना लीए नहीं लड़ता। अपना कन्ट्री के लीए ही नहीं लड़ता, हम लड़ता है सब के लीए, सारी दुनिया, होल वर्ल्ड के लीए। गांधीजी बोल्ता था नां कि अपन देश को आजादी मिलना से एशिया-अफ्रीका का सभी स्लेव कण्ट्रीज आजाद होएगा। हुआ ना-सेम थिंग! अब हम बोल्ता है, इस नेशन का तरक्की करना से बहुत सारा पुअर नेशन 'प्रोग्रेस करना सकेगा। इस नेशन को बिग पावर, सुपर पावर होना है, तभी दुनिया का गरीब देश का प्रोटेक्शन मिलना सकेगा, रूस, अमेरिका और चीन का कान्स्प्रेसी से। वह तभी होएगा बाबा जब नेशन स्ट्रांग होएगा। स्ट्रांग नेशन के लीए डायनामिक गवर्नमेण्ट का जरूरत है। नीट एण्ड क्लीन एडमिनिस्ट्रेशन का। हम पूछता है, नीट एण्ड क्लीन एडमिनिस्ट्रेशन ये करैन्ट लोग कइसे लाएगा?'

वृद्ध शिवसुन्दरम कहते-कहते बहुत भावुक हो आए। प्रभुपाद की ओर बड़ी आत्मीयता से देखते हुए बोले, हमको पत्ता है, बार्डर में खतरा है। नेशन का प्रोडक्शन गिर रहा है। कामन मैन को बहुत-बहुत तकलीफ है। बच्चा लोगों का टियूटी ऐजीटेशन का नहीं, एज्यूकेशन का है; पर जिस फेमिली का फादर बेकार है, बेईमान है, आलसी है, कावर्ड, उसका बच्चा लोगों को सब करना पड़ता है ना! इस मुल्क का कण्डीशन भी ठीक ऐइसा है, फिर बच्चा लोग तुम्हारा मिलिट्री का गोली नहीं खाएगा, तो कौन खाएगा बाबा! हम बोल्ता है, मेजर आपरेशन होना है। जल्दी होना है, नहीं तो आजादी खतम हो जाएगा। अमेरिका और रूस का पापेट गवर्नमेण्ट हमें नहीं बनना है।' शिवसुन्दरम द्रवित स्वर में बोलते-बोलते सहसा चुप हो गए और चारों ओर सन्नाटा छा गया।

'करेप्शन के खिलाफ ही तो प्रधानमंत्री संघर्ष कर रहे हैं!' कुछ क्षण का मौन तोड़ते हुए प्रभुपाद पण्डित बोले, 'बहुत-से भ्रष्टाचारी मन्त्रियों

को उन्होंने निकाल दिया है। पूरी पार्टी का मैनिफेस्टो बदल दिया है। दल के विभाजन का यही तो मूल कारण है। प्रधानमंत्री अभी कुछ और लोगों को बाहर करने की योजना बना रहे हैं, फिर आप का यह आंदोलन कहां तक उचित है?'

उचित है, तभी तो हम कीया।' शिवसुन्दरम बोले, 'गलत ढंग से जो पावर में आया, करैप्शन से, वह सही एडमिनिस्ट्रेशन कइसे लाएगा? अमोलोक, पटकी प्रसाद, पी० पी० बाबू और लोगों ने क्या-क्या नहीं कीया? किस तरह से स्टेटस का सरकार गिराया? किस तरह से तिमिर वरन को हटाया? किस तरह ऐम्पीज को अपना फेवर में लिया, घोड़ा-बकरी का माफिक खरीदा। यह सब क्या डेमोक्रेसी हय? ऐलेक्शन को जिस तरह जीता, वह क्या डेमोक्रेसी हय? आप लोगों का डेमोकेसी से क्या वास्ता हय? अगर जनता का फीलिंग का खयाल होता, तो इस मूवमेण्ट से पहले आपको पावर से हट जाना चाहिए था। मिलिट्री दुश्मन पर गोली चलाता हय, अपना पब्लिक पर नहीं।' अन्त में जब कहीं भी बात बनती न दीखी तो प्रभुपाद पण्डित ने प्रधानमंत्री का एक व्यक्तिगत पत्र उनकी ओर बढ़ाया।

उसे पढ़कर शिवसुन्दरम न उत्तेजित हुए, न निराश, बल्कि अबोध शिशु की तरह, निर्मल, निश्छल हंसी हंसते रहे, 'हमको आपका प्राइम मिनिस्टर क्या नुकसान पहुंचाएगा? हम बोलता है, हमको जल्दी-जल्दी गोली से उड़ाओ। हम तो पहले से ही कफन बांधकर बइठा है बाबाऽ!' प्रभुपाद पण्डित अन्त में हताश-से उठे और चले गए।

शिवसुन्दरम फिर काम में डूब गए। उनकी आकृति से कुछ नहीं झलक रहा था, जैसे कुछ भी न हुआ हो। अपनी हमेशा की दिनचर्या के अनुसार सारा दिन व्यस्त रहे। शाम को मौन प्रार्थना के पश्चात् अपने कुछ अंतरंग साथियों को बुलाकर बोले कि यदि उन्हें गिरफ्तार किया गया, तो उनके बाद कौन-कौन-से काम किस तरह करने हैं! आंदोलनों को किस क्रम से चलाए रखना है! किसी भी स्थिति में उत्तेजित नहीं होना है। तोड़-फोड़ का रास्ता नहीं अपनाना है।

पन्द्रह तारीख को देशव्यापी आंदोलन की योजना थी, पूरी हड़ताल। निश्चित किया गया था कि सारे देश में जगह-जगह मौन जुलूस निकलेंगे।

सिर पर सफेद टुकड़े बांधकर, नंगे पांव लोग घर-घर, द्वार-द्वार घूमेंगे और जनता का समर्थन प्राप्त करेंगे। 24 घण्टे के उपवास के बाद राष्ट्र-पिता की समाधि पर एक मौन प्रार्थना होगी और उसके पश्चात् शिव-सुन्दरम का आमरण अनशन।

दल को नया रूप देकर, मन्त्रिमण्डल से सभी विरोधियों को निकाल-कर भी स्थिति में कोई विशेष अन्तर न आ पाया था। नये मन्त्रियों को शपथ नहीं दिलाई ज़ा सकी थी, क्योंकि राष्ट्रपति-भवन तक के सारे मार्गों पर विद्यार्थी बिछ गए थे।

प्रधानमन्त्री के सचिव सरदेसाई ने तिमिर वरन से विस्तार से बातें कीं और आग्रह किया कि प्रधानमन्त्री उनसे शीघ्र मिलना चाहते हैं; किंतु उन्होंने जाने से इंकार ही नहीं किया, अपना त्याग-पत्र भी भेज दिया।

दल का अब नये सिरे से गठन किया जा रहा था। नयी रीति-नीति अपनाई जा रही थी। नये-नये आकर्षक नारे थे, समाजवाद से भी आगे ले जाने के आश्वासन।

अध्यक्ष पाणिग्रही के साथ दल का बहुत बड़ा ढांचा भी अलग चला गया था। उसकी क्षतिपूर्ति करनी थी शीघ्र। लोगों का कहना था कि पाणिग्रही ने अपने प्रभाव से दल के लिए 25 करोड़ की राशि एकत्र की थी, उसका केवल कुछ हिस्सा ही कोषाध्यक्ष को दिया था। दल में अपनी स्थिति मजबूत बनाए रखने के उद्देश्य से शेष राशि अपने ही संरक्षण में सुरक्षित रखी थी। दल के विघटन की शुरुआत यहीं से आरम्भ हुई थी। प्रधानमंत्री से उनकी तथा बाद में तिमिर वरन की लम्बी तकरार चली थी।

नये अध्यक्ष का चुनाव हो गया था, पाणिग्रही के बदले। पी० पी० ने वित्तमन्त्री प्रभुपाद पण्डित की सहायता से दल के लिए धन-संग्रह का अभि-यान चलाया था। एक स्मारिका निकाली गई। जिसमें आमन्त्रित किए गए विज्ञापनों के बदले 6 करोड़ रुपये की राशि इकट्ठा की गई थी।

एक कागजी योजना बनाई थी कम्पनी के माध्यम से उत्तरांचल में कम्बलों का विशाल कारखाना खोला गया था, जिसमें करोड़ों रुपये के मूल्य के कम्बल तैयार किए गए थे। उन्हें सीधा सरकार को बेचा गया।

इस व्यापार में 5-7 करोड़ रुपये का कम्पनी को मुनाफा हुआ था।

इतना सब करने के बावजूद कहीं स्थिरता नहीं दिख रही थी। स्थिति दिन-प्रतिदिन बिगड़ रही थी। शिवसुन्दरम के आमरण उपवास की घोषणा ने सारा देश हिला दिया।

प्रभुपाद पण्डित की वार्ता के विफल होने के पश्चात् प्रधानमन्त्री की चिन्ताएं और बढ़ गई थी। शिवसुन्दरम को बदनाम करने की साजिशें व्यर्थ हो चली थीं।

'फूट डालो और राज करो' की नीति कुछ समय तक अवश्य फलप्रद रही। विद्यार्थियों को विद्यार्थियों से भिड़वा दिया। बुद्धिजीवियों को बुद्धि-जीवियों से। शिवसुन्दरम के साथियों में भी कम मनमुटाव पैदा नहीं किया था, किन्तु देश की गिरती हुई स्थिति ने सहसा सारा वातावरण बदल दिया था। सरकार का समर्थन करने वाले जनता की निगाह में बहुत नीचे गिर गए थे। यत्र-तत्र उन्हें कम अपमानित नहीं किया जा रहा था। जिसके भयंकर परिणाम उभरकर सामने आ रहे थे।

शिवसुन्दरम के उपवास के विरोध में सत्तारूढ़ दल के कुछ युवा उग्र-पंथियों ने राष्ट्रपिता की समाधि के दूसरी ओर उसी तरह आमरण उप-वास की घोषणा की तो जनता का आक्रोश आसमान को छूने लगा।

ट्रेनों से लद-लदकर लाखों विद्यार्थी राजधानी पहुंच गए थे। जगह-जगह पोस्टर लगे थे, शिवसुन्दरम जिन्दाबाद! केन्द्र सरकार त्यागपत्र दे! राजधानी के चप्पे-चप्पे में सशस्त्र सैनिक तैनात थे। कभी भी किसी विस्फोटक स्थिति का सामना करने के लिए कुछ सैनिक सलाहकार दिन-रात प्रधानमन्त्री निवास में रहते। राज्यों से ट्रकों में, ट्रेनों में भर-भरकर पुलिस भेजी जा रही थी।

सिपाही जब गलियों में गश्त लगाते, नन्हे-नन्हे बच्चे, जीभ निकाल-कर, अंगूठा दिखाते उन्हें चिढ़ाते। घर की मुंडेरों में छिपकर उन पर गिट्टियां फेंकते। दीवारें उनके विरुद्ध कोयले से रंगते, 'बैरकों में वापस जाओ!' 'हमें खाने के लिए रोटियां चाहिए, गोलियां नहीं!' 'भ्रष्ट प्रशासन नहीं चलेगा!' 'तानाशाही नहीं चलेगी, नहीं चलेगी!'

'कृष्ण नगर में भीड़ पर गोली चलने से लगभग सत्रह व्यक्ति मरे।

उनमें से एक का शव शेषगिरी बाबा से बहुत मिलता-जुलता था। बाल बड़े हुए थे। कपड़े सफेद। सिर पर कफन का प्रतीक सफेद टुकड़ा!' कृपाराम ने घबराते हुए तिमिर वरन से कहा, 'मौन जुलूस में सबसे आगे थे वह। ज्यों ही सनसनाती हुई गोली आई, बगल में खड़े विद्यार्थी को बचाने के लिए वह स्वयं आगे बढ़ गए!'

'हो सकता है, उनसे मिलता-जुलता कोई और हो!' तिमिर वरन ने आशंका प्रकट की।

'जी नहीं।' कृपाराम और ऊंचे स्वर में बोला, 'मैंने खुद देखा था, अपनी आंखों से। सफेद दाढ़ी से ढके उनके दाहिने गाल पर ठीक वैसा ही अर्द्ध चन्द्राकार घाव का निशान था और बायें पांव की छः अंगुलियां। एक ही क्षण में सारा शरीर छलनी हो गया था। रक्त की धाराएं दूर सड़क तक बिखर गई थीं। फटे हुए कपड़ों से झांकती माला साफ दिख रही थी।'

विस्मित-से देखते रहे तिमिर वरन। जो कुछ सुन रहे थे, सच न लग रहा था। अभी कल ही तो रथीन शंकर ने बतलाया था कि वह भूमिगत होकर कोई बहुत बड़ा आंदोलन चला रहे हैं। संसद् भवन के आगे आत्म-दाह करने वालों को एकत्र कर रहे हैं।

'कोई और होगा वह!' तिमिर वरन बोले, किन्तु भीतर-ही-भीतर कहीं लग रहा था कि वह अपने को दिलासा देने के लिए कह रहे हैं यह। रथीन शंकर को फोन किया; पर वह मिले नहीं।

फिर आश्रम में फोन मिलाया कृपाराम ने। पता चला कि चौकीदार के अलावा अब वहां कोई भी नहीं है। आश्रम कब का खाली हो चुका है!

मेघना की मृत्यु से तिमिर वरन का सारा मनोबल टूट गया था। इस तरह से, इतना जल्दी सारा खेल खत्म हो गया! कितनी ऊंची-ऊंची आकांक्षाएं लेकर चल बसी वह! सब सपना-सा लग रहा था तिमिर वरन को। जब भी कमरे में किसी के चलने की आहट आती, वह चौंक पड़ते और मुड़कर इधर-उधर झांकने लगते। इस अवस्था में, संकट की इन घड़ियों में उन्हें किसी के सहारे की जरूरत थी; किन्तु कहीं कुछ नजर न आ रहा था।

तरह-तरह की सलाहें लिए कुछ लोग आना भी चाहते थे; पर उन्होंने

सबसे मिलने से इंकार कर दिया था।

कुछ लोग तो आते ही सहानुभूति जतलाने लगते, 'किस तरह दिया त्याग-पत्र? क्यों दिया? आप पर घोर जुल्म किया है प्रधानमन्त्री ने।'

तिमिर वरन खीझते हुए उठकर चले जाते।

दल के विभाजित होते ही कोठी के चारों ओर इकट्ठी काफी भीड़ सहसा तितर-बितर हो गई थी। शामियाने उखड़ गए थे। बेंत की सफेद कुर्सियां अब कम नजर आ रही थीं।

सत्ता से हटते ही भीड़ का आना-जाना कम हो गया था। जो लोग उनसे मिलने के लिए लालायित रहते थे, उन्होंने सहसा करवट बदल ली थी। अवसर देखकर वे दूसरे खेमे में चले गए थे। तिमिर वरन से कहीं टकरा पड़ते, तो उन्हें पहचानने से भी इंकार कर देते। विधि मन्त्री उनके पीछे-पीछे कभी छाया की तरह लगे रहते थे, उनसे कुछ महत्त्वपूर्ण बातें करने के लिए फोन मिलाया, तो उन्होंने पी० ए० से कहलवा दिया था कि किसी मीटिंग में गए हैं, जबकि विद्यार्थियों से उनकी कोठी घिरी थी। बाहर जाने का प्रश्न ही न था।

बाहर सड़कों पर भीड़ लगी थी। उनकी कोठी भी लोग घेरे हुए थे; किन्तु त्याग-पत्र देने के पश्चात् किसी तरह जान छुड़ा पाए थे कि कल रात बड़े-बड़े बैनरों के साथ वे फिर कोठी के कैम्प्स में घिर आए थे। अब उनकी मांग थी कि संसद् की सदस्यता से भी वह त्याग-पत्र दें। अपने सभी विश्वस्त कर्मचारियों के भविष्य के विषय में भी वह कम चिन्तित न थे। मिस माखेजानी को बुलाकर समझाते हुए बोले, 'तुम्हारा क्या होगा अब बिटिया!'

माखेजानी उनकी ओर देखती रही, एक-दूसरे ही अक्काजी बैठे थे आज सामने। जिनकी आंखों में विकार नहीं, याचना एवं दया का, किसी सीमा तक दर्द का, भाव था।

'यहां से रिजायन कर दो। करम-सी धरम-सी टोपी वाले की फर्म में तुम्हें लगा देता हूं।'

'सुबोध चाहते हैं कि उनकी फैक्टरी में काम करूं।'

पीले दांत दिखाते हुए तिमिर वरन खिसियाकर बोले, 'अरे, उसका कारखाना अब खुल भी पाएगा या नहीं, क्या पता? आने वाली सरकार

सब कुछ जब्त न कर ले! शिवसुन्दरम के समर्थक कभी पावर में आ गए तो एक धेला तक न छोड़ेंगे।'

'तो अब आप यहीं रहेंगे या?' माखेजानी ने कुछ सोचते हुए पूछा।

'यह तो मुझे भी पता नहीं!' होंठों-ही-होंठों में बुदबुदाते हुए बोले तिमिर वरन, 'स्थिति ऐसी नाज़ुक है कि कुछ कहा नहीं जा सकता। सरकार पर टिके रहना प्रधानमन्त्री के लिए भी सम्भव नहीं लगता। शिवसुन्दरम ने आमरण उपवास कर ही दिया, तो तख्ता कुछ ही दिनों में उलट सकता है।'

फिर कहीं खो गए तिमिर वरन, कहीं मिलिटरी रूल न हो जाए···।' उनकी पुतलियां भय से कांपने लगीं।

गर्दन नीची किए, माखेजानी बैठी रही, फिर सन्नाटा तोड़ती हुई बोली, 'माखेजानी एक्सपोर्ट इम्पोर्ट की इन्क्वारी शुरू होने की आशंका है।'

तभी फोन की घण्टी बजी। माखेजानी कुछ समय पश्चात् फिर कमरे में दाखिल हुई। उसे अपने पास, कुछ और पास बुलाते हुए तिमिर वरन ने बैठने का आदेश दिया। उनका चेहरा गम्भीर था। कुर्सी के हत्थे पर कुहनी टिकाकर अधमुंदी आंखों से उसकी ओर देखते हुए धीमे स्वर में बोले, 'सुनो, मेरी एक बात मानो, अब नौकरी-वौकरी का चक्कर छोड़ दो। एक बार कहती थीं न कि किसी बैंक के असिस्टेंट मैनेजर का मैरेज का प्रपोजल रखा है। उससे तुरन्त शादी कर लो और हो सके तो यह शहर छोड़ दो।'

अक्काजी आज यह क्या कह रहे हैं, माखेजानी की समझ में न आ पा रहा था। उसी गुरु गम्भीर मुद्रा में तिमिर वरन धीरे से उठे। कुछ समय बाद कागज का एक टुकड़ा-सा उसकी ओर बढ़ाते हुए बोले, 'लो, इस चेक को भुना लो अभी, कल तो पता नहीं क्या हो पड़े!'

'इतनी बड़ी रकम!' माखेजानी की आंखें खुली-की-खुली रह गईं।

'जाओ, बिटिया! अब चली जाओ। अपनी जिन्दगी आराम से बताओ। अब कभी इधर न आना। पता नहीं क्यों किसी से मिलते हुए अब मुझे अच्छा नहीं लगता।'

कृत-कृत्य हो गई माखेजानी। जाते समय उनके चरण छूने लगी, तो वह झट पीछे हट गए, ऐसा किया ही क्या है, इस जीवन में कि किसी से चरण छूआने योग्य बनूं!' माखेजानी की आंखें भर आईं।

'अरे, यह क्या? नन्ही बच्ची की तरह वह उसका सिर सहलाने लो, आशीर्वाद देते हुए जैसे 'जब से त्याग-पत्र दिया है, सारी दृष्टि बदल गई है, पर अभी मरूंगा नहीं बिटिया! नहीं तो पापों का प्रायश्चित कौन करेगा?' उनका गला भर आया।

माखेजानी के जाने के बाद वह देर तक उसी तरह बैठे रहे, फिर भीतर गए, कुछ ढूंढ़ते-खोजते हुए जैसे। मेघना का कमरा खुला था। अब तक सारी वस्तुएं उसी तरह रखी थीं, जैसे पहले थीं। मेज के ऊपर अटैची और उसमें से कुछ साड़ियां बाहर झांक रही थीं। 'महिला समिति' की कभी अध्यक्षा थी वह। उसके कुछ कागज बिखरे हुए। लगता था, जैसे अभी-अभी उठकर कहीं गई हैं और अब आने ही वाली है। दीवार पर अजित का चित्र था।

उस चित्र की ओर देख न सके वह। झट गर्दन मोड़कर दूसरे कमरे की ओर लपके। पूजा-गृह में पत्नी जाप करते-करते सो गई थीं। उन्हें जगाकर बोले, 'गांव चलने के लिए कहती थीं कभी। अब चलोगी?'

आज यह कैसी बहकी-बहकी-सी बातें कर रहे हैं? पत्नी की समझ में ना आ रहा था। आंखें मलती हुई बोलीं, 'अब गांव जाकर भी क्या करना है? अजित कहता था, तब मानते न थे। मैं कहती थी ना कि उसका शाप लगेगा। पता नहीं अभी क्या-क्या देखना है और?'

मुंह में आंचल ठूंसकर वह चुपचाप सिसकने लगी।

बीस

रिसीवर रखते ही वह कहीं गहरे में डूब गए और माथे पर उभरी पसीने की बूंदों को यों ही हाथ से छिटककर पोंछने लगे।

देर तक उसी तरह, उसी मुद्रा में ठगे-ठगे-से खड़े, न जाने क्या-क्या सोचते रहे! जब कहीं कुछ न सूझा, तब अपने कमरे में आकर असहाय से लेट गए पलके मूंदकर।

कल संसद-सदस्यता से भी त्याग-पत्र दे दिया था; पर जनता किसी भी स्थिति में दोषी व्यक्तियों को माफ करने के पक्ष में न थी।

डाक्टरों की सलाह के विरुद्ध शिवसुन्दरम ने आमरण उपवास आरंभ कर दिया था। उनका गिरता हुआ स्वास्थ्य देखकर ऐसा लग नहीं रहा था कि वह अधिक समय तक टिक पाएंगे। मधुमेह, रक्तचाप और न जाने क्या-क्या!

अभी-अभी कृपाराम ने बताया कि कल से उनकी हालत और गिर गई है और अब वह अचेत हो गए हैं। विद्यार्थी और पुलिस आमने-सामने तन-कर खड़े हैं। सैनिकों का घेरा और मजबूत हो गया है। अब किसी भी क्षण कुछ भी हो सकता हैं। जनता विद्यार्थियों के साथ थी। शिवसुन्दरम को कुछ होने का अर्थ था, अराजकता का पूर्ण विस्फोटक!

सहसा बहुत घबरा उठे तिमिर वरन। एक बहुत बड़ा प्रश्न-चिह्न फन हिलाता हुआ उनके सामने खड़ा हो गया था, अब क्या होगा इस देश का? राजनीति से करीब-करीब संन्यास ले ही चुके थे, यानी कि लेने के लिए हर तरह से विवश कर दिए गए थे। स्वयं उनके मन में एक अजीब-सी वितृष्णा का भाव उभर आया था, इस घिनौनी राजनीति के लिए। पहले सोचते रहे, अच्छा है, जितनी अराजकता बढ़ती है, उतना ही प्रधानमन्त्री के लिए सत्ता पर टिका रहना कठिन होगा। टूट भी जाए यह निकम्मी सरकार तो क्या?

लेकिन फिर पता नहीं क्या सोचकर इस निर्णय पर टिके न रह सके। उन्हें मालूम था, जो भी सरकार आएगी, उन लोगों को बख्शेगी नहीं ; पर कहीं यह मुल्क ही वियतनाम बन गया तो क्या होगा?

उनका अब कहीं भी कुछ प्रभाव रह न गया था, फिर भी जाते-जाते एक बार, अन्तिम प्रयत्न करने के लिए वह उठ खड़े हुए। पाणिग्रही को फोन मिलाकर बोले, 'अब क्या सोचते हैं? क्या होगा?'

'जाने भी दीजिए इस सरकार को और क्या?' पाणिग्रही का स्वर आक्रोश से भरा हुआ था।

'आप समझ नहीं रहे सारी स्थिति। कुछ राज्य प्रधामन्त्री का अन्तिम समय तक साथ देने के लिए वचनबद्ध हैं। सुना है तीनों सेनाध्यक्ष उनका समर्थन कर रहे हैं। विदेशी ताकतें भी इस झमेले में कूदने के लिए तत्पर

हैं। ऐसी स्थिति में किसी भी क्षण गृहयुद्ध भड़क सकता है। आप सोचिए इन सारी स्थितियों पर बहुत बारीकी से। यह समय आपसी झगड़े का नहीं। देश का अस्तित्व दांव पर लगा है।'

'तो पार्टी की इमरजेंसी मीटिंग बुला लेते हैं। जो तय होगा, कर लेंगे।' बड़ी ही लापरवाही जैसा स्वर था पाणिग्रही का।

'आप क्या कह रहे हैं, मिस्टर पाणिग्रही! पार्टी की मीटिंग बुलाने के लिए वक्त है? तब तक शिवसुन्दरम ही चल बसे, तो सब किया-कराया रह जाएगा। जल्दी से सभी दल मिलकर राष्ट्रपति पर दबाव डालें, तो सम्भवतः कुछ हो सकता है। ऐसी नाजुक स्थिति में राष्ट्र को बचाना है, तो राष्ट्रपति शासन लागू करना ही होगा।' तिमिर वरन बोले।

'निर्दलीय सरकार के विकल्प पर क्यों नहीं विचार करते?' दूसरी ओर से कुछ ऊंचा स्वर था।

'इस समय उससे भी समस्या सुलझेगी नहीं। वही बन्दर-बांट और भ्रष्टाचार! मुझे लगता है, वही प्रशासन इस देश में अब टिक सकेगा, जो जनता को अधिक-से-अधिक न्याय देने में सफल होगा; पर यदि राष्ट्र ही न रहा तो?' बोलते-बोलते तिमिर वरन आवेश में हांफने-से लगे थे।

'तो क्या सोचा आपने?' पाणिग्रही बोले।

'कुछ पार्टी लीडर्स आने वाले हैं अभी। आप भी आइए। लेट अस डिसाइड वन्स फार एवर।' उन्होंने फोन रख दिया।

और कृपाराम फिर दूसरा नम्बर मिलाने लगा, फिर तीसरा, चौथा। इस बार न चाहते हुए भी गृहमन्त्री से बोल रहे थे, खिन्न मन से। 'क्या अब भी आप सोचते हैं कि इस सरकार का और अधिक चलना ठीक है?' तिमिर वरन ने झुंझलाकर कहा।

'आपकी इस कीमती सलाह के लिए हम आभारी हैं।' व्यंग्य भाव से कहा गृहमन्त्री ने।

वह स्वयं भी कुछ कम परेशान न थे इधर। चार टेलिप्रिण्टर एक साथ तरह-तरह के विस्फोटक समाचार उगल रहे थे। वायरलेस से राज्यों की राजधानियों से सम्पर्क बना हुआ था। शिवसुन्दरम के अचेत होते ही

चारों ओर खलबली मच गई थी, अजीब-सा आतंक।

'आप आभारी हों या न हों, मैं बहुत सोच-समझकर कह रहा हूं। राजनीति से मुझे अब कुछ लेना-देना नहीं; पर याद रखिए, प्रधानमन्त्री को अच्छी सलाह देने में आप भी कभी पीछे नहीं रहे। आपकी अनुकम्पा और कुछ अति प्रगतिवादियों की दूरदृष्टि के परिणामस्वरूप कुछ विदेशी विशेषज्ञ यहां पहले से ही उपस्थित हैं प्रधानमन्त्री के मार्ग-निर्देशन के लिए। भगवान न करे कि शिवसुन्दरम को कुछ हो जाए। नहीं तो आप लोगों को प्राणों के लाले पड़ जाएंगे। गृहयुद्ध की जैसी स्थिति पैदा हो जाएगी सो अलग!'

'गृहयुद्ध की-सी स्थिति क्या आप लोगों के ही कारण नहीं स्टूडेंट्स अनरेस्ट आप लोगों ने फैलाया। शिवसुन्दरम् को भड़काकर आमरण उपवास करवा दिया और अब हमें सलाह दे रहे हैं कि हम त्याग-पत्र दे दें और उसका लाभ आप उठाएं!' गृहमन्त्री कुछ रुककर बोले, हमें अच्छी तरह मालूम है, जब तक जनता हमारे साथ है...।' वह अभी कह ही रहे थे कि तिमिर वरन बड़ी विद्रूप हंसी में हंस पड़े, 'और अब भी आपका प्रशासन जनता पर चल रहा है ना?' इतना कहते-कहते वह सहसा न जाने क्या सोचकर स्वयं ही चुप हो गए। पैंतरा बदलकर, तनिक शांत स्वर में बोले, 'इस मुगालते में न रहें, तो आपके लिए ही नहीं, देश के लिए भी हितकर है। अभी भी कुछ बिगड़ा नहीं। राष्ट्रपति-शासन लागू होने दीजिए। जनता आपके साथ है, तो फिर एलेक्शन जीतकर आ जाइए। इस समय तो मुल्क को विभाजित होने से बचाना है, किसी भी तरह। व्यर्थ में लोग कटें-मरें इससे किसी का भी हित न होगा!'

'आप ठीक कह रहे हैं मिस्टर वरन! गद्दी से हटते ही हर किसी को ब्रह्म-ज्ञान हो जाता है, इस देश में। हर कोई उपदेश देने लगता है। इस अराजकता के लिए सारा दोष क्यां प्रधानमन्त्री का ही है? सत्ता पर बने रहने के लिए आपने भी क्या-क्या नहीं किया था? और अब प्रधानमन्त्री से त्याग-पत्र दिलाने के लिए क्या कुछ नहीं कर रहे हैं?' उन्होंने खटाक् से रसीवर रख दिया।

राष्ट्रपति के नाम बुद्धिजीवियों का खुला पत्र प्रकाशित हुआ था।

जिसमें पूरा विवरण दिया गया था कि अब तक पुलिस की गोली से कितने व्यक्ति मारे गए तथा कितने बुद्धिजीवी सींखचों में बन्द हैं। अन्त में उनसे प्रार्थना की गई थी कि यदि एक सप्ताह के भीतर स्थिति नियंत्रण में न हुई, तो वे लोग भी खुलेआम मैदान में आ जाएंगे। जुलूसों का नेतृत्व ही नहीं करेंगे, बल्कि मन्त्रियों की कोठियों के आगे धरना भी देंगे।

स्वयं दुविधा में थे राष्ट्रपति। सत्तारूढ़ दल का समर्थन छोड़ना नहीं चाहते थे; किन्तु देश की बिगड़ती हुई स्थिति से भी अधिक समय तक आंखें मूंदना सम्भव न लग रहा था। प्रधानमन्त्री को जब से सेनाध्यक्षों समर्थन मिला था, उन्होंने प्रतिरक्षा मन्त्री ही नहीं राष्ट्रपति की भी उपेक्षा आरम्भ कर दी थी।

राष्ट्रपति पक्ष-विपक्ष के सभी राजनीतिज्ञों एवं बुद्धिजीवियों के सम्मेलन की योजना बना रहे थे, ताकि कोई ठोस नतीजा निकाला जा सके जो सर्वमान्य हो; पर उसके लिए सत्तारूढ़ दल से किसी भी तरह के सहयोग की आशा दीख न रही थी। जीवन के अन्तिम दिनों में उनपर कुछ आरोप लगे इस संशय से वह मुक्त होना चाहते थे। भीतर-ही-भीतर वह घुल रहे थे, महीनों से। एक बार पद से मुक्त होने की भी बात उन्होंने उठाई थी; पर इस नाजुक क्षण में उनका इस्तीफा सत्तारूढ़ दल के विपक्ष मैं जाएगा, सोचकर प्रधानमन्त्री ने यह विचार स्थगित करवा दिया था। समझा दिया था कि मुल्क के हालात अब जल्दी सुधरने वाले हैं। अतः त्याग-पत्र के प्रश्न पर सोचने का कोई अर्थ नहीं।

कुछ नीति-सम्बन्धी मामलों में प्रधानमन्त्री से उनके मनमुटाव की भी खबर उड़ी थी एक बार; पर बाद में दोनों पक्षों ने उसका खण्डन कर दिया था।

आमरण उपवास आरम्भ करने से पूर्व शिवसुन्दरम ने एक बड़ा ही हृदय-स्पर्शी पत्र लिखा था राष्ट्रपति के नाम—

'मेरी कोई राजनीतिक महत्त्वाकांक्षा नहीं। किसी किस्म का मुझे लोभ-लालच नहीं। जिस यन्त्रणा से यह सारा राष्ट्र गुजर रहा है, मैं तो उससे बेचैन हूं; लेकिन इस घोर अराजकता के बावजूद मुझे लगता है, शायद प्रकाश की किरण भी नहीं दीखेगी। विश्व के इस सबसे बड़े गणतंत्र

के अधिष्ठाता हैं आप, इसलिए आपका दायित्व कुछ अधिक है। अतः इन गगनचुम्बी प्रासादों से उतरकर नीचे आइए, देखिए कितनी अपार जन-शक्ति है आपके पास! कितने अनन्त साधनों के स्वामी हैं आप! इस देश की नाव आप ही डूबने से बचा सकते हैं। संविधान ने आपको इतने अधिकार दिए हैं, उनका इस्तेमाल कीजिए। बुद्ध और गांधी के इस महान देश को एक बार फिर विश्व का नेतृत्व करना है, उसका श्रेय लीजिए। प्रधान-मन्त्री या किसी भी राजनीतिक दल से मेरा व्यक्तिगत बैर नहीं। इन परि-स्थितियों में जो उचित लग रहा है, अपना कर्त्तव्य समझकर कर रहा हूं मैं। इससे क्या होगा, क्या नहीं होगा, यह सब समझ पाना मेरी शक्ति से परे है। लगता है कोई अदृश्य महाशक्ति है, जो मुझे इस सबके लिए प्रेरित कर रही है। यह सब अवश्यम्भावी है, एक नए युग के प्रसव की पीड़ा; पर अभी पता नहीं कितने लोगों की बलि मांगेगी यह!'

इस पत्र से राष्ट्रपति बुरी तरह विचलित हो उठे। विद्यार्थी नेताओं से उन्होंने मिलने की इच्छा जाहिर की तथा प्रतिपक्ष के राजनेताओं से भी; किन्तु प्रधानमन्त्री को यह अच्छा न लग रहा था। राष्ट्रपति के साथ अपनी पिछली मुलाकात में उन्होंने स्पष्ट कह दिया था कि केन्द्रीय मन्त्रिमण्डल के त्याग-पत्र का एक ही विकल्प है, पूर्ण तानाशाही। सैनिक-प्रशासन भी असम्भव नहीं। यदि आप उसके लिए तैयार हों, तो विपक्ष से समझौते की बातें कीजिए अन्यथा देश के प्रशासन का भार आपने मुझे सौंपा है, तो अपनी इच्छानुसार चलाने दीजिए उसे।

शिवसुन्दरम के अचेत होने का समाचार सुनते ही पूर्वांचल-राज्य के राजभवन के आगे किसी विद्यार्थी ने तन पर मिट्टी का तेल छिड़ककर आत्मदाह कर लिया था। सत्याग्रहियों ने जले हुए शव का जुलूस निकाला तो कई महिलाएं बेहोश हो गई थीं।

विपक्ष के नेताओं की भीड़ लगी थी। कुछ उग्रपंथी दल प्रधानमन्त्री का समर्थन कर रहे थे, अतः वे सम्मिलित न हुए। तिमिर वरन इन कुछ ही दिनों में बहुत बूढ़े हो गए थे। आंखों में अब वह चमक न थी, न पहले का जैसा रोब ही झलकता था कहीं; किन्तु बोलते तो अब भी उसी सिंह-गर्जना के साथ। उनका सुझाव था कि प्रतिपक्ष के सभी संसद-सदस्य एक

साथ इस्तीफा दे दें तो सम्भवतः कुछ दबाव कम पड़ सकता है सरकार पर। उनका समर्थन करते हुए नरेन्द्रनाथ बोले, फिर देखते हैं, किस तरह चलती है सरकार। अपोजीशन का एक भी एम० पी० पार्लियामेण्ट नहीं जाएगा!'

संसद का अधिवेशन आरम्भ हो गया था। शिवसुन्दरम के प्रश्न पर काम रोको प्रस्ताव पास न हो सका था। अतः विपक्ष के कुछ अति-प्रगतिवादियों के अलावा सब लोग सदन से उठकर चले आए थे। समाजवादी दल के नेता एस० एस० दास ने सीट पर खड़े होकर सत्तारूढ़ दल को घूंसा दिखाया था। इस पर सत्तारूढ़ दल के कुछ संसद-सदस्य सदन में ही उनपर झपट पड़े थे। मार्शल ने जब दास महोदय को उठाकर बाहर फेंका, तो उनके सारे कपड़े तार-तार फटे हुए थे। घुटने से लहू बह रहा था। दाहिनी कलाई मुड़ जाने से दर्द कर रही थी।

'मिस्टर वरन ठीक कहते हैं!' उछलकर दास महोदय ने अपनी सहमति प्रकट की, 'क्या ही अच्छा हो यदि विद्यार्थी संसद-भवन को ही घेर लें, फिर देखते हैं किस तरह कौन एम० पी० अन्दर पहुंचता है!'

इससे मेरे भाई कुछ होगा नहीं। क्या ओस बढ़ेगा। बेचारे विद्यार्थियों को पुलिस से पिटवाओगे?' किन्हीं वयोवृद्ध संसद-सदस्य का स्वर था।

तिमिर वरन गुस्सा पीकर यों ही हंस पड़े, 'और कर ही क्या सकते हैं हम लोग! पुलिस, मिलिट्री, सरकारी मशीनरी कुछ भी तो नहीं है। अपोजीशन के भी पूरे लोग साथ नहीं दे रहे हैं। कुछ अतिराष्ट्रवादी हैं तो कुछ लोगों ने अपनी राष्ट्रीयता विदेशों में गिरवी रख छोड़ी है। निहत्थी निरीह जनता के लिए अब रास्ता ही कौन-सा बचा है!'

'राष्ट्रपति से मिलकर कोई समाधान निकल सकता है।' एक सुझाव आया।

तभी अंगूठा हिलाते हुए दूसरे संसद-सदस्य भड़क उठे। होंठ टेढ़े कर, आंखें नचाते हुए बोले, 'भय्या साहेब! उनके हाथ में रहा ही क्या है? प्रधानमन्त्री जो कहते हैं, उन्हें डीटो करना पड़ता है!'

'लेकिन संविधान के अनुसार उनके अधिकार कम तो नहीं!'

'हो-हो-हो!' खादी के सफेद झक्-झक् कपड़ों में लिपटे एक बहुत मोटे सज्जन हंस पड़े, 'क्या खूब कही आपने भी! क्या गजब! आत्मा

की आवाज बड़ी होती है कि संविधान?' सब हंस पड़े एक साथ।

'प्रेजीडेण्ट को एक मेमोरंडम भेजकर देख तो लें! शिवसुन्दरम के प्राण तो बचाने ही हैं! कहीं ऐसा न हो कि···!' पाणिग्रही अभी बोल ही रहे थे कि भीतर के कमरे से कृपाराम भागता हुआ आया। घबराए स्वर में तिमिर के पास जाकर बोला, 'स—र!' शिवसुन्दरम चल बसे!'

इक्कीस

अस्पताल की इमारत घिर गई थी। कहीं तिल धरने को भी ठौर नहीं। जहां तक दृष्टि जाती, सिर-ही-सिर दिखलाई देते। तिमिर वरन और उनके साथियों का रास्ता रोक लिया था। प्रधानमन्त्री की कार भीड़ को चीरती हुई आगे बढ़ने का प्रयत्न कर ही रही थी कि सहसा पथराव शुरू हुआ और उन्हें प्राण बचाते हुए लौटना पड़ा था। पुलिस उपद्रवियों पर गोली चलाना चाहती थी; पर उन्होंने मना कर दिया था। डर था कि जनता का आक्रोश कहीं और न भड़क उठे।

कई सुरक्षाधिकारियों को चोटें आईं। मोटरसाइकिल से गिरकर पायलेट अचेत हो गया था। कार के शीशे चूर-चूर। वायरलेस गाड़ियां भीड़ को रौंदती हुई आगे बढ़ीं, तो बहुत-से लोग कुचले गए थे। प्रधान-मन्त्री की समझ में न आ रहा था कि यह क्या हो रहा है?

शिवसुन्दरम की मृत्यु का समाचार सुनते ही अराजकता की आग और प्रज्वलित हो उठी थी। कतार में लगे टेलिप्रिण्टर धधकते हुए समाचार उगल रहे थे—भीड़ ने राजभवन पर कब्जा कर लिया है। पुलिस और विद्यार्थियों में जमकर लड़ाई छिड़ गई है। बड़े-बड़े सरकारी अफसर लम्बी छुट्टियों पर चले गए हैं। प्रमुख सरकारी कार्यालयों में विद्यार्थियों ने अधि-कार कर लिया है। विधानसभा भवन नष्ट कर दिया है। सरकार का समर्थन करने वालों को ढूंढ-ढूंढ़कर पकड़ा जा रहा है।—सड़कों पर लाशें बिछी हैं। रेडियो-स्टेशन पर विद्यार्थियों का अधिकार है।

राज्यों की राजधानियों से सम्पर्क टूट गया था। केन्द्रीय मन्त्रिमण्डल के कुछ मन्त्रियों ने फोन से अपने त्यागपत्र का संकेत दे दिया था, प्रधान-मंत्री को और वे कोठियां छोड़कर अन्य सुरक्षित स्थानों में जाने की

योजना बना रहे थे। जो आन्दोलन अब तक सत्याग्रह या मौन जुलूसों के माध्यम से हो रहा था, उसने सहसा हिंसा का मार्ग अपना लिया था। प्रधानमंत्री के विश्वस्त लोग ही पलायन की सोच रहे थे।

मन्त्रियों एवं भूतपूर्व मंत्रियों की कोठियों में लोग घुसकर आक्रमण कर रहे थे, जिससे घबराकर तिमिर वरन ने चारों ओर से कपाट मूंद लिए और दम साधे दिनों तक भीतर दुबके रहे।

शिवसुन्दरम की बुढ़ी, अन्धी मां बेटे की लाश से लिपट-लिपटकर रो रही थी। वृद्धा मां के अलावा और कोई न था। चिरकुमार शिवसुन्दरम के परिवार में, मृत्यु से पूर्व वह मां के नाम एक पत्र लिख गए थे —जीवन-भर तुम्हें कोई सुख न दे सका। सेवा न कर सका कोई। मेरे लिए हमेशा मां से बड़ी रही है, भारत मां—मर गया तो दुख न करना। अपने को असहाय न समझना। 56 करोड़ संतानों की मां हो तुम। जब तक इस अभागे देश का एक भी बच्चा जीवित रहेगा, अपने को निपूती न समझना।

सफेद खादी की चादर में लिपटा शव फूलों के पहाड़ से ढक गया था। कव-यात्रा निकली, तो जन-सागर उमड़ पड़ा। 'शिवसुन्दरम अमर हैं!' 'भ्रष्टाचारी राजनीतिज्ञों का नाश हो!' के नारों से आसमान गूंज उठा। जिस-जिस गली से शव गुजरता छज्जों पर खड़े लोग फूल बरसाते राष्ट्रपिता की मृत्यु के पश्चात् इतनी भीड़ शायद ही किसी की शव-यात्रा में हुई हो!

मृत्यु का समाचार सुनते ही किसी ने आत्मदाह कर लिया था। किसी ने आमरण उपवास की घोषणा कर दी थी। चिता की आग अभी बुझ भी न पाई थी कि सारा राष्ट्र धधक उठा था।

देश भर में यातायात की व्यवस्था रुक गई थी। दुकानें बन्द करवा दी गई थीं। सरकारी कार्यालयों में ताले डाल दिए गए थे। विद्यार्थी समिति ने घोषणा कर दी थी कि जब तक सरकार त्यागपत्र नहीं देती, तब तक शिवसुन्दरम की मृत्यु के लिए दोषी व्यक्तियों को दण्ड नहीं मिलता, तब तक देश के किसी भी भाग में बिजली नही जलेगी, सर्वत्र अंधेरा रहेगा। सारा राष्ट्र शोक मनाएगा। किसी भी रेडियो स्टेशन से कोई समाचार प्रसारित नहीं किया जाएगा और देश के झण्डे झुके रहेंगे।

प्रधानमंत्री का रौद्र रूप प्रकट हो रहा था। राजधानी की लम्बी-चौड़ी सड़कों पर टैंकों, तोपगाड़ियों की कतार दीखने लगी। आकाश में भीषण गर्जना के साथ तूफानी बम-वर्षक विमान मंडराने लगे। सर्वत्र भय एवं आतंक छा गया। आन्दोलनकारियों को कुचलने के लिए हर सम्भव उपाय काम में लाने के आदेश दिए थे सैनिकों को तोड़-फोड़ करने वालों को घटनास्थल पर ही गोली से उड़ा दिया जाता।

अब तक तटस्थ दार्शनिक की तरह चुप थे राष्ट्रपति, किन्तु अब सहन-शक्ति जवाब दे रही थी। राष्ट्र टूट रहा था और विकल्प टूटा जा रहा था सैनिक तानाशाही का। उनकी चिन्ताओं की कहीं कोई सीमा न थी। शिवसुन्दरम की मृत्यु के पश्चात् कितनी ही रातें वह सो न पाए थे।

सर्वदलीय सरकार के सम्बन्ध में उन्होंने प्रधानमंत्री के सामने प्रस्ताव रखा, तो उन्होंने ठुकरा दिया था।

राष्ट्रपति चिन्तक ही नहीं, दूरदर्शी कूटनीतिज्ञ भी थे। निर्णायक क्षणों में उनकी सलाह ने कई करिश्मे दिखलाए थे। बहुत पहले उन्होंने प्रधानमंत्री को सलाह दी थी कि कुछ समय के लिए राजनीतिक दलों पर प्रतिबन्ध लगाना राष्ट्र के हित में रहेगा। दिन-प्रतिदिन बिगड़ती हुई हालत के लिए सभी राजनीतिक दल समान रूप से दोषी हैं।

पर प्रधानमंत्री ने यह सुझाव अव्यावहारिक ठहराकर ठुकरा दिया था। भ्रष्ट राजनीतिज्ञों को सत्ता से हटाने की बात भी अस्वीकार कर दी थी। बाद में नए स्थल सेनाध्यक्ष की नियुक्ति में जिस तरह विशेष रुचि दिखलाई थी, उससे राष्ट्रपति चौंक उठे थे। प्रधानमंत्री की थाह लेने के लिए एक बार कभी उन्होंने अपने त्यागपत्र का सुझाव भी रखा था। शिवसुन्दरम के प्राण बचाने के लिए भी कुछ कम दबाव न डाला था; किन्तु कोई परिणाम न निकला था प्रधानमन्त्री की हठधर्मिता के आगे। अब तक उनका मौन विवशता का कम और चतुर राजनीतिज्ञ का अधिक था। उचित अवसर की प्रतीक्षा में वह दम साधे बैठे थे।

किन्तु उन्हें अब लग रहा था कि वह अवसर आ गया है।

स्थिति की गम्भीरता का आकलन करते हुए एक दिन उन्होंने तीनों सेनाध्यक्षों को बुलाया।

'दलगत राजनीति में सेनाध्यक्षों का विशेष रुचि लेना कहां तक उचित है, मैं नहीं समझता। मुझे लगता है, प्रधानमन्त्री को यदि आप लोग गलत सलाह न देते, तो सम्भवतः राष्ट्र की आज यह स्थिति न होती!' उनका स्वर आक्रोश से भरा हुआ था।

चारों ओर सन्नाटा था। राष्ट्रपति-भवन का एकान्त कक्ष। अपने अंगरक्षकों से राष्ट्रपति घिरे थे। हर स्थिति का सामना करने के लिए पहले से ही सारी तैयारियां की जा चुकी थीं। हर सम्भावना पर उन्होंने विस्तार से सोच लिया था।

'किसी भी व्यक्ति का महत्त्व राष्ट्र से अधिक नहीं।' उन्होंने घूरकर चारों ओर देखा, 'क्या आप सोचते हैं कि आसमान से लड़ाकू विमान उड़ा देने से, सड़कों पर टैंक चला देने से, जनता आत्मसमर्पण कर देगी? आप या प्रधानमन्त्री यदि ऐसा सोचते हैं तो बहुत बड़े भ्रम में हैं। इसका अर्थ यह है कि राष्ट्र का जनमानस नहीं पहचानते। यहां के लोग टूटना जानते हैं झुकना नहीं।' कहते-कहते चुप हो गए राष्ट्रपति फिर खिन्न स्वर में बोले, 'अब तक यहां की दुखी जनता ने कुछ कम जुल्म सहे हैं, कुछ कम यातनाएं भोगी हैं? फिर उसपर यह आतंक क्यों? किसलिए? क्या अभी तक भी उनकी यातनाओं की पराकाष्ठा नही हुई? में पूछता हूं आखिर आप लोग मुल्क को ले कहां जाना चाहते हैं?' तनकर बैठे तीनों सेना ध्यक्ष चुप थे। गर्दनें झुकी हुईं।

उन्होंने सचिव को बुलाया। कड़कते हुए कहा, 'इनसे त्यागपत्र लो।'

'लेकिन' लेकिन।' स्थल सेनाध्यक्ष ने तुनककर कहा।

'लेकिन-वेकिन का वक्त बीत गया मिस्टर जनरल। यह न भूलिए कि राष्ट्र की सेनाओं का सर्वोच्च सेनापति मैं हूं—मैं!' दांत पीसते हुए उन्होंने पांव पटके। सेनाध्यक्षों के चेहरों पर हवाइयां उड़ रही थीं। वे कुछ कहना चाहते थे; पर राष्ट्रपति कुछ भी सुनने की स्थिति में न थे।

त्यागपत्र देने के पश्चात् राष्ट्रपति-भवन में ही नजरबन्द कर लिया गया था उन्हें।

यह कार्य अभी पूरा हो ही रहा था कि राष्ट्रपति ने प्रधानमन्त्री को बुलाया। प्रधानमन्त्री देश के ही नहीं, अपने भविष्य के निर्णायक प्रश्नों से

भी जूझ रहे थे। प्रभुपाद पण्डित पर अभी-अभी किसी ने गोली चलाई थी और वह बाल-बाल बच गए थे।

प्रधानमन्त्री-निवास घिरा था आन्दोलनकारियों से। इधर बहुत दिनों से प्रधानमन्त्री एक विशेष हेली-कोप्टर से ही इधर-उधर आया-जाया करते थे सुरक्षा की दृष्टि से। आज भी उसी की सहायता से राष्ट्र-पति-भवन के प्रांगण पर उतरे थे।

राष्ट्रपति को गहरे आक्रोश की मुद्रा में देखकर वह धक्-से रह गए। और दिनों की तरह उठकर मिलने की औपचारिकता न निभाई उन्होंने। अभिवादन का उत्तर ठीक ढंग से राष्ट्रपति न दे सके थे। गहरे अन्तर्द्वन्द में डूबा उनका स्वरूप बहुत डरावना लग रहा था, प्रलय से पहले के बादलों जैसा।

'कैसी स्थिति है अब?'

'जिस गति से आन्दोलनकारियों का दमन किया जा रहा है, उससे स्थिति शीघ्र ही सामान्य हो जाएगी।'

'जहां सेनाएं अधिक संख्या में भेजी गई हैं, वहां की स्थिति तो नियन्त्रण में आ चुकी होगा?' राष्ट्रपति ने कुरेदते हुए पूछा।'

'जी, हां, पांच राज्यों में पूर्ण नियन्त्रण है।'

'शेष में?'

'वहां हो रहा है। हो जाएगा शीघ्र!'

इस उत्तर पर राष्ट्रपति हंस पड़े, 'क्या आप चाहते हैं कि यह दश भी वियतनाम की तरह विदेशी शक्तियों का अखाड़ा बने? इससे क्या हित होगा आपका?'

'अराजकता को बर्दाश्त करना भी कहां तक उचित है?' तैश में आकर कहा प्रधानमन्त्री ने।

किन्तु इसके प्रत्युत्तर में प्रशान्त स्वर में बोले राष्ट्रपति, 'आपने कभी ठण्डे दिमाग से सोचा कि यह अराजकता क्यों है? कौन है इसके लिए दोषी?'

'अपोजीशन के लोग।' प्रधानमन्त्री का वाक्य अभी तक अधूरा ही था कि राष्ट्रपति तपाक से बोले, 'झूठ! उन्होंने तो आप की योग्यता का लाभ उठाया। क्या यह जरूरी है कि एक ही दल की सरकार हमेशा-

हमेशा के लिए इस देश में बनी रहे? क्या प्रतिपक्ष के सभी लोग अविश्वसनीय हैं, देश द्रोही? जनता अगर रोटी-कपड़े की मांग करती है, तो क्या उसे पूरा करना सरकार का कर्तव्य नहीं? भूख से कितनी मौतें हुईं इस देश में, क्या आप बता सकते हैं? अन्न का अभाव था, ठीक है; लेकिन मैं पूछता हूं, कुछ ही लोग क्यों मरे, शेष क्यों नहीं? इसलिए न कि दुर्व्यवस्था थी! इसलिए न कि जो दीन-हीन थे, असहाय—ईमानदार आपके प्रशासन में उन्हें कभी भी जीने का अधिकार न मिला।'

प्रधानमन्त्री की समझ में न आ रहा था कि हमेशा के ढीले-ढाले-से लगने वाले राष्ट्रपति अकस्मात् आज यह कैसी बात कर रहे हैं? वह बार-बार उनकी तरफ देख रहे थे। राष्ट्रपति से सब उगलवाकर वह फिर अपना निर्णय सुनाना चाहते थे कि बिना सेना की सहायता के अब देश में शान्ति स्थापित नहीं हो सकती। चूंकि सेनाध्यक्षों का समर्थन उनके साथ है, अत: उन्हें प्रशासन की पूरी-पूरी छूट दी जानी चाहिए।

'शिवसुन्दरम की मृत्यु के लिए किसे जिम्मेदार ठहराते हैं, आप?' राष्ट्रपति ने सन्नाटा तोड़ते हुए पूछा, 'आप के समर्थकों ने उनपर कितने लांछल नहीं लगाए? आपका रेडियो उनके विरुद्ध कितना जहर उगलता रहा, पर सच-सच कहिए, यदि आप सत्ता को छोड़ देते, तो क्या आज देश की यह स्थिति होती?'

'इसमें सत्तारूढ़ दल का क्या दोष? विपक्ष के लोगों ने उन्हें मोहरा बनाकर!'

'विपक्ष के लोग दिल से कभी उनके पक्ष में न रहे। ईमानदार आदमी के समर्थकों की सरकार बनने का अर्थ था भ्रष्ट राजनीतिज्ञों के लिए आत्महत्या। यह न आप चाहते थे, न अपोजीशन के ही लोग।'

कहते-कहते राष्ट्रपति चुप हो गए। प्रधानमन्त्री अन्त तक भी झुकते नजर न आए तो राष्ट्रपति ने निजी सचिव को बुलाया और वे तीनों त्याग पत्र उनके सामने रखवा दिए और फिर धीरे से कहा, 'आपने भी बहुत सेवा कर ली है इस देश की। आप भी आराम करें, तो अच्छा है। स्वेच्छा से चले जाने से, शायद आपकी प्रतिष्ठा बनी रहे, नहीं तो फिर···।'

प्रधानमन्त्री का चेहरा एकदम पीला पड़ गया। राष्ट्रपति यह कदम भी उठा सकते हैं, उन्होंने कल्पना न की थी कभी। वह उसी तरह हतप्रभ-

से बैठे रहे, मूर्तिवत्, फिर कुछ सोचते हुए बोले, 'अपने साथियों से सलाह लेकर, अभी मैं आपको सूचित करता हूं।'

प्रधानमन्त्री उठकर चले गए। उनके पांव लड़खड़ा रहे थे। आंखों के आगे अंधियारा छा रहा था। उन्हें लग रहा था, कहीं इतिहास अपने को दुहरा तो नहीं रहा आज? जिस तरह से उन्होंने अपने मंत्रिमण्डल के सदस्यों को हटाया था, ठीक उसी तरह—! वह घबरा उठे।

अभी अपनी कोठी में भी पहुंचे न थे कि आकाशवाणी ने घोषित किया कि सारे देश में राष्ट्रपति-शासन लागू हो गया है।

बाईस

संसद भंग होते ही राजनीतिज्ञों में भगदड़ मच गई। कल्पना दत्ता अभी-अभी आकर बता गई थीं कि बहुत-से मन्त्रियों को, जिनके विरुद्ध गोल-मोल के संगीन मामले थे, नजरबन्द कर लिया है। सभी भूतपूर्व मंत्रियों को अपनी सम्पत्ति का विवरण देने के आदेश दे दिए हैं। मामले न्यायालयों को सौंपे जा रहे हैं। कल्पना दत्ता कब उठकर चली गईं, पता न चला। उसी तरह भयभीत-से बैठे रहे, तिमिर वरन।

किसी तरह अब तक दबी व्याधियां धीरे-धीरे फिर उभर आई थीं। डाक्टर सूद कभी-कभी आते, हाल-चाल पूछ्ने; किन्तु अब तिमिर वरन में जीने की ही लालसा न रह गई थी। उन्हें लग रहा था, साथियों की तरह, मित्रों की तरह अब शरीर भी अधिक दिनों तक साथ निभाने की स्थिति में नहीं। दिल की धड़कन कभी-कभी यों ही जोर से उभर पड़ती, तो वह घबरा उठते।

अकेले बैठे-बैठे परेशान हो उठे, तो उन्होंने अखबार खोला। पहले ही पृष्ठ पर शिवसुन्दरम के अस्थिकलश का चित्र था, जिसे संगम में प्रवाहित करने के लिए श्रद्धा के साथ ले जाया जा रहा था। पीत चीवर-धारी पांच सन्त अस्थि-कलश हाथों में थामे मौन, मन्थर-गति से तट की ओर बढ़े जा रहे थे और पीछे थी, अपार भीड़। आदमी-ही-आदमी।

हवा के हलके-से झोंके से अखबार नीजे गिर पड़ा। उसका गिरना, पन्नों का दूर तक फड़फड़ाकर उड़ना वह देखते रहे। इतनी शक्ति अपने में

न पा रहे थे कि लपककर उसे पकड़ लें।

बांहों में सिर टिकाए वह कुछ क्षण पड़े रहे। तभी फोन की घंटी घनघनाई। चौंककर उन्होंने गर्दन उठाई। वह टेलीफोन की ओर बढ़ने ही वाले थे कि घंटी अपने-आप बन्द हो गई।

बड़ी मुश्किल से पता नहीं क्या सोचकर वह उठे और कमरे में ही हमेशा की तरह चहल-कदमी करने की कोशिश में अपने से जूझते रहे।

कुछ ही दूर चलने पर पांव लड़खड़ाने लगे तो वह फिर कुर्सी में सिमट आए। उनका कांपता हुआ हाथ रेडियो के स्विच की ओर बढ़ा। हर समय यही आशंका उन्हें घेरे रहती कि क्या होगा अब? आगे क्या होगा? कोई गंभीर-सी आवाज आ रही थी रेडियो से। शायद राष्ट्र के नाम प्रसारित राष्ट्रपति के भाषण का कोई अंश था—देश की आन्तरिक सुरक्षा नहीं, बाह्य सुरक्षा पर भी हमें विचार करना है। आवश्यकता हुई तो आत्मरक्षा के लिए हम सब कुछ करेंगे। परमाणु बम ही नहीं, उद्‌जन बम भी बनाएंगे। आखिर क्या नहीं है हमारे पास? देखते हैं, महाशक्ति के रूप में उभरने से हमें कौन रोकता है? हमें अपार कठिनाइयों का सामना करना है अभी; पर इतना निश्चित है कि आपका अथक परिश्रम, आपका दृढ़ संकल्प अवश्य विजयी होगा। आओ हम एक नये राष्ट्र का निर्माण··· उन्होंने स्विच ऑफ कर दिया और फिर उसी तरह की तन्द्रा जैसी स्थिति में निढाल-से पड़े रहे।

सामान बंध रहा था। कृपाराम सारी रात जागता रहा। चन्द्रा आई थी, पर बच्चे की अवस्था के कारण जल्दी ही पटना चली गई थी। वह होती तो कुछ सहायता कर देती। सुबोध का कारखाना बन्द हो गया था। लोगों का कहना था कि सत्ता के उलटने से पहले ही वह इलाज के बहाने विदेश चला गया था। करोड़ों की राशि थी विदेशी बैंकों में। तिमिर वरन सोचने लगे, निर्वासित भूतपूर्व ऐय्याश राजकुमारों की तरह वह भी फांस या स्विट्जरलैण्ड में अपने दिन बिताएगा। शाह फारूख की दर्द भरी कहानी अकसर उन्हें स्मरण हो आती। अपने सक्रिय राजनीतिक जीवन में कभी-कभी वह सोचा करते थे कि देश के राजनीतिज्ञों की भी कहीं वही स्थिति न हो! उन्हें लगा कहीं यह दण्ड उनके बदले, उनके सुपुत्र को तो

नहीं भुगतना पड़े? उनके पापों का प्रायश्चित्त! अजित कहता था···।

नहीं! नहीं! उन्होंने कान बन्द कर लिए जोर से।

एक बार, अन्तिम बार अपने इकलौते बेटे का मुंह देखने की इच्छा उनके बूढ़े मन में कहीं बार-बार उभर रही थी। पत्नी दिन-रात रोती, वह नहीं आएगा अब? क्या कभी भी नहीं ना!

शाम को गोदावरी आई। सफेद धोती में लिपटी हड्डियों की माला। दूर बैठी डबडबाई आंखों से देखती रही, बंधते असबाब की ओर! हारे हुए जुआरी की तरह टूटे तिमिर वरन की ओर।

'गोदावरी! आ गई तुम? अच्छा हुआ। जाते समय भेंट हो गई।' तिमिर वरन सहसा बहुत भावुक हो उठे।

'सुना था काशी जा रही हो? यहां की कोठी भी बेच दी तुमने?'

'बेचती न तो और क्या करती? यहां कैसे रहती? किसके सहारे? जब से मेरी मेघना मरी!' गोदावरी फफक-फफककर रो पड़ी। तिमिर वरन के पपड़ी लगे सूखे होंठ कुछ कहने के लिए फड़फड़ाए; पर वह बोल कुछ न सके। गोदावरी असह्य सन्नाटा न सह सकी। दूसरे कमरे में चली गई! मेघना की शेष स्मृतियां वह अपने साथ ले जाना चाहती थी। उसके कमरे में उसका सामान अब तक वैसे ही रखा हुआ था, ज्यों का त्यों।

तिमिर वरन उखड़ी-उखड़ी निगाहों से इधर-उधर देख रहे थे।

अभी-अभी कुछ लोग आए थे। उनके चित्र उतारकर ले गए थे। कहते थे, राष्ट्रपिता की समाधि के पास एक और कालपात्र गाड़ रहे हैं, जिसमें आप लोगों के चित्र होंने तथा आप लोगों की महान देश सेवाओं का उल्लेख भी। इस देश के इतिहास में आप लोगों का नाम स्वर्णाक्षरों से लिखा जाएगा।

वे चले गए, तो तिमिर वरन का ध्यान सामने दीवार पर टंगे चित्र की ओर गया। राष्ट्रपिता का यह तैलचित्र कितनी बार हटाने के बाद भी अब किसने लगा दिया है? वारीन्द्र घोष मार्ग की 30 नम्बर कोठी अभी खाली भी न हुई थी कि कुछ विद्यार्थी एक जुलूस की शक्ल में आ रहे थे। तिमिर वरन लाठी के सहारे सीढ़ियां उतर रहे थे कि उन्हें घेर लिया गया उन्हें फूल-मालाएं पहनाते हुए व्यंग्य-भाव से वे बोले, 'इस गरीब देश की जनता आपके ऋणों से कभी भी मुक्त नहीं हो पाएगी।'

तिमिर वरन धरती में धंस गए। कोड़े की मार की तरह एक-एक शब्द देह को छीलता हुआ पार हो गया था। बौखला-से उठे थे वह, बद-हवास-से! कुछ उग्र विद्यार्थी आक्रमण करने के लिए उतारू हो ही रहे थे कि उन्होंने बड़ी मुश्किल से अपने प्राण बचाए।

कृपाराम ने सामान लादने के पश्चात् कार का द्वार खोला, 'आप आराम से बैठ जाइए सरकार!' तिमिर वरन ने चौंककर देखा, कहीं कृपाराम भी चिढ़ाने के लिए सरकार तो नहीं कह रहा!

बंधी भारी गठरी की तरह पत्नी बगल में बैठी थीं। सबने छोड़ दिया था साथ; पर यह छाया की तरह साथ चलती रहीं। अपनी आंखों से कितनी मेघनाओं को, किन-किन रूपों में नहीं देखा था! जीवन-भर क्या-क्या जुल्म न सहे थे; पर कभी उफ तक न की थी।

उनके दुर्बल कन्धों का सहारा लेते हुए बोले, 'कहां चले? गांव··· ?' आगे वह कहना चाहते थे, 'पर किस मुंह से', किन्तु न जाने क्या सोचकर चुप हो गए थे। क्या किया था उनके लिए? कहीं वे लोग भी फूल-मालाएं लिए स्वागत में पहले से ही खड़े मिले तो!

वह घबरा उठे। कार स्टार्ट हुई। लाल बजरी पर धीरे-धीरे पहिए घूमने लगे। कोठी से बाहर निकलकर कार सड़क की ओर मुड़ ही रही थी कि तिमिर वरन के रोंगटे खड़े हो गए। बांस की सूखी झाड़ियों से दो अंगारे जैसी आंखें धधक रही थीं। बढ़ी हुई दाढ़ी, लम्बे रूखे बाल, अट्टहास करता हुआ चेहरा। हथेलियों से मुंह छिपा लिया और पलके जोर से मींच लीं। पीछे से शोर-गुल की जैसी आवाज आ रही थी। उन्हें लग रहा था, जैसे भीड़ अब तक उनका पीछा कर रही है, 'जल्दी करो!' उन्होंने आदेश दिया। गाड़ी हवा से बातें करती हुई भागी जा रही थी। पीछे सामान से लदा ट्रक था। क्रुद्ध जनता कहीं आक्रमण न कर बैठे, इस आशंका के कारण पहुंचाने के लिए एक गनमैन साथ कर दिया था। उनका दिल जोर-जोर से धड़क रहा था। सांस तेजी से चल रही थी। शरीर धीरे-धीरे ठण्डा पड़ रहा था; परन्तु यात्रा का अन्त कहीं दीखता न था।

गाड़ी रोककर दो-तीन बार दवा पिलाई; पर उससे भी लाभ लग न रहा था कुछ। बार-बार वह कराहते। धुंधली आंखों से उझक-उझककर झांकते, 'कहां जाना है अभी, कितनी दूर!'

●●